DIE
GESCHICHTEN
VON DEN
ACHTZEHN INSELN

煌夜祭

多崎 礼

中央公論新社

目次

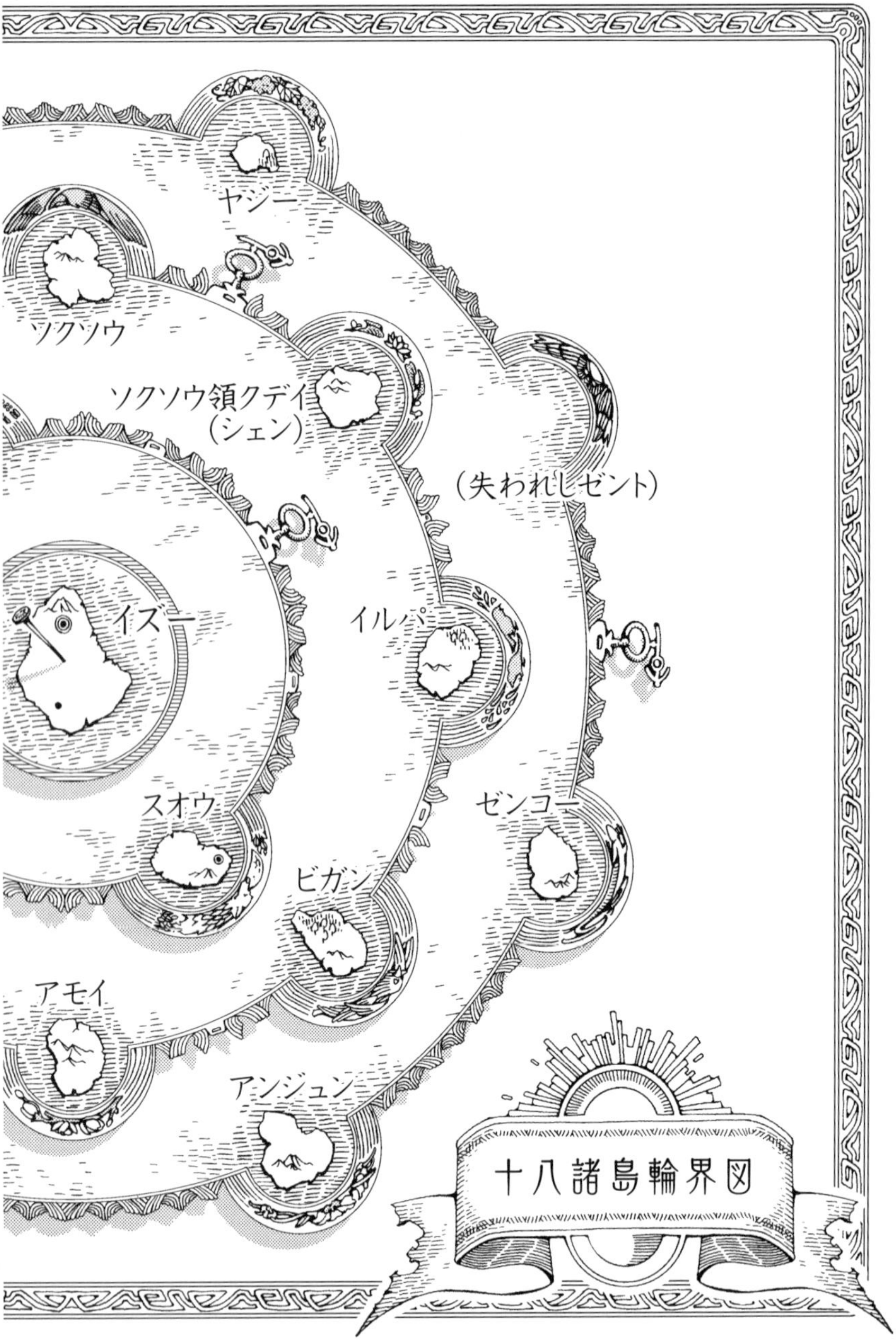
十八諸島輪界図
ヤジー
ソクソウ
ソクソウ領クディイ
（シェン）
（失われしゼント）
イズー
イルパ
スオウ
ゼンコー
ビガン
アモイ
アンジュン

ケイジョウ
レイシコウ
リンド
エンシャ
サクラワ
ターレン
ナンシャー
ブンシャ

装画　六七質
装幀　西村弘美
地図　凪かすみ

煌夜祭

序章

陽《ひ》が暮れてゆく。空は茜色《あかねいろ》に燃え、海はそれを映して赤銅色《しゃくどういろ》に輝いていた。すでに森は暗い。遠くから近くから小夜啼鳥《さよなきどり》の声がする。

夜を呼ぶ、美しい歌声。

立ち枯《か》れた野草に閉ざされた山道を黒い人影が登って行く。海からの湿った風が白い髪を揺《ゆ》らしている。その顔を覆うのは古びた仮面。仮面は語り部の証《あかし》だった。

やがて森が切れ、二本の柱が現れた。屋敷の入口を飾っていた瀟洒《しょうしゃ》な柱だ。かつては白かったその表面も今は黒く煤《すす》け、ひび割れ、幾重にも蔦《つた》が絡《から》みついている。

語り部は柱の間を通り抜けた。瓦礫《がれき》を避けながら、埃《ほこり》と枯れ葉が堆積《たいせき》した回廊を進む。

前方に光が見えた。どうやら先客がいるらしい。

中庭に出た。中央に据《す》えられた火壇《かだん》には大きな炎が焚《た》かれている。煌々《こうこう》と闇を照らす炎に向かって、語り部は歩き出した。

ゆっくりと——
その一足一足を、まるで確かめるように。
そして、今年も煌夜祭《こうやさい》が始まる。

I

「先客がいるとは思いませんでした」

月光のように澄んだ声が響いた。

火壇《かだん》を囲んだ丸い石椅子の一つに、黒服の語り部が座った。その目元を隠す仮面は片羽を広げた小鳥の形。覗《のぞ》き穴《あな》から見える瞳は海を映したような青だった。

「俺も……」答えかけ、先に座していた語り部は乾いた咳《せき》をした。二、三度空咳《からぜき》を続けてから再び口を開く。「俺も、俺以外に、誰か来るとは思っていなかった」

その声はしわがれ、枯《か》れ落ちた木の葉のようにかさついていた。

「そうですよね……」鳥の仮面をつけた語り部は周囲をぐるりと見回した。「確かにこの様子では、みんな他の島に行ってしまいますよね」

「呑気《のんき》だな。島主屋敷が廃墟《はいきょ》になっていることぐらい、語り部なら知っていて当たり前だろう？」しわがれ声の語り部は呆《あき》れたようにため息をついた。「世間知らずな語り部など、八番目の子供と同じくらいあり得ない話だ」

「まったくです」

「他人事《ひとごと》じゃないだろう？　年に一度の稼ぎ時だというのに、島主がいないとあれば、どんな話を語ったところで褒美《ほうび》は出ないんだぞ？」

「いいんですよ」と小鳥の仮面は言った。足元の乾いた落ち葉を握り、火壇に投じる。

「私はここに来たかったんだから」

「変わっているな」

「そう言う貴方《あなた》も、私と同じくらい変わり者だと思いますよ？」

「――違いない」

二人は顔を見合わせて笑った。

「他の奴《やつ》らを待つだけ無駄だろう」先客の語り部は言った。「陽《ひ》も落ちたことだし、そろそろ始めるとしようか」

「はい……」と答えながらも、小鳥の仮面はそわそわと落ち着かない。

「どうした？」

「実は――私は覚えが悪くて。まだそんなに話を持っていないのです」

「心配するな。たとえお前の持ち話が尽きても俺が話を続ける」

「それは嬉しい。頼りにしています」

小鳥の仮面の語り部は、安心したようににっこりと笑った。

「私はナイティンゲイル」

語り部は漂泊の者。故郷も名前も持たないのが定めだ。だから自然と仮面の形が通り名になる。ナイティンゲイルと名乗った語り部の仮面は、その名の通り、片方の羽を広げた小夜啼鳥《ナイティンゲイル》を象《かたど》っていた。一本一本の羽根が精緻《せいち》に刻《きざ》み込《こ》まれ、今にも羽ばたき出しそうな優《すぐ》れ物《もの》である。広げた翼の下、左目の下あたりには血のように赤い宝玉《ほうぎょく》が吊《つる》されている。

「俺はトーテンコフ」

もう一方の語り部が言った。顔の半ばから頭の天辺《てっぺん》までを覆い隠した仮面は煤《すす》けた白。まさか本物の頭蓋骨《トーテンコフ》ではあるまいが、見てくれはかなりそれに近い。覗き穴には黒石英《くろせきえい》がはめ込まれ、まるで虚《うつ》ろな眼窩《がんか》のようだ。

「若年者から順に語り始めるのが煌夜祭《こうやさい》の習い」

トーテンコフの言葉にナイティンゲイルが頷《うなず》いた。そしてそのまま言葉の続きを待つ。トーテンコフも口を閉ざし、相手が話し始めるのを待っている。

声が途切れた。夜の静寂に、薪《たきぎ》のはぜる音だけが響く。

「お前が先だ」業《ごう》を煮《に》やしたようにトーテンコフが言った。

「そうでしょうか？」ナイティンゲイルは少し不服そうに首を傾《かし》げる。

「お前の方が若い」トーテンコフが断言した。「もう陽も落ちた。早く始めてくれ」

ナイティンゲイルは何か言いたそうに口を開いたが、思い直したように口を閉じた。彼は椅子に座り直すと、小さく咳払いをし、澄んだ声で語り始めた。

「十八諸島の世界を巡り、世界各地で話を集め、他の土地へと伝え歩く。それが我ら語

り部の生業《なりわい》。冬至の夜、我らは島主の館に集《つど》い、夜を通じて話をする。それが煌夜祭

——年に一度の語り部の祭」

ナイティンゲイルは身をかがめ、椅子と椅子の間に置いてある素焼きの壺《つぼ》から、イガ粉を一握り摑《つか》んだ。

「煌夜祭では、世界各地の出来事や先人達の貴重な智慧《ちえ》が、一夜にして語られる。死の海に隔《へだ》てられし十八諸島において、その物語は金に等しい。ゆえに島主は貴重な話、面白い話、役立つ話をした語り部達に褒美を出す」

彼はイガ粉を火壇に投じる。勢いよく炎があがり、小鳥の仮面を白く照らした。

「けれど——煌夜祭の真の目的は他にある」

ナイティンゲイルは背筋を伸ばした。

「お話ししよう。夜空を焦がす火壇の炎でも照らすことの出来ない、真の闇に隠された恐ろしい魔物の物語を……」

第一話　『ニセカワセミ』

一人の語り部が夕暮れ時の街道を歩いていた。名をカワセミと言った。だが彼をその名で呼ぶ者は世界に一人しかいなかった。そう……カワセミ本人だ。

彼の仮面は安価な石膏《せっこう》で出来ていた。翡翠《ひすい》の仮面に見せるため、青や緑の顔料を塗りつけていた。それがまたひどい出来映えで、とてもカワセミには見えない。だから人々は彼のことを『ニセカワセミ』と呼んだ。

カワセミは凍《こご》えるほど冷たい風の中を歩いていた。運悪くその日は一年で一番昼の短い日だった。シェン島の第二蒸気塔を出発したのは昼前だったが、道の途中で陽《ひ》が傾《かたむ》き始め、主都ヤレフに着いた頃にはすっかり暗くなっていた。

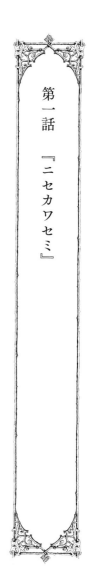

冬至の夜には人を喰う魔物が出歩くという。どんな働き者も、この日ばかりは日暮れとともに戸締まりをして寝てしまう。もちろん主都ヤレフも例外ではなく、通りを歩く人は皆無で、旅宿もすでに閉まっていた。そうでなくともカワセミには宿に泊まる金はおろか、夕食にありつく金もなかった。シェンへの渡し船に有り金すべてをつぎ込んでしまったからだ。

カワセミは自分を呪《のろ》った。なんで今夜が冬至であることを忘れたりしたのだろう。本物の魔物を見たことはないが、それが登場する話はいくつも知っている。こんな夜に野宿をしたら、それこそ魔物に喰われてしまう。物語を語るべき語り部が喰われてしまったのでは、まったく話にならない。

彼はほとほと困り果て、空《す》きっ腹《ぱら》を抱えたまま、島主の館へと向かった。これが第三輪界の島ならば、島主は語り部を歓待する。まだ話を十も語れない若輩者でも一宿一飯だけは保証される。しかしシェンは第二輪界の島だ。今までカワセミが渡り歩いてきた第三輪界とは勝手が違う。第三輪界に較べ、第二輪界は物も豊富で生活も豊かだ。住人達の耳も肥《こ》えていて、下手な話を聞かせようものなら小銭ではなく拳《こぶし》が降ってくる……とも聞いている。

カワセミは自分の姿を眺めた。ガリガリに痩《や》せた手足。着古したボロ服。語り部の仮面がなければ腹を空かせた貧乏人にしか見えない。それでなくても第二輪界の人間は第三輪界の人間を『田舎者』と呼んで馬鹿にするのだ。もしかしたらシェンの島主は、与太話《よたばなし》しか出来ない第三輪界の語り部には、宿を貸してくれないかもしれない。

そんな心配に頭を悩ませているうちに、カワセミは島主の館までやってきた。門の前に立ち、中を覗《のぞ》き込む。館の窓は暗く、門も閉ざされていた。

だからといって諦めるわけにもいかない。彼は屋敷に向かって声をかけた。

「語り部でございます。どうか一夜の宿をお貸し下さい」

答えはない。カワセミはもう一度、今度は少し大きな声で呼びかけた。

「すみません。誰かおられませんか」

真っ暗だった屋敷の窓に明かりが灯《とも》った。もう一押しだと、彼は思いっきり声を張り上げた。

「私はカワセミと申します。今宵《こよい》、泊まる場所もなく難儀をしております。夜露さえしのげれば贅沢《ぜいたく》は申しません。泊めていただけないでしょうか」

扉が開いた。館の中からオイルランプを掲《かか》げた黒服の女が現れ、門に近づいてくる。しかし女は門を開こうとはせず、その前で深々と頭を下げた。

「申し訳ありません。今夜は冬至でございますゆえ、お客様を館に招き入れることは禁じられております」

「館に入れていただけなくても結構です。ただ風さえしのげれば、厩《うまや》でも軒下《のきした》でも構いません」カワセミは哀れっぽい声を出した。「こんな夜に野宿をしたら凍ってしまいます。後生ですから助けて下さい」

黒服の女性は困ったように周囲を眺めた。いや、困ったというよりも、何かに怯《おび》えているような顔だった。

「お願いします――」

再びカワセミが口を開くと、それを制するように女が右手を上げた。

「わかりました」

女は首から下げていた鍵で門を開いた。女が気を変えないうちに、カワセミは素早く中に入った。その背後で女が門に鍵をかけ直した。

「ついてきて下さい」

女は歩き出した。二人は屋敷の回廊を抜け、中庭に出た。

カワセミは驚きの声を上げた。庭の中央に大きな炎が燃えていた。祭壇に山ほど薪《たきぎ》が積み上げられ、火が焚《た》かれている。そのおかげで中庭は昼間のように明るく、暖かい。

「あっ……！」

「あそこに薪小屋があります」

女は庭の隅を指さした。なるほど、そこには土壁の小屋がある。

「今夜はあそこでお休み下さい。夕食はご用意出来ませんが、明日、夜明けとともに朝食をお持ちいたします」

カワセミはハラペコだったのでひどくがっかりした。しかし口答えをして叩《たた》き出されるよりはましだと思って我慢した。

「ありがとうございます。助かりました」

「少々お待ち下さい」と言って、女は一度屋敷の中に姿を消し、すぐにラピシュ羊の毛で織られた毛布を持って戻ってきた。

「お使い下さい」女はそれをカワセミに手渡した。「それとひとつ約束をして下さい。夜中にどんな物音がしても外を覗いてはいけません。もちろん外に出てもいけません」

どういう意味だろう？　カワセミは疑問に思ったけれど、やはり女の機嫌を損ねたくはなかったので、ここは素直に頷《うなず》いた。

「わかりました」

それを聞くと、女は挨拶《あいさつ》もそこそこに館の中へと戻っていってしまった。カワセミは言われた通り薪小屋に向かった。おそらくすべての薪を祭壇に積み上げてしまったのだろう。小屋の中はがらんとしており、身を横たえる広さは充分にあった。カワセミは毛布にくるまり土の床に横になった。すると長旅の疲れもあってか、ことんと眠りに落ちてしまった。

次に目を覚ましたのは、足先から這《は》い上がってくる寒さのせいだった。カワセミは体を小さく丸め、なんとか眠りにつこうとした。が、腹が減りすぎて、とても眠れないのだった。

その時、とても良い匂いが漂ってきた。脂《あぶら》がのった肉を火で焙《あぶ》った時の、それはそれは旨《うま》そうな匂いだった。胃の腑《ふ》がぐう……と鳴った。口の中に唾が湧《わ》き上がり、カワセミは幾度もそれを飲み込まなければならなかった。

たまらなくなってカワセミは起きあがった。ほんの少し、小屋の扉を開いてみる。途端に、あらゆる匂いが鼻の穴に飛び込んで来た。肉が焼ける匂い。熟したジイノの実の甘い匂い。蒸《ふ》かしたタメイモの湯気の匂い。焼きたての麦パンと溶けたバターの匂い。

カワセミはもう少し扉を開いて、隙間から外を覗いた。夜空を焦がすような勢いで炎が燃えている。その前に大きな食卓が据《す》えられ、たいそうなご馳走《ちそう》が所狭しと並べられていた。彼は思わず扉を開け放って外に飛び出しそうになった。が、寸前で我が身を押しとどめた。女とした約束を思い出したのだ。

『夜中にどんな物音がしても外を覗いてはいけません。もちろん外に出てもいけません』

女が言っていたのはこれのことだなと、カワセミは思った。さては今からやんごとない身分の方々の秘密の宴《うたげ》でも始まるのだろう。今夜のような冬至の夜には、人々は魔物を恐れて早く寝てしまう。秘密の宴を開くには絶好の機会というわけだ。

「待てよ……ということは、だ」

カワセミは一人ごち、腕を組んで考え込んだ。つまりその邪魔をしなければいいのだ。ならば宴が始まる前にちょっと出ていって、ちょっと食べ物を摘《つま》んでくるぐらいは許されるのではないだろうか。あんなにたくさんのご馳走が並んでいるのだ。ほんの一口ずつ頂戴《ちょうだい》したとしても気づかれることはないだろう。そうだそうだと言うように、腹がぐうぐうと鳴った。もう我慢の限界だった。カワセミはそうっと扉を開き、そろりそろりと外に出た。

庭には誰もいなかった。ただ闇を照らす祭壇の炎と、豪勢な食べ物だけが客を待っている。カワセミは辺りをうかがいながら食卓に駆け寄った。皿に山盛りになっていた串焼き肉を手に取り、ガブリと食いつく。たっぷりとした肉汁が口の中にじゅわっと広がった。こんなとろけるような肉は今までに食べたことがない。彼はほんの一口だけという思いも忘れ、ひたすら肉にかぶりつき、ケーナ酒を瓶《びん》ごとあおった。甘酸っぱいジイノの実をまるごと囓《かじ》り、バターつきの麦パンを頰張《ほおば》り、ほくほくした甘いタメイモを思うさま食い漁《あさ》った。

やがてさすがのカワセミも満腹になり、ほおっと満足のため息をついた。食った食った。こんなに旨い物を、こんなにたらふく食ったのは生まれて初めてだ。これでもういつ死んでも悔《く》いはないぞ。

そう思い――そこで彼は我に返った。急に怖くなり、辺りを見回す。中庭にいるのは彼だけだ。屋敷の窓は暗く、しんと静まり返っている。あんなに飲み食いしたのに、山ほどあるご馳走はあまり減ったように見えなかった。これなら大丈夫だろう。カワセミはほっと胸を撫《な》で下ろした。

「お腹いっぱいになったかい？」

背後からの声に、カワセミは飛び上がった。慌てて地面に土下座し、額を地面にこすりつけた。

「すみません。あんまり腹が減っていたので、つい我慢出来なくなって――」

「いいよ別に。どうせ私は食べられないんだし」

「――は？」

カワセミは恐る恐る顔を上げた。目の前に黒い服を着た若者が立っている。男だろうか。女だろうか。肩で切りそろえたまっすぐな黒髪と、白く整った顔立ちからはどちらとも言い難い。しかもカワセミと同じくらい痩せていて背もそう高くはない。

カワセミに向かい、その若者はにっこりと微笑《ほほえ》んだ。

「それに腹ぺこでいる君よりも、満腹な君の方がおいしそうだものね」

ぞくり……と背筋が凍った。魔物だ。こいつは人喰いの魔物なのだ。

「ま……待ってくれ！」必死になってカワセミは言った。「俺は語り部だ。俺が食べられてしまったら、俺しか知らない話が滅びてしまう。それは許されないことだ。だからどうか……見逃してくれ」

「君、語り部なの？」魔物は目を丸くした。「だって仮面をつけてないじゃないか？」

カワセミは自分の顔を撫で回した。そうだ。眠るときに仮面を外し、そのまま外に出てきてしまったのだ。彼は急いで懐《ふところ》をまさぐり、カワセミの仮面を取り出した。

「ほ、ほら……！　この通り！」

カワセミが仮面をつけてみせると、魔物は愉快そうに笑った。

「ずいぶんと奇妙な仮面だねぇ？」

「俺の名はカワセミ。見ての通りの語り部だ。これで信じて貰えたか？」

「だけど私……お腹が減ってたまらないんだ。今日は冬至でしょ？　冬至の夜には、どうしても人を食べたくなっちゃうんだよ」

そう言って、魔物は心底悲しそうな顔をした。腹が減ってたまらない気持ちはよくわかる。いつもハラペコのカワセミは、魔物が気の毒になってしまった。しかし同情している場合ではない。何しろ喰われようとしているのは自分なのだから。

「そこをどうか、この語り部の仮面に免じて見逃してほしい」

「そうだねぇ」魔物は困ったように眉《まゆ》を寄せた。「物語を聞くのは大好きなんだ。その時だけは空腹を忘れられるから。確かにお腹は減っているけど、君がいなくなって聞けなくなっちゃう話があるっていうのは、やっぱりもったいないなぁ」

「そうだろう？　そう思うだろう？」カワセミはぐっと身を乗り出した。もしかしたら助かるかもしれない。淡い希望が彼の頭の回転を早くした。「俺が知っている話をみんな聞かせてやるよ。だからそれと引き換えに、命だけは助けてくれ」

魔物はしばらく難しい顔で考え込んでいたが、やがてぱっとその白い顔を輝かせた。

「そうか！　君が知っているすべての話を私が聞けばいいんだ。そしたら君がいなくなっても大丈夫」

「待て待て！　俺だって語り部の端《はし》くれ。一夜で話し終わるほど持ち話は少なくないぞ！」

「じゃ、こうしよう」魔物はその場にぺたんと腰を下ろした。「今から君は知っているすべての話を私に話す。君が話し続けている間は、私はどんなにお腹が減っても君を食べない。私は太陽の光が苦手だから夜明けには家に帰らなきゃならない。だから君が夜明けまで話を続けることが出来たなら、君は食べられなくてすむよ？」

ここで嫌だと言っても食べられてしまうのがおちだ。となると後は、覚えている限りの話をするしかない。しかしああは言ったものの、カワセミは語り部として、あまり覚えが良い方ではなかった。しかも覚えている話をいっぺんに話したことなど一度もない。はたしてそれが夜明けまで保《も》つのかどうかもわからない。

だが今はそれに賭《か》けるしかなかった。

「わかった」カワセミは座り直し、地面の上に胡座《あぐら》をかいた。「俺の知っているすべての物語を話してやる。だからお前も約束は守れよ？」

それを聞いた魔物は、嬉しそうに頷いた。

長い夜が始まった。

カワセミはまず鍋を飲んでしまった女の話をした。腹が減って腹が減って、鍋まで食べてしまった女が、磁石を食ってしまった男とくっついて離れられなくなってしまった話を聞くと、魔物は声をあげて笑った。次に話したのは、ケイジョウ島の西側に現れる幻の町の話だった。海の上に逆《さか》しまに現れるその町は、なぜか王都エルラドにそっくりで、それはエルラドの未来の姿とも過去の姿とも言われている。次は仲違《なかたが》いする二つの島――アモイとナンシャーの悲劇だった。アモイ島主の息子であるユシドと、ナンシャー島主の娘アリアの許されざる恋。追いつめられた二人は手を取り合って海に身を投げた。次はレイシコウ島の黄綿畑をたった三日で食い尽くした害虫の話。その次はターレンの深い森に住むという恐ろしい魔女の話。

魔物はどの話にも熱心に聞き入った。理不尽な裁きに怒りの拳を握り、馬鹿話に声を上げて笑った。冒険談には喝采《かっさい》を送り、悲しい話には涙ぐみさえした。カワセミは思った。今までこんなに熱心に自分の話を聞いてくれた者はいなかった。話すことがこんなにも楽しいなんて、今まで感じたことがなかった。持ち話が尽きればこの魔物に食べられてしまうのだということも忘れて、カワセミは次々と話を披露していった。

食いしんぼうで知られたエンジャ島の島主が館の梁《はり》に生えたキノコを食べて、あっけなく死んでしまった話を終えて、カワセミはふうっとため息をついた。

「それはムジカダケって言ってな、平民の子供なら誰だって知ってる毒キノコだったんだ。食い意地が張ってるとロクな目にあわないってゆう教訓だな」

そう言って、カワセミは苦笑した。食い意地を張ったがゆえに死にかけている今の自分は、エンジャ島の島主のことを笑えないと思ったのだ。

「私もその毒キノコ、食べたことがあるよ」と魔物が言った。

「え？」カワセミは自分の立場も忘れて身を乗り出した。「大丈夫だったのか？　お前？」

「苦しくて三、四日はのたうち回ったけど、死ねなかった」魔物は少し寂しそうに笑った。「魔物は死なないんだ。しかも人間よりずっとずっと長生きする。光の射さない地下の部屋に閉じこめられて、一人ぽっちで話すことも食事することもなく、気が遠くなるくらいの長い間、暗闇を眺めて過ごすんだ。でも……それって生きてるって言えるのかな？　これじゃ死んでるのと同じだよね？」

カワセミは何も言えなかった。何も答えられなかった。

「あ……ダメだ」不意に魔物が腹を押さえた。「ねぇ、早く次の話をしてよ」

まだ夜が明ける様子はない。次は何の話にしようと思い――カワセミは自分が空《から》っぽになっていることに気づいた。覚えている話をすべて語り終えてしまったのだ。彼は必死になって記憶の底をさらった。そして最後にもう一つだけ、話が残っていることに気づいた。

「ブンシャ島の第三蒸気塔の傍《そば》にアンジュという村がある。そこに一人の孤児がいた。名前を――ザワトといった」

ザワトは他の孤児達と同様に、農作業の手伝いをしてどうにか食いつないでいた。朝は一番蒸気とともに起き出して畑に行き、一日中くたくたになるまで働いた。夜は他の孤児達と一緒に、ほったて小屋のむき出しの土の上で、犬のように丸くなって眠った。

ある年のこと。恐ろしい災厄《さいやく》がブンシャ島を襲った。小麦が斑点病《はんてんびょう》に冒《おか》されたのだ。青々と繁っていた小麦の葉は見る間に黄色く変色し、穂をつけないまま枯《か》れていった。ザワトのような孤児達に、施《ほどこ》しを行うような余裕はどの家にもなかった。孤児達はみな痩せ細り、次々に死んでいった。食べ物を盗もうとし、叩き殺された者も少なくなかった。

このままでは死んでしまう。そう思ったザワトは人里を離れた。人々が普段足を踏み入れることのない呪われた森に分け入り、草の根を食べ、木の皮をかじり、飢《う》えをしのいだ。森の奥にある濁《にご》った沼の辺《ほとり》に住み、沼に集まる紫色のぶよぶよとした虫を捕らえて食べた。

一緒に暮らしていた孤児達の中で生き残ったのはザワトだけだった。アンジュ村がようやく飢《き》饉《きん》の痛手から立ち直った後も、彼は村に戻らなかった。土地を持たない小作人は、いくら働いても、日に一欠片《ひとかけら》のパンさえ得ることは出来ない。不作が続けば飢えて死ぬだけだ。彼はアンジュ村を捨て、ブンシャ島の主都ギダンに出て、盗みやかっぱらいをして生き延びた。

ところがある日。彼の人生を変える出来事が起きた。

「ギダンの市に語り部が立ったんだ。彼女の語りは素晴らしくて、あっとゆう間にザワトの心を摑《つか》んだ」

ザワトは鋳物《いもの》職人の工房から石膏をくすねてきて仮面を作った。そして自分で色を塗った。町角に立ったあの語り部の仮面を真似たつもりだったが、仕上がったのは似ても似つかぬ奇怪な面だった。それでもザワトは満足した。名前を捨て、仮面で顔を隠し、彼は語り部となった。

彼が話すのは、町の雑踏《ざっとう》の中で盗み聞きした噂話《うわさばなし》がほとんどだった。だから彼は他の語り部達に嫌われた。語り部が語る物語は真実でなくてはならないと、語り部達は信じていたからだ。けれど彼は気にしなかった。元から口は立つ方だったので適当に話を作った。根も葉もないようなホラ話でも喜んでくれる人は大勢いた。毎日なんとか食っていくだけの小金も手に入った。

彼は第三輪界の島々を巡り、徐々に自信をつけていった。つまらない歴史の話や理不尽な出来事を話して何が楽しい？　物語は楽しくなくっちゃ意味がない。そう言いきる彼に、他の語り部達は腹を立て、彼から仮面を取り上げようとした。そこで彼は第三輪界を逃げだし、第二輪界へと渡る決意をする。だが彼が第二輪界に着いたのは、運悪く冬至の日だった。町に人影はなく宿もすでに閉まっていた。行くあてのない彼は島主の館を訪ねた。

「館から出てきた一人の女が薪小屋に泊まるようにと彼に言った。だが女は最後に忠告した。『夜中にどんな物音がしても外を覗いてはいけません。もちろん外に出てもいけません』と。けれど彼はその約束を破《やぶ》った。ご馳走につられ、薪小屋を出てしまったのだ。とにかくハラペコだった彼は、後ろめたいのも怖いのも忘れて、散々飲み食いをした。だがその時、彼の後ろに一人の若者が現れた。満腹になった幸福感も一瞬で消し飛んだ。なぜならその若者は――人を喰う魔物だったからだ」

カワセミはケーナ酒を一口飲んだ。不思議なことに恐怖はあまり感じなかった。ただ悲しかった。こんな楽しい一時がもうすぐ終わってしまう。それがとても悲しかった。

「魔物は男に言った。『君が話し続けている間は、私はどんなにお腹が減っても君を食べない。私は太陽の光が苦手だから夜明けには家に帰らなきゃならない。だから君が夜明けまで話を続けることが出来たなら、君は食べられなくてすむよ？』と。男は必死に話し始めた。最初は喰われたくない一心で。でもその魔物がとても熱心に話を聞いてくれたので、やがて話すことが楽しくなってきた。男は知っている話を次々と披露した。けれど——ついに話が尽きる時が来た。男は覚悟を決め、魔物にこう言った」

カワセミはそこで深呼吸をした。それから魔物の青い瞳を正面から見つめた。

「これで俺の話はおしまいだ。喰われるのは嫌だが、約束だから仕方がない。ろくな人生じゃなかったが、最後にこんな楽しい夜を過ごせたんだ。これでよしということにしておくさ」

その言葉で、魔物はようやく察したらしい。

「今の物語は——君の……？」

「俺の話だよ」

「これが最後の話なの？」

「そうだよ」

魔物はぶるぶると震《ふる》えだした。「駄目だよ、そんなの」

「ダメと言われても——もうネタ切れだ」

「何でもいいよ。即興で話を作るの、得意なんでしょう？」

「それだって、何かネタがなきゃだめさ。もうみんな語り尽くしちまった」

「そんなこと言わないでよ。夜明けまで話してくれるって言ったじゃない」

「俺は偽物のカワセミだからな。嘘をつくのは得意なんだ」

「そんなの……駄目だ――駄目――……」

魔物は体を二つに折って、自分自身の体をきつく抱きしめた。まるで体の中から出て来ようとしている何かを、必死で押さえ込むかのように。自らの腕を摑んだ指先が紫に変色し、そこからメキメキと音を立てて長い鋭い爪《つめ》が生えてくる。形のよい赤い唇がバリバリと顎《あご》の付け根まで裂《さ》けてゆく。

魔物が立ち上がった。いよいよかとカワセミは観念した。

「父上！」突然、魔物は叫んだ。「そこにいらっしゃるんでしょう？　どうしてこの人を助けないんですか？　なぜ黙って見ているんですか？」

カワセミは驚いて魔物を見た。これが島主の子？　そんなことが有り得るのだろうか？

魔物は屋敷に向かい、獣のように咆哮《ほうこう》した。「なぜこの人を見捨てるのです？　流れ者だから？　この島の住人じゃないからですか！」

しかし屋敷は静まり返ったまま、明かり一つ灯らない。館の中の人々は暗闇の中で息を殺し、中庭を見下ろしているのだろう。

魔物は悲鳴を上げて頭を抱え、地面に膝をついた。カワセミはそれに駆け寄ろうとした。

「近寄っちゃいけない」

魔物の声音《こわね》が変わった。柔らかな響きを持つ澄んだ声が、地鳴りのような低い声になった。彼を見つめる魔物の目は深い青から漆黒《しっこく》へと色を変えていた。地の底まで続く蒸気坑のように、空《くう》虚《きょ》で真っ暗な目だった。

「君はいい人だ。私みたいな化け物にも、いっぱい話をしてくれた。私は君を食べたくない」

魔物は激しく頭を振った。人を食べたいという欲求と彼を殺したくないという気持ちが、心の中でせめぎ合っているのだ。魔物はその鋭い爪で自分の体を掻《か》きむしった。服が破れ、青黒い肌が裂け、鮮血が飛び散った。

「――もういいよ」

見ていられなくなって、カワセミは言った。彼は魔物に近づき、その目の前に膝をついた。魔物の瞳は今や一筋の光さえ差し込まぬ漆黒の穴と化し、肌色は黒檀《こくたん》のように黒く、真っ赤な口腔《こうくう》には刃物のような歯がぞろりと並んでいた。それでもカワセミは怖いとは思わなかった。ただこの魔物が哀れでならなかった。

カワセミは魔物の肩に手を置いた。

「俺を喰え」

魔物が首を横に振った。その度にガチガチと歯が鳴った。

「いいから喰え。俺はもう腹一杯食った。腹が減ったときは……お互い助けあわなきゃな」

気づくと、カワセミは魔物に向かって微笑みかけていた。

「ありがとな。俺みたいなニセカワセミの話を最後まで聞いてくれて」

魔物の顔が近づいてくる。

カワセミは静かに目を閉じた。

夜が明けた。屋敷から人々が姿を現した。屋敷の主《あるじ》であるシェン島の島主は、そこに残された骨を自ら拾い、丁重に葬《ほうむ》るよう召使い達に指示した。

そして——彼は考えた。語り部が話している間、あれは正気を保っていた。ということは、大勢の語り部を集めて夜通し話をさせれば、冬至の夜でも、あれは人を喰わずにすむのかもしれない……と。

Ⅱ

「それからだ。冬至の夜、煌夜祭《こうやさい》の火壇《かだん》に語り部を集め、夜通し話をさせるようになったのは。煌夜祭に集まる語り部の中には魔物が混じっているという。だから無事に冬至の夜を乗り越えたいのなら、語り部は話し続けるしかない。もしかしたら魔物は今この瞬間にも、我々の話にじっと耳を傾《かたむ》けているかもしれないのだから」

ナイティンゲイルは静かに口を閉じた。

ゆっくりとした仕種でイガ粉を炎に投げ入れる。それが語り終わりの合図だった。

「面白い話だった」と言って、トーテンコフはニヤリと笑ってみせる。「なんだ。いい話を持ってるじゃないか」

「お褒《ほ》めに与《あずか》り光栄です」

ナイティンゲイルはかすかに微笑《ほほえ》み、火壇の炎に目を向けた。

「冬至の夜に火を焚《た》くのは、そこに魔物を導くためだと言います。けれどどうして魔物は火に引き寄せられてしまうんでしょうね」

「暗闇の中に光が見えれば、人間だってそちらに足を向ける。魔物は人よりも、はるかに長い時間を暗闇の中で過ごすんだ。より光に魅せられるのは当たり前だろう」

「ああ――なるほど」

思いつきもしなかったというように、ナイティンゲイルは頷《うなず》いた。

「すごいな、トーテンコフさんは。まるで魔物の気持ちがわかるみたいだ」

「通り名に『さん』をつけるな。気色悪い」トーテンコフは頭を掻《か》いた。もつれた白髪がますますくしゃくしゃになる。「で、いつ頃の話なんだ。それは？」

「えっ？」

「言っておくが今現在の十八諸島に『シェン島』なんて島はないぞ」

「それはまた……どうして？」

「三百年ぐらい前にソクソウ島との戦《いくさ》に負けて、その属島になってしまったんだ。島主シェン家の血を引く者達は、みんな首を刎《は》ねられた。だからかつての『シェン島』は『ソクソウ領クデイ島』と呼ばれている。おそらくシェンの屋敷は、ここよりもはるかに年季の入った廃墟《はいきょ》と化しているだろう」

「そう……なんだ」ナイティンゲイルはかすかに俯《うつむ》き、独り言のように呟《つぶや》いた。「知らなかった」

「お前は本当に世間知らずだな。ニセナイティンゲイルと呼んでやろうか？」

「うっ……それは勘弁して下さい」

ナイティンゲイルが慌てるのを見て、『冗談だ』というようにトーテンコフは右手を振った。

「俺は魔物の話が好きで、その手の話は割と多く持っている方なんだが、それでもまだ知らない話があるものだな」

「魔物の話が……好きなんですか？」

「悪いか？」

「だって魔物は人を食べるんですよ？」

「冬至の夜に一人喰うだけだ」ふん……とトーテンコフは鼻を鳴らした。「なら人間の方がよほど恐ろしい。先の大戦でいったい何人死んだと思う？」

びくりとナイティンゲイルの肩が震《ふる》えた。白い両手を膝の上で握りしめると、小さな声で呟く。「その話は――まだしたくありません」

トーテンコフは頷き、同意した。

「そうだな。あの戦争の話はもっと夜が更けてからすることにしよう」ジャリ……と音を立ててイガ粉を掴《つか》み取る。「さて、次は俺の番だな」

トーテンコフは乱暴にイガ粉を投げた。炎がボワッと燃え上がる。

「世界十八諸島――その中心に王島イズー。それを巡る第一輪界に二つ。その外側の第二輪界には八つ。そして一番外側、第三輪界には島が七つある。けれどかつては第三輪界にも八つの島が存在した。失われし島の名はゼント。昔々……といってもそう昔のことではない。今の国王の曽祖父の、そのまた祖父の時代の話だ」

第二話　『かしこいリィナ』

ゼント島は大きな島だった。隣のヤジー島にはたった八つしか蒸気塔がないのに、ゼントにはその倍、十六本もの蒸気塔が立っていた。ゼント島は実り豊かな島だった。沿岸地帯に広がるなだらかな草原。働き者の農夫達がせっせと開墾《かいこん》したおかげで、第三輪界に並ぶものはない広大な麦畑がそこに生まれた。ゼント島は美しい島だった。島の中心にはゼント山。夏を迎えると山裾《やますそ》は青々とした野草に覆われ、ラピシュ羊が静かに草をはむ姿が見られた。

そんなゼント島も、一つだけ恵まれなかったものがある。

それが島主だった。ゼントの島主は堅牢《けんろう》な石の城に住んでいた。歴代島主はみな見栄っ張りで贅沢《ぜいたく》好き、そして何よりも戦《いくさ》が大好きだった。

ある年、ゼント島の島主が死んだ。彼にはバクラ・ハス、シドラ・ウム、ドナシ・コウという三人の息子がいたが、亡父の遺言により、長兄のバクラ・ハス・ゼントが家督を継ぐことになった。晴れてバクラ・クラン・ゼントとなった彼が最初にしたことは、なんと禁酒令を出すことだった。

そんなにバクラは酒が嫌いだったのか？

いいや、違う。その逆だ。

バクラは大酒飲みで、その上とんでもない吝嗇家《りんしょくか》だった。世界中の酒は自分に飲まれるためにあるのだと、彼は考えていた。だから自分以外の誰かが酒を飲んでいるのを見ると怒り狂った。バクラは島中から没収してきた酒を屋敷に集め、自分は毎日毎晩酒ばかり飲んで過ごした。

そんなある日のこと。朝から麦の蒸留酒を舐《な》めていたバクラの元に、酒類没収の指揮を取るレテ軍師長がやってきた。彼はその手に見慣れぬ赤い瓶《びん》を抱えていた。

「それは何だ？」とバクラは尋ねた。

「これはヨラルカ酒です」とレテ軍師長は答えた。「ヤジー島の起伏に富んだ土地でのみ栽培出来るヨラルカ葡萄《ぶどう》。それは芳醇《ほうじゅん》な香りを秘めており、酒造りに大変適しているのです。ですがヨラルカ葡萄の栽培は難しく、あまり多くの収穫は望めない。ですからヨラルカ酒は、たとえイズー王家が頭を下げて乞うても買うことが出来ない、十九諸島随一の幻の酒と呼ばれているのです」

「なぜそのようなものが没収品の中に混じっておったのだ？」

「おそらくヤジー島から……密輸されてきたのではないかと思われます」

レテ軍師長は歯切れ悪く答えた。朝一番に吐き出される強烈な蒸気を捕まえ、隣の島まで一気に飛び、金目のものを盗んだ後、蒸気炉の最後の息で島に舞い戻る。そんな盗賊集団が存在するのは知っていた。彼自身も朝の見回りの時に目撃したことがある。が、島内で悪さをされるよりはましだろうと、見て見ぬ振りをしていたのだ。

「まあ、出所などどうでもよいわ」バクラは舌なめずりをしながら赤い瓶を指さした。「早くその十九諸島随一と謳《うた》われる幻の酒を飲ませてくれ」

「御意《ぎょい》」

レテ軍師長は召使いに器を運ばせた。そして自ら栓を抜くと杯に注《つ》ぎ、うやうやしくバクラの前に差し出した。バクラは杯を受け取り、その赤い酒を一気にあおった。

「ううむ……」

それは彼の知らない味であった。春の風のように爽《さわ》やかで、夏の夜のように濃厚。秋の実りのように豊かで、冬の朝のように鮮烈だった。バクラはレテ軍師長の手から赤い瓶を奪い取った。杯にそそぐことさえもどかしく、瓶から直接、貪《むさぼ》るようにそれを飲んだ。そして瓶が空《から》になった時には、ヤジーに攻め込むことを決意していた。


さて所は変わって、ゼント島の隣に浮かぶ小島ヤジー。その第三蒸気塔に一人の娘が住んでいた。名前はリィナ・ジィン。艶《つや》やかな黒髪を持ち、ヨラルカ葡萄のように大きな青い瞳をした、美しい娘だった。

リィナは観測士だった。王島イズーを中心として、その周囲を回る輪界の島々。観測士は島の動きを計算し、風向きを計測し、蒸気船を飛ばす時間を算出する。旅人達の命を左右する、それはそれは重要な役目だ。だからリィナが亡き父の跡を継いで観測士になった時には「学のない若い娘に蒸気塔を任せるなんてとんでもない！」という者も少なくなかった。しかしリィナは幼い頃から蒸気塔に住み、父親の仕事っぷりを間近に見てきた。子供の頃から空と海とを眺めて育った彼女の観察眼は、熟練の観測士達にも決して引けを取らなかった。リィナは観測士としての役目を立派にこなした。最初は文句を言っていた島民達もその働きを認め、彼女のことを『かしこいリィナ』と呼んで、親しむようになっていった。

ある日の夕暮れ。リィナは蒸気塔からゼント島を眺めていた。夏のゼントはみずみずしい緑に覆われる。海上に浮かぶ緑の島は神秘的で美しい。だがこの日、リィナは異変を察した。いつも覆われる。

島の海壁に提《さ》げられているゼントの紋章旗がなくなっている。城にはゼントの紋章である梟《ふくろう》を描いた大きな旗が絶えず掲《かか》げられているのだが、今日はそれも見あたらない。

「また島主が死んだのかな？」リィナは首を傾《かし》げた。「でも前の島主が亡くなってから、まだ一ヶ月も経っていない。新しく島主になったバクラはまだ若いはずだし……」

リィナは遠眼鏡《とおめがね》を取り出し、市街を眺めた。家の煙突からは夕餉《ゆうげ》の支度をする白い蒸気が上がっている。家路を急ぐ人々が足早に道を行き来している。いつもと変わらぬ人々の暮らし。けれど、やはり何かがおかしかった。荷馬車の幌《ほろ》がなくなっている。どの窓からもカーテンが外され、家の中が丸見えになっている。

リィナはとても賢い娘だったので、すぐにピンときた。大きな布が姿を消すということは、大きな蒸気船作りが急速に進められているということだ。季節はまだ夏。春小麦の出荷にはまだ間がある。では何にそんな大きな蒸気船を使うのか。それで何を運ぼうというのか。ゼント島主は代々戦好きで、バクラは酒好きで有名だ。そしてヤジーにはヨラルカ酒がある。

リィナは遠眼鏡をしまった。急いで旅支度をし、その夜のうちに第三蒸気塔を出た。向かったのは主都トールスにある島主キリト・クラン・ヤジーの屋敷だった。一夜中歩き通し、次の日は途中の村で一泊した。さらに歩き通して翌日の夜半過ぎ。リィナはようやくヤジーの屋敷にたどり着いた。

叩《たた》き起こされたお目付役の老執事《ろうしつじ》は、怒って島主に進言した。「こんな夜更《よふ》けに島主を訪ねて来るような無礼な小娘に、会う必要などございません！」と。しかし若い島主は苦笑しながらそれに答えた。「昼の間は私も畑に出ていたからな。会いたくても会えなかったんだろう。だから……まぁ、そんなに怒るな」

ヤジー島主のキリト・クラン・ヤジーは島主になってまだ二年目の若者だった。畑を耕《たがや》し、作物を育てるのが大好きというこの風変わりな島主は、とても気さくな人柄で知られていた。彼は何事に対しても大らかだったから、真夜中過ぎという時刻にもかかわらず、リィナを屋敷へと招き入れた。

リィナは一昨日に見た光景を島主に話した。そして自分の意見を続けた。

「ゼント島の軍隊が攻めてきます。布を集めるのは大きな蒸気船を作っている証拠。大きな蒸気船は重い軍隊を運ぶためのものです」

それを聞いてヤジー島主は青くなった。

「なんてことだ！　すぐにイズー家に救援を求めなければ……」

「間に合わないかもしれません」とリィナは言った。「この島が第二輪界ビガン島に最接近するのが明後日。ビガンが第一輪界エンジャ島に接近するのはさらに二日後。イズー王家に知らせが届くのがその翌日としても、出発準備を調《ととの》えるには、どんなに早くても二日はかかるでしょう。しかもイズーの軍隊が海を渡ってヤジーに到着するまでには、さらに七日が必要です。となると救援が来るまでには、最低でも十四日かかるということになります」

「たった十四日も待てないと？　そんなに早くゼントが攻めて来るというのか？」

「はい。ゼントは戦の準備をしていることを隠しておりません。攻め込むことがこちらにわかっても、手の打ちようがないほど早く――つまりイズーからの援軍が来る前に、こちらに攻め込もうとしているのでしょう」

キリト・クラン・ヤジーは椅子の背もたれに倒れ込むと天井を仰《あお》いだ。

「なぜなんだ？　ゼント島はヤジー島よりもずっと大きくて豊かじゃないか？　いったい何が欲しくて、こんな小島を襲おうというんだ？」

「狙いはおそらくヨラルカ酒です。このたびゼントの島主となったバクラは、無類の酒好きだと聞きました」

「そんな理不尽な……」

「弱者にとって戦は常に理不尽なものなのだと、死んだ養父が申しておりました」

ヤジー島主は大きなため息をついた。「ヤジーでは小麦も多くは穫《と》れない。平地も少ないし放牧も難しい。ヨラルカ酒は我々の命綱だ。それを奪われてしまっては、島の住民達が飢《う》え死《じ》にしてしまう！」

打ちひしがれる若い島主に向かい、リィナは呼びかけた。

「戦いましょう、島主さま」

「無茶を言ってくれるな。ヤジー島には軍隊はおろか、ろくな武器さえないんだぞ？　第三輪界最強の軍隊を持つゼントと戦ったりしたら、島の住人達は全滅してしまうよ」

「大丈夫です、島主さま」

リィナはにっこりと笑った。

「私によい案がございます」


そんなことは何も知らないバクラ・クラン・ゼントは、早くヨラルカ酒がたらふく飲みたくて、蒸気船の準備を急がせていた。彼が初めてヨラルカ酒を口にした日から五日が経過し、ついに出撃の準備が調った。そして六日目の朝。水平線に太陽が顔を出すと同時に、大地の底からシュッシュッ……と蒸気の沸《わ》き上がる音が聞こえ始めた。その唸《うな》りはどんどん高まり、やがて蒸気坑を通って地上へと駆け上がってくる。

ピィ――――ッ！

その日一番の蒸気が、蒸気塔から勢い良く噴き出した。そこに被《かぶ》せられた大きな布袋はあっという間に大きく膨《ふく》らみ、浮力を得た蒸気船は次々に空へと舞い上がっていった。船には鎧《よろい》をつけたゼントの兵士達が大勢乗っている。バクラ自身も蒸気船に乗り込んだ。「島主自ら戦場に赴く必要はございません」と言うレテ軍師長を退けたのは、当のバクラ本人であった。彼は一刻も早くヨラルカ酒が飲みたかったのだ。

ゼントの軍隊は上り風に乗って海を横切り、ヤジー島の畑に着陸した。そして鬨《とき》の声を上げながら主都トールスへとなだれ込んだ。

ところが、トールスに入ったゼントの兵士達が見たのは、朝っぱらからへべれけに酔っぱらっているヤジーの島民だった。彼らはゼント兵士の格好を見て、余興か何かだと思ったらしい。歓声を上げると彼らの肩に腕を回し、さあさあと酒を勧めはじめた。

「昨夜は島主さまの結婚式だったんだ。島を上げての宴会が朝まで続いてよ」

ヤジーの島民は嬉しそうに額を叩いた。

「キリトさまは、俺らみてぇな農夫にも祝いの酒を振る舞って下さる、それはそれは気のいいお方なんだがよ。なんちゅうか……ちょいと気がお弱いところがあってな。だけどよ、あんなに綺《き》麗《れい》な嫁さんを貰《もら》ったんだ。これからはしっかりしてくれるだろうて。ま、なんにしろめでてえこった！」

島民達は歌ったり踊ったりしながら、兵士達に酒を振る舞った。困ってしまったのはゼントの兵士達だ。彼らは戦をしにきたのであって酒盛りをしにきたわけではない。けれど考えてみれば、戦うよりも酒を飲み交わした方がずっと楽しいに決まっている。しかもゼントの新しい島主が島中の酒をみんな没収してしまっていたから、兵士達はここのところ一滴の酒も飲めずにずいぶんと寂しい思いをしていた。そこへ来て、旨《うま》そうな酒を差し出され、さあさあと親しげに勧められたのだ。さすがのゼント兵もこれには負けた。彼らは兜《かぶと》を脱ぎ、剣を外して座り込み、ヤジーの島民とともに酒盛りを始めた。

それを見て激怒したのはバクラ・クラン・ゼントだった。彼は酒盛りを始めた兵士達を怒鳴りつけたが、すでに酒の回り始めた兵士達にはまったく届かなかった。怒りが頂点に達したバクラは自らの剣を抜き、酒盛りを続ける人々に斬《き》りかかろうとした。

「やあやあ、これはゼント様ではありませんか！」

聞き覚えのある飄々《ひょうひょう》とした声が彼の剣を止めさせた。振り返ると、そこには婚礼衣装を身につけたヤジー島主が立っていた。

「まさかご来席いただけるとは思ってもみませんでした」若いヤジー島主はニコニコと笑いながら、バクラの手を握った。「屋敷に祝いの席を設《もう》けております。ゼント様もぜひいらして下さい」

「俺は祝いの席に参加するために来たんじゃない！」

「そう仰《おっしゃ》らずに。ヨラルカ酒の中でも特に出来の良い、祝い用の酒を開けますので、ゼント様にもぜひご賞味いただきたい」

ヨラルカ酒――特に出来の良い――

その言葉はバクラの頭の中に一番蒸気のように鳴り響いた。バクラは剣を投げ捨て、重たい鎧も脱ぐと、にこにこしながらヤジー島主の手を取った。

「この度はめでたき席に参列出来て光栄に思う。二島の平和と繁栄を祈って、ヨラルカ酒で乾杯しようぞ？」

「もちろんですとも！」

ヤジー島主はバクラを自分の屋敷に招き入れた。

宴《うたげ》の広間には、白いヴェールで顔を隠した新婦がいた。薄衣に隠されたその顔はたいそう美しかったのだが、バクラが目を奪われたのは美しい新婦ではなく、その前に置かれたヨラルカ酒だった。バクラが席に着くと広間には次々とヨラルカ酒が運びこまれた。バクラは望み通り、心ゆくまでヨラルカ酒を飲んで飲んで飲みまくった。島主がそんな様子だったから、ゼントの兵士達ももう遠慮はいらぬというように、やはり飲んで飲んで飲みまくった。そしていい気持ちになって、すっかり寝入ってしまった。

ゼントから来た兵士達が充分に寝入ったところで、ヤジーの島民達はこっそりと起き上がった。彼らが飲む酒はあらかじめ水で薄められていた。一方ゼントの兵士に飲ませたのは、麦を蒸留して作った特別に強い酒だった。

ヤジー島民はゼントの兵士一人一人を彼らの乗ってきた船に運びこんだ。そして力の強いカカヤ馬に船を引かせ、畑の外れまで運んだ。その先は急な斜面になっており、断崖絶壁へと繋《つな》がっていた。目もくらむような崖の下にあるのは骨をも溶かす酸の海だ。

ヤジー島民は力を合わせ、青草で覆われた斜面に船を蹴り出した。船は斜面をぐんぐんぐんぐん滑《すべ》り落ち、崖からぽぅんと飛びだして、ドボンと海に落下した。次の船も、その次の船も、酔っぱらったゼントの兵士を目一杯積んだまま、ドボンと海に落とされた。

やがて最後の船になった。それにはバクラが乗っていた。バクラはちっとも目を覚まそうとせず、船底で大いびきをかいていた。自分の乗った船が斜面を滑り落ち、崖を飛び出し、海に飛び込んだのにも気づかなかった。ぐうぐうと眠り込んだまま、バクラは海の底へと沈んでいった。

こうしてヤジー島は、島民に死者はおろか怪我人の一人も出さずに、ゼントの兵隊をやっつけた。島民は大喜びし、キリト・クラン・ヤジーを称《たた》え、この策を考え出したリィナ・ジィンを称えた。喜びにわき返る島の中で、ただ一人あまり嬉しそうでなかったのは、そのリィナ本人だった。

「お芝居とはいえ、島主さまのお相手がなぜ私なのですか？」

「おや？」顔をしかめている新婦に、島主はにこりと笑って見せた。「私は本気だったんだけれどな」

「何を仰います。島主さまはお若いですし、とても綺麗な顔立ちをしておいでです。第二輪界ナンシャー島のアーシヤ・チェチェさまならば年齢的にもお似合いです。サクラワ島のコリナ・マーヤさまも、キリトさまよりは年上ですが、ご結婚相手をお捜しのはずです。求婚なされれば、必ずや色好いお返事をいただけるはずです」

「そんな顔も知らないような相手を、私に娶《めと》れと言うのかい？」

「島主筋の結婚とは同盟の証《あかし》です。現にゼントの先代島主はエンジャ島との絆《きずな》を深めるため、エンジャ島のご息女を后《きさき》に迎えておいででした。何の利用価値もない身分の低い娘と島主が結婚するなんて、許されることではありません」

「それでも私は好き合った者と夫婦になりたい。私はリィナが好きだ。このまま本当に式をあげてしまいたいくらいなんだ」

そう言われて、リィナは初めて赤くなった。

「それは……」

「私のことは嫌いか？」

「――いいえ」

「じゃあ、好きか？」

「わかりません」リィナは俯《うつむ》いた。「キリトさまが好きかどうか以前に、人を好きになるということ自体が、私にはよくわからないのです」

「ゆっくり考えておくれ」

ヤジー島主は朗らかに笑った。

「私の長所は気が長いことなんだ。返事が貰えるまで気長に待つよ」


一方、予想外の敗戦でゼント島は驚きに揺《ゆ》れた。だがバクラの死は、その弟であるシドラ・ウムを密かに喜ばせた。彼はすぐに自分が次の島主になることを宣言した。

バクラはヤジーを軽んじていたので、連れていった兵もごく少数だった。なのでゼントの兵力は、まだ大半が島に残っていた。この時、もしシドラがゼント全軍を率いて報復攻撃に出ていたならば、ヤジーはなすすべもなく滅ぼされてしまっていただろう。

けれどシドラはもっと別なことを考えた。ヤジー島は宝の島だ。ヨラルカ酒もそうだが、特にシドラが気に入っていたのはヤジー島の小麦だった。ヤジー小麦で作ったパンは柔らかでとても甘いのに対し、ゼント小麦で作ったパンは石のように固く酸っぱかった。他島の市場では、ヤジー小麦にはゼント小麦の三倍の値段がつけられていた。

以前、シドラはヤジー小麦を使ってゼントの農家に小麦を作らせたことがあった。しかし収穫出来たのは、見栄《みば》えのしないゼント小麦だった。なぜうまくいかないのかと詰問《きつもん》すると、その農夫は言った。

「ヤジーではよい水を使い、土にも栄養を与えています。しかも毎年、種の中からよりよいものだけを選んで蒔《ま》いているのです。それに比べてゼントでは、水も悪いし土も痩《や》せております。広大な小麦畑を維持するには人もお金も足りません。軍隊にお金がかかるので税は重く、小麦はいくら収穫しても安く買い叩かれてしまいます。これでは小麦の質は落ちる一方です。軍隊にかかるお金を、もう少し農地の整備に回していただけましたら、ゼントの小麦もヤジーに負けないものとなりましょう」

シドラはその農夫の首を刎《は》ねた。シドラはバクラほど愚《おろ》かではなかったが、やはり戦好きなゼントの血を引いていたのだ。

シドラは思った。ゼントにはまだ強い軍隊が残っている。これを使わない手はない。上質の小麦がヤジー島でしか穫れないのなら、ヤジーからそれを納めさせればよいのだ。

彼はバクラの失敗を見ていたから、自らヤジー島に乗り込むような真似はしなかった。かわりに彼はヤジー島主に書簡を送った。その内容はこういうものだった。

『ゼント島はヤジー島に先の戦の賠償を要求する。今後、収穫したヤジー小麦はすべてゼント家に納めるべし。もし拒否した場合、ヤジーには賠償の意思なしとみなし、即時攻撃を行う。今度は奸計《かんけい》は許さぬので、そのつもりでよく考慮されたし。七日以内にご返答を乞う』


手紙を受け取ったキリト・クラン・ヤジーは頭を抱えた。要求を受け入れることなどとても出来ない。けれど断れば、今度こそゼントの大軍隊にヤジー島は攻め滅ぼされてしまうだろう。

困り果てたヤジー島主は周囲の者達の制止も聞かず、今度は自ら第三蒸気塔に出かけていった。もちろんリィナ・ジィンにこの件を相談するためにだ。

黙って話を聞き終えたリィナは、島主に静かに問い返した。

「現在、小麦の蓄《たくわ》えはどのくらいございますか？」

「半年ぐらいなら持ちこたえられるだろう。だがその先は厳しいな」

「この秋収穫の春小麦、その三分の一……いえ四分の一を私に下さいますか？」

「それぐらいなら何とかなると思うが……」

「ではご安心下さい」

リィナはにっこりと笑って答えた。

「私に良い案がございます」

ヤジーはゼントに返答した。『今後収穫したヤジー小麦は、すべてゼント家に差し出します』と。それを見てシドラはほくそ笑んだ。やはり最後には武力が物をいうのだ。

やがて夏が過ぎ、秋になった。ゼントの小麦畑は黄金色に染まり、ヤジーでも春小麦の収穫が始まった。そしてついにヤジーから小麦が納められてきた。それを運んできたヤジーの使者は、小麦の袋とともにシドラの前に跪《ひざまず》いた。

「お約束通り、ヤジー小麦を納めに参りました」

「ふむ……ごくろう」内心、シドラは愉快でたまらなかったが、あえてしかめっつらをして言い返した。「私は収穫のすべてを納めよと申し渡したはずだ。それにしてはずいぶんと量が少ないようだが？」

「申し訳ございません。ヤジー小麦は収穫した後、ふるいにかけて他の穀物をより分け、風を当てて余分な草を吹き飛ばし、水に通して小石を取り除き、倉庫に入れて熟成させてございます。けれどヤジーには農民が少なく、一度に精製出来る量には限りがございます。なので今回はこれしか運んでくることがかないませんでした」

「なるほど。ヤジー小麦にはそういう秘密があったのだな」

ヤジー小麦だけでなく、その秘密も手に入れたことにシドラは満足していた。それでも彼は、使者の老人を脅かすように睨《にら》みつけた。「して、次の便はいつ来る？　もし次が届かなかったら、そのときはどうなるか、わかっておるだろうな？」

「はい、承知しております」老人は恐れ入ったように深々と頭を下げた。「次の便は七日後となります」

使者が退出した後、シドラは城の厨房《ちゅうぼう》に命じ、納められたばかりのヤジー小麦でパンを作らせた。運ばれてきた小麦が本当にヤジー小麦なのか確かめようと思ったのだ。蒸気で回転する石臼《いしうす》にかけられ、すぐに全粒粉が作られた。それに水を加えて良く練り、石の竈《かまど》でこんがりと焼く。はたして焼き上がったパンはほっこりと白く、柔らかだった。口に入れれば、噛《か》むほどに甘みが出てくる。

「これは旨い」

確かにヤジー小麦のパンだった。シドラは唸った。こんな旨いパンはそうそう食べられない。彼はヤジー小麦を外に出すのが惜しくなった。とりあえず今回運ばれてきた分は、この城に備蓄させよう。転売分には二回目以降をあてればいい。彼はヤジー小麦を城の食料庫に運ばせた。そして毎日三食、自分の食卓には必ず、ヤジー小麦で作ったパンを載せるようにと命じた。

そして七日目の朝。シドラ・クラン・ゼントは死んだ。

死因はムジカダケの毒による中毒死だった。城の食料庫には無数のムジカダケが生えて、そこに蓄えられていた備蓄食料をみんな駄目にしてしまっていた。もちろんヤジー小麦もその例外ではなかった。

兄の死を受けて、ついに三兄弟の末弟であるドナシ・コウが島主となった。ドナシは『兄が死んだのは、納められたヤジー小麦に毒が入っていたからだ』と決めつけた。そして今度の要求が聞き入れられない場合にはもはや開戦も辞さないと、ヤジー島主に通告してきた。

キリト・クラン・ヤジーは再び第三蒸気塔を訪れた。今度は誰も——口うるさい老執事でさえも、それを止めようとはしなかった。

そこでヤジー島主はリィナに言った。

「お前の考えた通りになったな」

リィナの考えた策。それは小麦にムジカダケの胞子《ほうし》を混ぜ込むというものだった。ヤジー島主から相談を受けたあの夜に、彼女はこう言ったのだ。

『今年は雨が多く降りましたからキノコが繁殖しやすいのです。ムジカダケの胞子には毒はありません。けれど胞子を混ぜ込んだ小麦を、風通しの悪い石造りの城にしまい込んだら、およそ五日から六日でムジカダケが生えてきます。小麦が台無しになったらシドラは怒るでしょうが、他の小麦もすべてムジカダケにやられているかもしれないと言えば、今年はこれ以上、小麦を納めろと要求してくることはないでしょう。あとはこの話を語り部達に伝え、十九諸島に広めさせれば、ヤジー小麦の価値は落ち、転売による利益もなくなります。つまりゼントがヤジー小麦を欲しがる理由も無くなるというわけです。もちろん今まで通りに小麦を高値で売ることは出来なくなりますが、少なくとも島民が飢えて死ぬ心配はなくなります』と。

「けれど——」少し困ったようにヤジー島主は眉根《まゆね》を寄せた。「まさかシドラ・クラン・ゼントが死んでしまうとは思わなかった」

リィナも表情を曇《くも》らせた。

「発芽したばかりのムジカダケは白く小さくて目にも留まりにくいのですが……まさか島主本人が中毒死するとは思いませんでした。跡を継いだドナシ・コウは、上の二人に較べて頭の良い人物だと聞いています。しかし好戦的な性格は兄達と変わらないとも聞きます。またヤジーに無理難題を押しつけてこなければいいのですが」

「ヤジーがゼントと戦って勝つ方法……」と言って、ヤジー島主は力無く笑った。「それは無理としても、せめてヤジーの島民が生き残る方法はあるだろうか？」

リィナはじっと島主を見つめた。

「その前にお聞かせ下さい。ドナシは何を要求してきたのです？」

「今回の要求は受け入れられない」

「島主さまの命ですか？」

「いいや」島主は悲しそうに首を横に振った。「私の首一つで片がつくなら、喜んで差し出しているよ」

「では他に何が――」

そこでリィナは言葉を切った。瞬きもせず、島主を凝視する。島主は苦しそうに顔を歪《ゆが》め、彼女から目をそらした。

「私ですか？」静かな声でリィナは問いかけた。「私を引き渡せとドナシは要求してきたのですね？」

「ドナシはヤジーの内情を調べたのだ。そして無知なヤジー島主に知恵を授ける賢い女性が存在することを知ったのだ」彼は悔《くや》しそうに拳《こぶし》を握りしめた。「拒否すれば開戦も辞さないと脅しながらも、ドナシは正式に申し入れてきたのだよ。ヤジー島第三蒸気塔の娘を我が后に迎え入れたい……と」

これにはさすがのリィナも驚いた。二の句が継げずにいる彼女を、ヤジー島主は抱きしめた。

「リィナは私の妻になる人だ。この要求だけは呑めない。リィナは誰にも渡さない。ドナシなんかに決して渡さない！」

「キリトさま。貴方《あなた》はヤジーの島主です。島主には島の住人達を守る責任があります。貴方が真っ先に考えなければならないのは住人達の安全であって、誰か個人のことではないはずです」

「わかってる――」ヤジー島主は声を詰まらせた。「それでも……リィナ。それでも私は、お前と一緒になりたい。お前とともに生きていきたいのだ」

「そう言っていただけるだけで過分な幸せ」

リィナはヤジー島主を見上げた。その青い目には強い決意が現れていた。

「キリトさま。ようやく私にも理解出来ました。この気持ちを……愛と呼ぶのですね」

そう言って、リィナはにっこりと笑った。

「キリト・クラン・ヤジーさま。貴方とこの島は私が命に代えてお守りいたします。ですからどうか――どうか私の最後の願いを聞いて下さい」

こうしてリィナはゼント島に渡った。

けれどリィナが后としてゼント家に迎え入れられることはなかった。

一度自分のものにしてしまえば女など簡単に支配出来る。おそらくドナシはそう考えていたのだろう。だが、そうするにはリィナは賢すぎたのだ。

表向き、彼女は従順な態度を崩さなかった。けれど彼女がゼントに来てからというもの、食事にムジカダケが混ざっていたり、猛毒を持つ背赤蜘蛛《せあかぐも》が寝所に紛れ込んだりと、不可解な事件が頻発するようになった。ドナシは安心して食事も出来ず、安眠することも出来なくなった。彼女を後にしたら、いつ毒を盛られるか、寝首を掻《か》かれるかわかったものではない。ドナシはリィナを館の地下牢《ちかろう》に監禁し、ようやく安堵《あんど》の息をついたという。

その間にも季節は巡り、寒い季節がやってきた。それはリィナがゼントに渡ってから三十日ほどが経過した、ある日の夕暮れのことだった。重装備に身を固めた兵士が二人、リィナのいる地下牢にやってきた。彼らはリィナを牢から連れ出し、島主の居室へと連れていった。

「あれは何だ？」

険《けわ》しい表情で、ドナシは窓の外を指さした。朱に染まった空に巨大な蒸気船が浮かんでいる。どうやらその日最後の蒸気に乗ってヤジーから流れて来たらしい。

「ヤジーは何を企《たくら》んでいる？」

ドナシの問いに、リィナはいつもと変わらぬ涼しい顔で答えた。

「ヤジーは兵力を持ちません。ゼントに攻め込むような度胸も有していないでしょう」

「確かに船は吊《つ》っておらぬようだが……」

「ヤジーに出来ることなどたかが知れています。放置しておいてもかまわないのではないでしょうか？」

そう言う彼女を、ドナシは意地の悪い目で睨みつけた。「……と、お前が言うのなら、ますます放置は出来んな」

「心外なことを仰います。私はすでに裏切り者。ヤジーに戻ることなど出来ません。今となってはこのゼント島だけが私の拠《よ》り所《どころ》。ドナシ様の情けにすがり、ようやく生きながらえているこの身ですのに……」

「口では何とでも言えよう」

「そうですわね」黒髪の美しい女は、すらりと立ち上がった。「では私に火矢をお貸し下さい。能のないヤジーのこと。懲《こ》りずにまたムジカダケを送りつけて来たのかもしれません。いっそ火矢を射《い》かけて焼いてしまいましょう」

「なるほど。それではお手並み拝見といこうか」

ドナシは部下に言って、松明《たいまつ》と弓と油が染み込んだ布を巻いた矢を用意させた。女はそれを受け取った。矢をつがえ、布に炎を移し、弓を引き絞った。そして、今まさに放たんとした時……

「待て」ドナシが彼女の手を押さえた。「この風だ。蒸気船を狙うふりをして、城に火でもつけられたらかなわん」

彼はリィナから火矢を奪い、弓をキリキリと引き絞ると、夜空に向かって解き放った。火矢は美しい孤を描き、不気味な蒸気船のど真ん中に命中した。

その瞬間、蒸気船が炎を吹き上げた。千々に散った火の粉は、まるで生き物のように空中を泳ぎ、バラバラと地上に降り注いだ。あちこちで悲鳴が上がり、家や畑が燃え上がる。

驚いたのは火矢を射かけたドナシだった。

「あれは何だ！」彼はうろたえ、リィナを振り返った。「これもお前の奸計なのか！」

「あれは『水の素』と呼ばれる気体です」リィナは変わらぬ穏やかな口調で答えた。「蒸気よりもはるかに良く空に浮き、とても良く燃える気体なのです」

そこで彼女は初めて、満足そうに笑った。

「しかし射ずにおけば、風に乗って流れ去りました。けれど貴方はあれを射た。貴方はご自身の手で、自分の島を焼き滅ぼしたのです」

火は刈り取られたばかりの小麦畑や、草木の枯《か》れた丘に落ち、藁束《わらたば》や枯れ草に燃え移った。夕暮れ時の強風に煽《あお》られ、炎はあっという間に燃え広がった。何百何千という火が互いに結びつき、やがて大きな炎となって島全体を包み込んだ。大火はその後、三日三晩にわたって燃え続けた。

そして迎えた四日目の夜、ついに島の蒸気炉に火が入った。蒸気炉は大轟音《だいごうおん》を上げて爆発し、十六の蒸気塔は天高く炎の柱を吹き上げた。そしてヤジー島の島主と島民が息を呑《の》んで見守る中、ゼント島は海へと沈んでいった。

その直前、リィナが天に昇る姿を見たという者がいた。

しかし、それを証明出来る者は――今となっては誰もいない。

Ⅲ

トーテンコフはイガ粉を炎に投げた。

話が終わった。

「すごいな」ナイティンゲイルが嘆息《たんそく》した。「まるで沈んでいくゼント島が目に見えるようでした」

「大袈裟《おおげさ》だな」

そう言って、トーテンコフは皮肉な笑いを浮かべた。「強い軍隊を持ったら、次は使いたくなるのが人情というものだ。賢すぎる頭を持った人間もそれと同じ。自分の頭の中にある戦略を試さずにはいられない」

「でも今の話、リィナは被害者でしょう?」

「いいや。罪もないのに焼き殺されたゼントの島民達こそが被害者だ」

トーテンコフは唇を歪《ゆが》めた。

「それに炎の上昇気流を利用すれば、隣の島はおろか輪界を越えた島まで飛ぶことだって出来る。天に昇るリィナを見たというのは幻ではなかったのかもしれない」

「しかし島を焼き尽くすような火災の中から脱出するなんて、どう考えても無理ですよ。無事でいられるわけがない」

「常識ならな。だがよく考えてみろ。リィナが自分の命を狙ってくるような危険な女だとわかっても、ドナシはリィナを殺さなかった。それは何故だ？」

「リィナがとても美しかったから……ですか？」

ナイティンゲイルの答えに、トーテンコフはやれやれというように肩を落とした。

「それじゃまるでイルパ島の魔物の話だ。滝の裏側にある洞窟《どうくつ》に潜《ひそ》み、時折姿を現してはその美貌《びぼう》で人を誘惑し、洞窟に誘い込んでは食べていたという」

「でも……他に考えつきません」

「リィナの最後の願いとは『その日が来たら「水の素」を詰めた蒸気船をゼントに送って下さい』というものだったんだ。『その日』というのはリィナがゼントに渡ってから三十日前後だ」

そこでトーテンコフはコツコツと、仮面の上から眉間《みけん》を叩《たた》いた。

「わからないか？　冬至だよ」

「……えっ？」

「リィナは魔物だったんだ。だからドナシは彼女を殺せなかった。より正確に言えば、殺しても死ななかったと言うべきなんだろうが――」

トーテンコフはそこで言葉を切って、空咳《からぜき》をした。

「とにかく……魔物の力ははるかに人を陵駕《りょうが》する。冬至の夜は特にそうだ。だからリィナは、炎に焼かれても死ななかった」

「ああ——なるほど」ナイティンゲイルは頷《うなず》いた。「ではその後、リィナはヤジーに戻ってキリトと結婚し、二人は末永く幸せに暮らしました……となるわけですね？」

「現実はお伽噺《とぎばなし》とは違う」

気を悪くしたように、トーテンコフは声の調子を荒らげた。

ナイティンゲイルは叱られた子供のように首を縮める。

「——すみません」

トーテンコフは足元に落ちていた小枝を拾うと、ぴしりと二つにへし折った。

「自ら第三蒸気塔を訪れるくらいだから、キリトはリィナの正体に気づいていたのかもしれない。だが炎上するゼントから生還したとなれば、リィナが魔物であることは周囲にも知れる。魔物だとわかっている者を、島民達が受け入れられると思うか？ キリトが島民と自分の間に挟まれ、苦悩することは目に見えているだろう？ だからリィナは戻れなかった。愛するがゆえにキリト・クラン・ヤジーの元には戻らなかったのだ」

「悲しい話ですね」

ナイティンゲイルがしみじみと呟《つぶや》いた。

トーテンコフは折った小枝を炎に投げ込んだ。

「戦争に、幸せな結末などあり得ない」

吐き捨てるように言うと、自分の足元に置いた布袋から水筒を取り出した。まずは一口飲んでから、ナイティンゲイルへと差し出す。

「飲むか？　ケーナ酒だ。喉に良いし体も温まる」

「いえ、私は酒に弱くて――飲んだらきっと寝てしまう」

それを聞いて、トーテンコフは笑った。「では勝手に飲《や》らせて貰うぞ」

「遠慮なくどうぞ」

ナイティンゲイルは立ち上がり、薪《たきぎ》の山から一抱えの枯《か》れ枝《えだ》を持って戻ってくる。その中の数本を火壇《かだん》に投げ込み、残りを自分の前に置いた。再び石椅子に腰を下ろしたナイティンゲイルは、揺《ゆ》れる炎をじっと見つめた。

「貴方《あなた》に聞いて欲しい話があります」

「ほう？」トーテンコフは揶揄《やゆ》するように笑った。「ずいぶんと勿体《もったい》ぶった出方をするな？」

「また魔物の話なんです」ナイティンゲイルはわずかに首を傾《かたむ》けた。背中で長い髪がさらさらと揺れる。「聞いていただけますか？」

「何だって聞くとも」トーテンコフはつま先で、イガ粉の壺《つぼ》をナイティンゲイルの方に押し出した。「今夜は煌夜祭《こうやさい》だからな」

「ありがとう」

ナイティンゲイルはジャリリ……とイガ粉を摑《つか》んだ。

「『魔物はどうして存在するのか』、『なぜ死なず、なぜ人を食べるのか』。この問いは今までに幾度も繰り返されてきた。けれどいまだにその答えを見つけた者はいない」

火中に投げ込まれたイガ粉が、赤い火の粉となって夜空に舞い上がった。火の粉は美しく踊った後、はかなく闇に呑まれていった。

「かつて、その答えを知りたいと強く願う者がいた。なぜなら彼は人ではなく、魔物だったからだ。これはその魔物が、自らの口で語った物語である」

第三話　『魔物の告白』

私は生まれつきとても体が弱かった。そう長くは生きられないと医者も見放すほどだった。それを聞いて母は泣いた。まだ幼い私を抱きしめ、出来ることなら変わってやりたいと涙を流した。なぜ母が泣くのか、私は幼すぎて理解出来なかった。だからその時は、母に抱きしめられているこ とが嬉しかった。柔らかな母の腕。温かい胸の温《ぬく》もり。白く美しい指。それがある限り、私には死が恐ろしいものだとは思えなかった。

私は少年時代の大部分を屋敷の中で過ごした。私の肌はとても白く、強い日差しに照らされると赤く腫《は》れ上がってしまうのだった。だから私が外に出られるのは、夕陽《ゆうひ》が空を燃え上がらせてから、その残照が消えるまでの、ほんの少しの間だけだった。

それでも当時の私は、自分が人間であることをまったく疑ってはいなかった。私の父スーイ・クラン・ターレンは普通の人間だったし、私を産んだ母ルテナ・マーヤも普通の人間だった。だから私は太陽光に弱い自分の体質を疎《うと》ましく思うことはあっても、まさか自分が忌《い》むべき夜の生き物なのだとは夢にも思っていなかった。

そう――あの老婆に遭遇するまでは。

あれは十歳の誕生日を迎える少し前のこと。私は裏庭から外に出た。太陽は水平線に沈みかけ、その日最後の光を空に投げかけていた。それに背を向け、私は森へと走り出した。急ぎ足で森に分け入り、急な斜面を下り、大きな岩の後側に廻る。岩と岩との間には白く細長い花弁を持つ花が咲き乱れていた。

そこは私の秘密の場所だった。私は夢中になって花を摘《つ》んだ。草の汁で手がべたべたになるのも構わなかった。やがて空から残照が消えていき、手元が暗くなってきた。そろそろ戻らなければと私は思った。両手いっぱいの花。これをあげたら母はどんな顔をするだろう。そう考えるだけで嬉しくなった。早く屋敷に戻ろうと、私は立ち上がった。

「お前がガヤン・ハスだね？」

頭の上からしゃがれた声が降ってきた。

私は驚いて岩を見上げた。そこには老婆が立っていた。真っ暗な森を背後に従え、真っ白な髪を振り乱したその姿は、子供の目に化け物のように映った。しかもその老婆は透《す》き通りそうなほど青い目で私のことを凝視していた。気味が悪くて、私は後ずさりした。それを追うように老婆も身を乗り出してくる。そして老人とは思えない身軽さで岩から飛び降りると、私にぐっと顔を近づけた。

「なるほど……」彼女はかすれた声で言った。「とうとう生まれたんだね」

何のことを言っているのか、私にはわからなかった。ただこの老婆が恐ろしかった。手足がガクガクと震《ふる》えた。せっかく摘んだ花も、みんな足元に落としてしまった。

「いいかいよくお聞き」

老婆がさらに顔を近づけてきた。

「この先、お前の身に何か困ったことが起こったら、私の元を訪ねておいで。私はこの森の奥――滅多《めった》に人が足を踏み入れることのない、深い深い森の奥に住んでいるからね」

老女の吐く息からは異臭がした。肉が腐ったような匂いだった。

「わかったならお行き」老女は私の背後を指さした。「母親がお前を捜しているよ」

私は身を翻《ひるがえ》し、森の中を走った。何度も下草に足を取られながら、それでもひたすらに走り続けた。

「ガヤン？　どこにいるの？」

母の声がする。私は森を抜け出し、声のする方に走った。屋敷の裏庭に母の姿を見つけると、その腕の中に飛び込んだ。

「まあ……どうしたの？　泥だらけじゃない？」

服が汚れるのもかまわず、母は私のことを抱きしめてくれた。温かく柔らかい抱擁《ほうよう》に、緊張が緩み、私は火がついたように泣き出してしまった。

「そんなに泣いて。何があったの？　ヘビでも出たの？」

私は泣きながら首を横に振った。あの老婆のことを話そうとしたのだが、その姿を口にすることさえ恐ろしくて、とても言い出せなかった。

「もう泣かないで。ガヤンは男の子でしょう？」

母は私の涙を拭《ぬぐ》ってくれた。私の頭を優しく撫《な》でてくれた。温かい母の手――白く美しいその指。触れられるだけで胸に温かいものが溢《あふ》れた。

安心したせいか、急に私は空腹を感じた。

「お腹が空《す》きました」と言うと、母はにっこりと笑った。

「では手と顔を洗っていらっしゃい。それがすんだらご飯にしましょうね」

成長するにつれ、私はだんだんと弱っていった。外気に触れると熱を出すからと、外にも出して貰《もら》えなくなった。私は一日中、自分の部屋で本を読むか、窓から外を眺めて暮らした。母は出来る限り私につき添ってくれたが、それでも四六時中一緒にいるわけにはいかなかった。私は遊び相手も話し相手もなく、長い時間を持て余すようになった。

そんな中、私はある発見をした。床の上に腹這《はらば》いになり、耳を床板に押しつける。そうすると階下の人の話し声を聞くことが出来た。大人達の話は難しすぎて、何を言っているのかほとんどわからなかったが、人の声を聞いているだけで、私は安心することが出来た。

ある夜のことだった。その日は朝から一度も母が姿を見せてくれなかったので、私はとても不安になっていた。こんなことは今までなかった。母の部屋を訪ねてみようかとも思ったのだが、決心がつかなかった。夜遅くに出歩いているところを見つかったら、叱られるとわかっていたからだ。そこで私は床に伏せ、耳を床板に押し当てた。もしかしたら母の声が聞けるかもしれないと思ったのだ。

期待通り、声が聞こえてきた。けれど話しているのは二人の男……一人は父のスーイ、そしてもう一人は父の部下であり義理の息子でもあるエナド義兄だった。

私は父が苦手だった。父は私に対して怒ることも笑うこともしない。話しかけても何も答えてくれない。父はいつも私を無視し、私の姿が見えていないように振る舞った。

その父が話をしている。私は二人の会話に耳をそばだてた。

『今朝、ルテナが倒れてな』

父の声が言った。それにエナド義兄の声が答える。

『お加減はいかがなのですか？』

『大事はない。医者が言うには過労だそうだ。ここのところ、不眠不休でガヤンの看病に追われていたからな。無理がたたったのだろう』

『ルテナ様も、あまり丈夫な方ではありませんからな』

『やはり無理を押して第二子を産んだことが体の負担になったのだろうな。あれとしてはどうしても跡継ぎが欲しかったんだろうが――』ため息ひとつ分の間を挟み、父の声が続く。『エナド――お前達、子供を作ってくれないか？』

『やめて下さい義父上《ちちうえ》。私がアイダを……貴方《あなた》の娘を妻に迎えた時、私達は子供は持たないと、お約束したではありませんか』

『あの時とは状況が変わった』父の声は固く冷たく響いた。『アイダは島主の血を引いている。本来女に相続権はないが、やむを得ぬ。お前とアイダの子に私の跡目を継いで貰いたい』

『何を仰《おっしゃ》います。義父上にはガヤン様という跡取り息子がおられるではありませんか』

『ガヤンはあまりに病弱だ。いつ死ぬかもわからない。いや、たとえ死ななくても、ガヤンは剣も持てず、弓も引けない。あれではとても島を守ることなど叶《かな》わない』

私は思わず目を閉じた。自分の存在をすべて否定されたような気がした。私は父の期待には応えられず、母には負担をかけることしか出来ない。悲しくて、情けなくて、涙が出そうになった。

『そんなことはございません』強い調子でエナド義兄が言った。『ガヤン様とは先日も話をしましたが、とても十歳の子供とは思えないほど聡明《そうめい》でした。彼はきっと良き島主になられます』

『しかし……賢いだけでは島は守れない』

『いいえ、身を挺《てい》して島を守るのは我らが兵士の役目。島主自らが戦わねばならぬような戦《いくさ》は、負け戦と相場が決まっております。そうなっては島主が強くても弱くても、あまり関係はありませんな』

ハハハ……と義兄の笑い声が響いた。

『よさんか』それをたしなめる父の声にもまた苦笑の響きがある。『まったく、縁起でもない』

『縁起でもないのは義父上のほうでございましょう？　父親である貴方がガヤン様の味方をせずにどうします？』

『私は心配なのだ』

父の声は不安に揺《ゆ》れていた。

『ガヤンが[redacted]なのではないかと思うと、不安でならない』

私は床に耳を押しつけた。父の声は低くて聞こえにくい。父は私のことを何と言った？　私が何だと言ったのだ？

『その話はやめましょう』エナド義兄の声は低く、囁《ささや》くようだった。『誰が聞いているかわかりません。そのことは口にしない方がよろしい』

『そうだな』父の声が答えた。『お前がいてくれて助かる。お前のように出来た男を、よくぞ伴侶《はんりょ》に選んでくれたものだ。我が娘ながら、アイダには感謝せねばなるまいな』

それから二人は麦の成長具合だとか、水路の建設についての話を始めた。私は床に耳を押しつけ、夜が更けるまで二人の声を聞いていた。しかしそれ以降、二人の会話に私の名がのぼることはなかった。

やがて私は十三歳の誕生日を迎えた。その頃の私は起きていられる時間よりも、床《とこ》についている時間の方が長くなっていた。高熱が続き、激しい痛みが絶え間なく全身を襲った。激痛が背骨を刺し、骨という骨が軋《きし》みをあげた。このまま体がバラバラになってしまうんじゃないかと、幾度も思った。

後になって思えば、あの痛みはまさしく、体が作り変えられる痛みだったのだ。

そして——ついに運命の日がやってきた。

私はひどい渇《かわ》きを覚えて目を覚ました。深夜だというのに外が明るかった。何だろうと思って窓から眺めると、中庭に大きな篝火《かがりび》が見えた。それをみすぼらしい身なりの人々が取り囲んでいる。煌夜祭《こうやさい》だ。

揺れる炎を見ていると、自分も火のそばに行きたいという気持ちがむくむくと湧《わ》き上がった。けれど煌夜祭に加わることは両親から固く禁じられている。私は寝台に戻り、寝てしまおうと努力した。だが喉の渇きはますますひどくなる。ついに私は耐えきれなくなった。部屋を抜け出し、廊下を抜け、こっそりと厨房《ちゅうぼう》に入った。

運の悪いことに水入れの壺《つぼ》は空《から》だった。となると後は裏口を抜け、外の井戸まで行かなければならない。私はあたりを見回し、水を受ける容《い》れ物《もの》を探した。と、その時。目の端《はし》を何かがかすめた。黒いネズミが厨房の隅を走り抜けたのだ。

自然に体が動いた。次の瞬間に手が伸びて、難なくネズミを捕まえた。キィキィと甲高い声でなく小さな生き物を、私は素手で二つに裂《さ》き、四つに裂いてその血を飲み、肉を食べた。獲物をすっかり平らげてしまうと、余計に空腹感が募った。

——足りない。

私は裏口から外へ出た。闇が輝いていた。大気は生命力に溢れていた。夜気を胸一杯に吸い込み、私は走り出した。それは素晴らしい感覚だった。体中に力がみなぎっていた。体が蒸気のように軽く、手足は自由自在に動く。こんな経験は生まれて初めてだった。

私は屋敷の正面に廻り、そこから中庭へと続く回廊を駆け抜けた。中庭には火壇《かだん》が据《す》えられ、大きな炎が燃えていた。途端に頭がくらくらした。抗《あらが》いがたい炎への誘惑に、私はふらふらと火に吸い寄せられていった。

炎を囲んだ語り部の一人が私に気づいた。彼は私を指さし、大きな悲鳴を上げた。その場にいた全員が私を見た。語り部達は口々に何か叫びながら、石椅子から腰を浮かせる。その一人が、私とは反対の方向へ逃げ出した。

突然、その背中を追いかけ、捕まえたいという欲求が湧き上がった。恐怖の眼差《まなざ》しで私を見る語り部達を一人残らず喰いつくしたいと思った。いや……喰いつくさねばならないと思った。

「こっちにおいで」

誰かが私に呼びかけた。私は声の主《あるじ》に目をやった。

石椅子に老いた女の語り部が座っている。その仮面は見たこともないような奇妙な色合いをしていた。彼女は私を見て、しゃがれた声で呟《つぶや》いた。

「これも運命だよ。諦めるんだね」

私は老女に襲いかかった。が、突然襲った激痛に、体中の力が萎《な》えていった。私の胸の中央に銀の柄《つか》が生えていた。短剣が胸を刺し貫いたのだ。

「なかなか利くだろう？」老女の声が遠くから聞こえた。「銀で作った短剣だよ」

自分は死ぬのか。なぜ死ななくてはならないのか。私は理解出来ずに涙を流した。

「自分の姿をごらん」

老女が鏡を差し出した。白く曇《くも》ったその表面に、何かが映っている。刃のように鋭い爪《つめ》、耳元まで裂けた口、めくれ上がった唇から覗《のぞ》く尖《とが》った牙。そして深い深い井戸よりも深い真っ暗な瞳。黒炭のように黒い肌をした異形の者が、短剣に刺し貫かれて喘《あえ》いでいる。

私は痛みも忘れて鏡に見入った。

これが──私？

「悪いが朝までそうしていて貰うよ。私もまだ食べられるわけにはいかないからね」

老女が何を言っているのか理解出来なかった。胸の痛みと、自分が化け物になってしまったことに対する衝撃で、私は気が遠くなり……やがて何もわからなくなった。


次に目覚めた時、私は寝台に寝ていた。慌てて飛び起きて、自分の体を撫で回した。肌は白く、爪も牙もない。胸を貫いていた短剣もない。

「──夢？」

そうだ。あれは悪い夢だったのだ。私は自分にそう言い聞かせた。あんな気味の悪い夢、忘れてしまおう。

私は立ち上がった。部屋の中を見回して、ようやく気づいた。

そこは私の部屋ではなかった。家具はなく、窓もない。天井は低く、湿った空気は重く淀《よど》んでいる。その部屋の扉──本来扉があるべき場所には冷たい鉄格子《てつごうし》がはまっていた。私は屋敷の地《ち》下牢《かろう》にいるのだった。

私は混乱し、人を呼んだ。泣いて、泣いて、泣き叫んだ。けれど誰一人として答える者はいなかった。私は母の名を呼んだ。叫び続けた。狂おしいほど母が恋しかった。彼女なら私を助けてくれる。ここから出してくれると思った。しかし私がどんなに泣き叫んでも、母は現れなかった。

あの夜を境に私の生活は一変した。私は病弱な島主の息子から、地下牢の虜囚《りょしゅう》となったのだ。一人ぼっちで過ごすことにかわりはなかったが、地下牢には人の声も聞こえず、誰も訪ねてこなかった。朝と夕方には食事が運ばれてきたが、それを運んできた者達は例外なく、怯《おび》え切った顔をしていた。彼らは私の問いかけに答えるどころか、いつも逃げるように立ち去っていくのだった。

変わってしまったのは生活だけではなかった。私の体も奇妙な変化をとげていた。あれほど私を苦しめていた体の痛みも高熱もすっかり消え去っていた。そのかわり鉄格子から差し込むわずかな日射しさえ眩《まぶ》しくて、昼間は目が開けていられなくなった。空に太陽がある間は怠《だる》くて力が出ないのだが、夜には体中に力がみなぎった。私は一晩中起きていて、夜明けとともに眠るようになった。

そのうちさらなる変化が訪れた。段々と物が食べられなくなってきたのだ。初めはそれでも無理矢理食べ物を飲み込んでいたのだが、すぐに面倒になって止《や》めてしまった。それからは水と少量のラピシュ羊の乳だけが私の食事になった。それでも空腹感は覚えなかったし、体調が悪くなることもなかった。

そして私が虜囚となってから四十六日が過ぎた。

手つかずのままの食事が下げられてから、数時間が経過した深夜のことだった。物音が聞こえた気がして、私ははっと顔を上げた。足音だ。足音が聞こえる。それは誰かに見つかるのを恐れるように、歩いては止まり、止まっては歩き出しながら、徐々に近づいてくる。

私は息を殺して鉄格子を見守った。足音はすぐ傍までやってきて、そこで止まった。姿は見えなかったが、ランプの炎らしき淡い光が廊下の壁に揺れている。

「ガヤン……？」

小さな声が、私の名を呼んだ。それは夢にまで見た母の声だった。

「母様！」私は鉄格子に駆け寄った。彼女の姿を一目見ようと鉄格子に顔を押しつけた。「母様なのですね？　ああ、お顔を見せて下さい！　母様！」

「ごめんなさいガヤン。そちらには行けないの」母の声はとても苦しそうだった。「貴方に会ってはいけないと言われているの」

「どうしてですか！」私は鉄格子を摑《つか》んだ。「なぜ私はこんな所に入れられなければならないのですか！　私がいったい何をしたと言うんですかっ！」

「大きな声を出さないで」囁《ささや》くような母の声。「お願い。人に見つかってしまうわ」

私は奥歯をぐっと噛《か》みしめた。母がいる。すぐそこに母がいるのだ。母に会いたい。母の顔が見たい。もう一度、私を抱きしめて欲しい。私の頭を撫で、すべては悪い夢なのだと言って欲しい。

「ガヤン、なぜ何も食べないの？」

小さな声で母が問いかけてきた。

「ご飯を食べて。このままでは死んでしまうわ」

「腹が減らないのです」私は苛々《いらいら》しながら答えた。「食べ物のことなんか、どうだっていいんだ！」

「どうでもよいはずがないでしょう？　ねぇ、何なら食べられるの？　何か食べたいものはないの？」

「だから言っているでしょう！　食べ物など必要ないと！　それよりも母様、どうかもっと傍に来て下さい。一目で良いからお顔を見せて下さい」

母は沈黙した。逡巡《しゅんじゅん》しているのだとわかった。私は待った。じりじりしながら待った。やがて人の気配が動いた。ランプの炎が揺れ、母が私の前にその姿を現した。

「ああ——母様。会いたかった！」

「私もですよ。ガヤン」

久しぶりに見る母はひどく痩《や》せてしまっていた。頰《ほお》は痩《こ》け、目は落ちくぼみ、まるで病人のようだった。長く艶《つや》やかだった黒髪にも張りがなく、白髪もずいぶんと増えている。

私は格子の間から手を伸ばした。

「こっちに来て、よく顔を見せて下さい」

目に涙を浮かべ、母は私に近寄ってきた。私は胸がドキドキした。もう少し……あと一歩近づけば手が届く。あと一歩で、母に、あの白い手に、触れることが出来る。

「ガヤン——可哀想《かわいそう》な私の子……」

母がその一歩を踏み出した。私は身を乗り出し、出来る限りに腕を伸ばした。頰骨が激しく鉄格子にぶつかったが構わなかった。咄嗟《とっさ》に母は逃げようとした。ふわりと動いた長い髪が指先に触れる。私は夢中でそれを摑んだ。

「やめて、ガヤン！」

悲鳴のように母が言った。

それが私の中の情動を突き動かした。彼女に触れたい。彼女を腕の中に抱きしめたい。そのことだけで頭がいっぱいになった。私は彼女の髪をぐっと握り、力任せに引きよせた。母が悲鳴を上げた。彼女の手から落ちたランプが床で砕《くだ》け、わっと炎が広がった。

騒ぎを聞きつけて数人の兵士が駆けつけてきた。その先頭にいるのは見慣れた人物――エナド義兄だった。彼は状況を一目で把握したようだった。兵士達に火を消すよう指示し、自分は鉄格子に駆け寄った。

「手を放せ、ガヤン」エナドが私の手首を摑んだ。

「邪魔をするな！」私はもう一方の手で彼の手を払いのけた。彼は一瞬ひるんだが、すぐに腰帯から吊《つる》した剣を引き抜く。

「御免！」

そして迷わず、母の髪を断ち切った。

解放された母は床の上に倒れた。義兄はその傍《かたわ》らに膝をつき、彼女を助け起こした。

「大丈夫ですか？」

母は頷《うなず》いた。驚きのあまり声も出ないようだった。義兄は彼女の肩に手を置いて、厳しい表情で言った。

「これでおわかりになったでしょう？　もうここへ来てはなりません」

母は再び頷いた。彼女は顔を上げ、私を見た。その顔は恐怖に引きつっていた。黒い瞳からはとめどなく涙が流れている。

「ガヤン……」か細い声で母は言った。「恨まないで……どうか……恨まないで」

エナド義兄が立ち上がり、火を消しとめた兵士達に命じた。

「ルテナ様をお部屋までお連れしろ。ただし、島主様に見つからないようにな」

兵士達は母を両側から支え、静かに廊下を歩き去った。

その間、私は鉄格子を両手で摑み、力まかせにそれをこじ開けようとしていた。けれど頑丈《がんじょう》な鉄格子はびくともしない。私は怒り狂い、口汚く義兄を罵《ののし》った。もう少しで母に触れられたのに。あの白い指に触れられたのに。邪魔したエナド義兄が憎かった。いくら罵っても足りなかった。怒りで胃の腑《ふ》が煮《に》えくり返っていた。私は義兄を睨《にら》み、罵倒《ばとう》し、格子から目一杯手を伸ばして彼に摑みかかろうとした。そんな私を義兄は黙って見つめていた。その表情は辛《つら》そうでもあり、悲しそうでもあった。

やがて暴れ疲れた私は罵るのを止めた。深呼吸を繰り返すうちに、だんだんと頭が冷えてきた。私は自分の手に残った母の髪を見た。母の長く美しい黒髪は私の自慢でもあった。なのに私はそれを切らせてしまった。今さらのように後悔の念が押し寄せてくる。母に暴力を振るうなんて、どうしてあんなことをしてしまったのか。

「どうして――」声が詰まった。涙が溢れ、ぼたぼたと床に落ちた。「どうして母の髪を切ったのですか？　いっそ私の腕を切ってくれれば良かったのに！」

「正気に戻られましたか？　ガヤン様」

エナド義兄の声には安堵《あんど》の響きがあった。

私は顔を上げて義兄を見た。

「私はおかしくなってしまったのでしょうか？」母の髪を握ったまま涙を拭い、再び彼に目を向ける。「私に何が起こったのですか？　お願いです。教えて下さい」

「何も覚えていらっしゃらないのですか？」

私は頷いた。こぼれる涙を拭い、もう一度頷く。

「冬至の夜――」と義兄は低い声で話し始めた。「煌夜祭の夜でした。ガヤン様は火壇を囲む語り部達に襲いかかろうとしたのです。その時、語り部の一人……奇妙な仮面をつけた老婆が貴方の胸を短剣で突き刺した」

私は拳《こぶし》を胸に当てた。あの痛み、あの恐怖。あの夜の出来事は、夢ではなかったのだ。

「私が駆けつけた時、ガヤン様は瀕死《ひんし》の状態でいらっしゃいました。短剣は胸を突き通しており、私は一目見て、これは助からないと直感しました。なのに奇妙な語り部は、剣を抜いてはいけないと申しました。けれど私はとてもそのままにはしておけず、貴方の胸から短剣を引き抜いたのです。すると胸の傷はまるで魔法のように塞《ふさ》がり、見る間に癒《い》えていきました。ガヤン様を失わずにすんだことが、私にはとても嬉しかった。しかしその次の瞬間、血が凍りました。ガヤン様の肌が見る見る黒ずみ、口は耳元まで裂け、手には鋭利な刃物のような爪が生えました」

義兄は床に片膝をついて頭《こうべ》を垂《た》れた。

「貴方を止めるには、もう一度、貴方の胸に剣を突き刺さねばなりませんでした。どうかお許し下さい」

許すとか、許さないとかの問題ではなかった。私にもようやくことの次第がわかってきた。短剣で胸を刺されても死なない。冬至の夜に人を喰らう黒い獣に姿を変える。それらが意味することはただ一つだけだ。

「魔物――」語り部達の話に登場する化け物。人を喰らい、夜を彷徨《ほうこう》し、決して死なないという邪悪な生き物。「私は――魔物なのか?」

私の問いに答えるかわりに、エナドは話を続けた。

「その語り部は言いました。貴方を隔離《かくり》しなければならないと。特に血縁者を貴方に会わせてはならないと。それさえ守ればよほどの怒りに駆られない限り、貴方は人を食べたりしないと」

彼は立ち上がり、憐《あわ》れむように私を見た。

「けれど冬至の夜だけは――魔物は激しい飢《う》えに襲われ、人を喰う獣と化すのだそうです。そうなっては、もう誰も止めることは出来ない」

「――もういい」

私は鉄格子を摑んだまま、ずるずると床に座り込んだ。私は魔物になってしまった。人を食べる化け物になってしまったのだ。これから冬至が来るたびに私は人を喰い殺すのだ。

「私を――殺して下さい」呟くように私は言った。他に何も考えられなかった。

「申し訳ありません、ガヤン様」呻《うめ》くようにエナドは答えた。「私はすでに一度、貴方を刺し殺そうとしたのです。けれど私の剣では貴方を殺せなかった」

「しかし、何か方法があるはずだ！」血を吐くような思いで私は叫んだ。「お願いです。死なせて下さい。私が誰かを食べたりしないうちに。人間を食べたりしないうちに！」

「正直に申します。私は貴方を生かしておくのは、周囲のためにも貴方のためにもならないと考えました。ですからその語り部に尋ねたのです。どうしたら魔物は殺せるのかと。すると彼女は答えました。『魔物は死なない。剣で斬《き》られても、火に焼かれても、その体を千に切り刻《きざ》まれても、それでも死ねないのが魔物の運命なのだ』と」

「そんなのやってみなくてはわからない。私はまだ子供だし、人も食べていない。まだ魔物になりきっていないかもしれない」

「老婆はこうも言いました。『魔物は決して死なないが、それでも痛みは感じるのだ。魔物とて突かれれば痛いし血も流れる。それは人と変わらない』と」

　エナドはがっくりと肩を落とした。

「私はこれ以上の苦しみを貴方に課すことは出来ません。どうかお許し下さい」

　私は幾度となく自殺を試みた。毎日のように喉を切り裂き、首を吊り、頭を壁に打ちつけた。けれど結局はエナドが語った通りだった。私は決して死ななかった。

　母は私に恨むなと言ったが、それは無理な話だった。父は知っていたのだ。私が魔物であることを。生まれてきた子供が化け物だということを。知っていたからこそ、父は私を疎んじた。しかし私とて好きでこのような体に生まれついたわけではない。こんな呪《のろ》われた身を、この世に生み出してくれと頼んだ覚えもない。私は父が憎かった。こんな場所に私を閉じこめただけでなく、母に会う権利すら奪った父を、私は恨んだ。

あれから母は二度と姿を見せなかった。その代わり義兄は頻繁に地下牢を訪ねてくるようになった。私を少しでも楽しませようと、彼は様々な話をしてくれた。それがどんなに私のことを慰《なぐさ》めてくれたかしれない。私は彼に敬語をやめてくれるよう頼んだ。親しくなるにつれ、彼も敬語が窮屈になっていたらしい。私達は義兄弟だったが、血を分けた兄弟以上に、親しく接するようになった。

そして季節は巡り、また冬がやってきた。冬至の日が近くなると、私は神経が昂《たかぶ》ってくるのを感じた。決して人を喰うまいと心に決めていたにもかかわらず、その日が近くなってくると、急に空腹を覚えるようになった。腹の底が焼けつくような渇望は意識を朦朧《もうろう》とさせ、ともすれば我を失いそうになる。

そんな折り、エナドが私の元を訪れた。

「行こう――ガヤン」彼はその手に地下牢の鍵を握っていた。「外に出るんだ」

「待ってくれ、開けちゃいけない」

本当は外に出たくてたまらなかった。けれど私は自分自身を制御することに自信が持てなかった。

「冬至が近づいている。外に出たら、私は何をするかわからない」

「大丈夫。俺を信用してくれ」

彼は鉄格子を開いた。そして私の手を取り、牢から引っぱり出した。

「急ごう。人に見られるとやっかいだ」

私はエナドに引きずられるようにして廊下を歩き、階段を登った。外はすでに暗かった。私は外気を思う存分貪《むさぼ》った。夜の湿った匂いが、これほど心地よいと思ったことはなかった。

「こっちだ」

ランプを掲《かか》げたエナドが私の腕を引いた。屋敷の裏から森に入ると、そう遠くない場所に、足が短く背も低いカカヤ馬が二頭、繫《つな》がれているのが見えた。

「馬には乗れるか？」とエナドが尋ねた。

「一応」と私は答えた。「あまり得意ではないけれど」

「では乗ってくれ。俺が先に行く。後をついて来てくれ」

「わかった」

私達は馬に乗り、森を進んだ。月が明るかったので夜でもさほど苦労はしなかった。滅多に人が足を踏み入れることのない森の奥まで来るに至り、私はエナドがどこへ行こうとしているのかを悟った。白い花の咲く岩陰で出会った老婆。彼女は言った。この先困ったことが起きたら私のところに来い……と。あの老婆がエナドの言う奇妙な仮面の語り部だったのだ。

私は老婆に聞きたいことがあった。だから大人しくエナドの後についていった。真夜中過ぎになって、ようやく目的地にたどりついた。粗末な丸太小屋の前には背中の曲がったあの老婆が立っていた。彼女は馬上の私を見上げ、しゃがれた声で言った。

「よく来たな」それからエナドの方を向き、続けた。「あんたは戻れ。冬至の夜が過ぎたら、また迎えに来るがいい」

私は急に不安になった。こんな森の奥に、この不気味な老婆と二人で取り残されるのかと思うと、心底ぞっとした。そんな私の顔色を読んだのか、エナドが答えた。

「俺もここに残る。明日は冬至。ガヤンの身に何が起こるのか俺はこの目で見届けたい」

「じゃあ、喰われてみるかね？」

馬鹿なことを言うなと、私は叫びたかった。けれど本当に叫ぶだけの勇気も自信もなかった。

老婆はエナドを見つめ、淡々とした調子で言った。

「魔物にとって愛することは食べることなんだ。腹を減らした魔物が一等先に食べたくなるのが、魔物にとって一番愛《いと》しい人なんだよ。あんたはずいぶんとガヤンと仲が良いみたいじゃないか。そのあんたが冬至の夜にこの付近をウロチョロしていたら、真っ先にやられること請け合いだね」

「しかし――」

「私なら大丈夫」反論しようとしたエナドの言葉を私は遮《さえぎ》った。「残されても大丈夫だから、エナドは戻って。父と母に心配しないように伝えて欲しい」

それでもエナドは心配そうに私の顔を見つめていた。

「行って」私は馬を下り、エナドを見上げた。「お願いだから、私を一人にして」

「――わかった」彼は馬の首を巡らせた。「冬至の夜が明けたら迎えに来る」

「うん、よろしく頼む」

エナドは肩越しに振り返った。「ガヤン、お前は大切な友人だ。たとえお前が魔物でも、お前は俺の弟だ。それを忘れてくれるなよ？」

「――うん」

エナドは何度も振り返りながら来た道を戻っていった。その後ろ姿が木陰に消えるのを待って、私は老婆に向き直った。

「貴方《あなた》に聞きたいことがあって来ました」

老婆はぎょろりとした目で私を睨んだ。「ほう……なにかな？」

「魔物は決して死なないと、貴方は言ったそうですね？」

「ああ、言ったよ」

「それは嘘《うそ》ですね」と私は断言した。「語り部の物語がすべて真実だとしたら、この世界には私の他にも、たくさんの魔物が存在しているはず。なのに大半の人間は彼らの姿を見たことがない。魔物が死なない体であるならば、彼らはどこに消えたのですか？」

老婆は答えず、愉快そうに笑った。

「お前さん、子供のくせに頭がいいね」

「誤魔化《ごまか》さずに答えて下さい。どうやったら魔物は死ねるのです？　教えて下さい」

「そうだね、人の常識で言えば魔物は不死者なんだ。決して死なない」

老婆はくるりと背を向け、小屋に向かって歩き出す。

「だがお前さんの言う通り魔物を殺す方法はある。たった一つだけね」

老婆は小屋の扉を開けた。そして戸口で振り返り、ニヤリと笑う。

「知りたいかい？」

私は頷いた。私はそれを知らねばならなかった。冬至が来る前に。私が人を食べる前に。

「では、教えてあげよう」老婆は私を手招いた。「だがその前に、小屋に入ってくれないかな？立ち話は老体にこたえるよ」

胡散臭《うさんくさ》い。そうは思ったが、今は従うしかなかった。私は小屋に入った。窓が塞がれているために中は真っ暗だった。乾いた草の匂いやら、古い紙の匂いやらがむっと押し寄せ、私は気分が悪くなった。

その時、ばたんと扉が閉まった。外から閂《かんぬき》を下ろす音がする。私は驚いて扉を叩《たた》いた。

「何の真似です！　ここを開けて下さい！」

「お前さんには明後日の夜までここにいて貰うよ」扉の向こう側からくぐもった声がした。「一度人を喰らえば、魔物として生きる覚悟もつこうというもんだ」

「何を言って……」いるんだと言いかけて、私はそれに気づいた。

部屋の隅に誰かいる。私は目を凝《こ》らした。部屋の片隅に古ぼけた寝台が置かれ、その上に一人の老人が横たわっていた。痩せ衰え、頭髪は抜け落ち、皮膚が黒ずんでいる。もはや男女の区別もつかなかった。それでも薄い着衣の下で胸が上下しているのが見えた。

「年を取って病気になり、森に捨てられていたんだよ」老婆の声が聞こえる。「働けないのにメシは食う。そんな者達が森に捨てられる。この世には良くあることだ」

ああ……この老人は生贄《いけにえ》なのだ。冬至の夜、化け物になった私に食べさせるため、用意された生き餌《いえ》なのだ。

「私は人は食べない！」私は扉を叩き、叫んだ。「絶対に食べたりしない！」

「そうかい。じゃ、頑張りなよ」

老婆の気配が遠ざかる。

「待って！」私は声を張り上げた。「まだ聞いていない！　魔物を殺す方法を！」

答えは遠くの方から聞こえた。

「喰われるのさ」

カサカサという笑い声。

「それが唯一の方法なんだ。魔物が死ぬのは、他の魔物に食べられる時だけなんだよ」

夜が明けて、昼になった。私は老人が横たわる寝台から出来るだけ離れた場所……埃《ほこり》っぽい部屋の隅で膝を抱えていた。腹の底が熱い。腹が減ってたまらない。気づくと寝台に横たわる老人をじっと眺めている。私は必死になって食欲を抑えた。それは息を止めるのと同じぐらい苦しかった。私は幾度も自分に言い聞かせた。人を食べたら自分は本物の化け物になってしまう。そうしたらもう二度と母様には会えなくなるのだぞ、と。

夜がやってきた。脈が速くなる。腹の奥からドロドロとした熱いものが湧き上がってくる。喉が渇き、異常なほどの飢えを感じた。私は壁に頭を打ちつけ、床を転げ回ってそれをこらえた。なぜこんなに苦しまなければならないのか。どうして自分だけにこんな苦しみが課せられるのか。そんな怒りと苛立ちが人としての理性を遠のかせる。真夜中を過ぎた頃、私はついに我を失い、何もわからなくなってしまった。


気を失っている間に不思議な夢を見た。貧しい農家に生まれ、自分もその手で小麦を作り、朝夕と身を粉にして働く農夫になった夢だった。男は一人の女と恋に落ち、夫婦となった。二人の間には三人の子供が産まれた。やがて妻は流行《はや》り病《やまい》で亡くなり、年を取った彼も病の床についた。体は痩せ細り、ついには身を起こすこともままならなくなった。そこで彼は息子に頼んだ。自分を森の奥へ連れていき、そこに置き去りにするように——と。

一番蒸気が吹き上がる甲高い音がして、私は目を開いた。寝台に老人の姿はない。床には生々しい血の跡が残り、真新しい白い骨が散らばっていた。

私はおそるおそる自分の両手を見た。

白い指は、真っ赤な血に汚れていた。


その日の夜、エナドが私を迎えに来た。

私は馬に乗り、屋敷に向かった。その道すがら、エナドは幾度となく私に話しかけてきたが、私は魂が抜けたようになっていて何も答えられなかった。屋敷に到着すると、あたりには燃えた木の匂いが漂っていた。昨夜は冬至——屋敷の中庭では今年も煌夜祭が開かれていたのだろう。

「俺の家に寄っていかないか？」不意にエナドが呼びかけた。「このあと一年、また地下牢で過ごさなきゃならないんだ。今日ぐらい羽を伸ばしたって良いだろう？」

私はエナドを見た。私に何が起こったのか、この友人は察しているはずだった。なのに彼はまだ私のことを友だと思ってくれている。それが辛かった。私は人間を食べた。私は化け物なのだ。私の手は血で汚れ、私の血は呪われている。私には呼べない。エナドのような優しい人間を、もう友とは呼べない。

「地下牢に戻るよ」

私は馬を下りた。手綱をエナドに返し、彼を見上げる。

「もう会いに来ないでくれ」

「何を言う」エナドは馬を下り、私の肩を摑んだ。「言っただろう。何があっても俺はお前の友人だと」

「わかっている」私は彼の手を、自分の肩からそっと外した。「でもだめなんだ」

「なぜだ？　誰だって物を食わなきゃ生きていけない。お前は間違ったことはしていない」

「わかってる——わかってるんだ」私はエナドに微笑《ほほえ》んで見せた。「エナドが私の罪を許してくれていることも、理解してくれていることも——わかってる」

「それじゃ——」

「私が私を許せないんだ」

「――ガヤン」

「だからもう会いに来ないで欲しい」

私は彼に背を向けて地下へと降りていった。地下牢の鉄格子は、今や罪人となった私にふさわしく思えた。私は牢に入り、自ら鉄格子を閉めた。そして入口に背を向けて、牢の中央に座った。

「ガヤン」

エナドの声が聞こえた。

「俺は見つけるよ。なぜ魔物が生まれてくるのか。どうして人を喰わねば生きていけないのか。その訳をきっと見つける」

私は答えなかった。ただ黙って彼の言葉を聞いていた。

エナドはしばらくの間、そこに立ちつくしていた。おそらく私が答えるのを待っていたのだろう。だが私が動かないのを見て諦めたようだった。彼は牢の扉に鍵をかけ、静かに立ち去っていった。

私は目を閉じて、彼の足音が去っていくのを聞いていた。足音が遠ざかり、やがて聞こえなくなると、私は耐えきれなくなって、大声を上げて泣いた。

それからもエナドはたびたび地下牢にやってきて、色々な話をしていった。今年の小麦の出来栄えのこと。父や母のこと。ブンシャ島との小競《こぜ》り合《あ》いのこと。子供好きな妻のために身よりのない子を引き取ったこと。彼がどんな話をしようとも、私は入口に背を向けたまま、一言も口をきかなかった。

　私は考えることをやめた。すぎてゆく月日を数えることもやめた。時の流れがわからなくなり、自分が生きていることさえ感じられなくなった。冬至の前日になると地下牢から出され、森の奥の小屋に連れて行かれた。そこに用意された生贄を食べ、次の日の夜には地下牢に戻った。

　王島に赴任することになったとエナドが告げに来た時も、私は彼に背を向けていた。「必ず『探し物』を見つけて戻ってくる」と、短い別れの挨拶《あいさつ》を残して彼が去っていった後も、私は壁を見つめ続けた。

　そして――どれほどの月日が流れただろうか。

　ある夜のことだった。廊下に明かりが揺れた。誰かが訪ねてきたのだ。足音は鉄格子の前で立ち止まり、さらに鉄格子の鍵が開かれる音がした。地下牢に入ってきたのは老齢の男だった。髪は白く、陽に灼《や》けた顔には深い皺《しわ》が刻まれている。私は彼の顔をじっと見つめた。知っている人だと思ったが、すぐには思い出せなかった。

「ガヤン――」男が私の名を呼んだ。「お前は少しも変わらんな」

　私はあっと息を吞んだ。この男はスーイ・クラン、私の父だ。彼の髪はすっかり白くなり、ひどく年を取ってしまっていた。彼はランプを床に置くと、自分も床に腰を下ろした。

「今日――ルテナが亡くなった」

　それは忘れもしない母の名だった。私の脳裏に母の優しい笑顔とあの白い指が甦《よみがえ》った。それと同時に強烈な空腹感が襲ってきた。私は戸惑《とまど》った。なぜ母のことを思い出しただけで自分がこんな反応を示すのか、咄嗟に理解出来なかった。熱いドロドロとしたものが胃の腑を這い上がってこようとするのを、私は必死になって抑え込んだ。

だがそんな私の様子に、父は気づいていないようだった。

「お前に話しておかねばならないことがある」そう呟くと、彼は長く重いため息をついた。「島主の家系には時々、お前のような異能の子供が生まれる。それも決まって世が乱れる時代に生まれてくるのだそうだ」

聞いたことのない話だった。私は床に座ったまま体の向きを変え、初めて父と向かい合った。

「では……私の他にも魔物がいる……と？」

「私の父の祖父は、お前のような子を知っていると、父に話したそうだ」

私の胸は妖しくときめいた。私の他にも魔物がいる。私を食べてくれるかもしれない魔物は、確かにどこかに存在しているのだ。

「その人は今どこにいるのでしょう？」

私の問いに、父は首を横に振った。

「それは私にもわからない。ただ噂《うわさ》ではターレンの森には魔女が住むという」

「魔女――？」

「その女は冬至の夜に自分の両親を襲い、喰ってしまったのだそうだ」

私はめまいを覚えた。森に住む魔女。それはあの老婆のことではないのか？　彼女はそんなことは一言も言わなかった。それどころか彼女は死んだ。他でもない、私に食べられて死んだのだ。彼女を食べた時、様々な物語が私の中に流れ込んだ。その中には冬至の夜に両親を食べてしまった魔物の物語も含まれていた。けれどそれを不思議だとは思わなかった。彼女は語り部だった。その物語も彼女が伝え聞いた話の一つなのだと思っていた。

愕然《がくぜん》としている私の耳に、父の声が響いた。

「私は怖かった。お前がルテナを食べるのではないかと恐れた。それでこんなにも長い間、お前を地下牢に閉じこめてきた」父は床に膝をつき、私に頭を下げた。「すべては私の身勝手だ。私は恐怖にかられ、お前の幸福を奪った。今さら許して欲しいとは言わん。お前に喰われても仕方がないと思って、今夜ここに来た。けれどその前に、私はお前に謝りたかった。すまなかった……本当にすまなかった」

老人の皺深い手に涙が落ちた。

「父上――」

そう呼びかけてみたものの、この老人を父と呼ぶのは難しかった。自分は変わらずにいるのに、母は死に、父はこんなにも弱ってしまった。

「貴方の判断は正しかったのだと思います」

今ならばわかる。母への執着。彼女の手や指に感じていたあの感覚。あれは食欲だったのだ。私は子供の頃からずっと、ずっと母を食べたいと思っていたのだ。もし私が母に自由に会える身であったなら、私は間違いなく母を喰ってしまっていただろう。

「貴方のおかげで私は母を食べずにすみました」

人を食べるということは罪深い許されざる行為だ。うち捨てられた病人でも、死にかけた老人でも、食べてしまったと知った後は必ず罪の意識に苦しんだ。

「もし母を食べてしまっていたら、私は正気ではいられなかったでしょう」

父も苦しんでいたのだ。恐れていたのだ。私が怯え、苦しんでいたのと同じように。

いつしか父への怒りは消え去っていた。かわりに穏やかな気持ちが私の心に満ちていた。

「貴方の息子は魔物です。見下げ果てた化け物です。でもこれだけは信じて下さい。私は母を愛していました。こんな私を憐れみ、慈《いつく》しんでくれた母を、とても愛していたのです」

父は涙に濡《ぬ》れた顔を上げた。ぎこちなく私の肩に両腕を回し、私のことを抱きしめた。

温かかった。懐かしかった。それだけで私は幸せだった。

たとえそれが——すぐに崩れ去る運命にあったとしても。


私は地下牢を出た。屋敷の者達は、ほとんど年を取っていない私を見て、驚き怯えた。彼らを刺激しないよう私はなるべく自室から出ないよう心がけた。昼間の外出は出来なかったが、それでも父の仕事を手伝い、時には相談にも乗った。かつて義兄が父のよき相談相手だったように、私もかくありたいと思った。そのエナド義兄はというと、王都で元気に働いているということだった。王子の剣の指南役を仰《おお》せつかったということで、なかなか島に戻ってこられないのだという。

穏やかで平和な日々が続いた。こんな日がずっと続いて欲しいと私は願った。しかし魔物は世が乱れる時代に生まれてくるという。その言葉は正しかった。ジン王が急死し、平和な時間は終わりを告げた。各島間で諍《いさか》いが勃発《ぼっぱつ》し、それは王弟と王子との王位継承権争いへと発展した。父もターレン島の兵を率いて戦いに赴くという。

「エナドから、お前に伝言がある」

私は懐かしい友人から短い手紙を受け取った。そこにはこう書かれていた。

『例の探し物だが、いくつかわかったことがある。俺の息子が見つけてくれたのだ。俺は頭を使うのが苦手だが、この息子は俺に似ず、とても頭の回転が速いのだ。この戦が終わったら一緒に島に帰るつもりだ。早くお前に会わせたい』

『探し物』――なぜ魔物は生まれてくるのか。

その答えを与えてくれたのは、他ならぬ父だった。出立《しゅったつ》前夜、父は私を外へ誘った。私達は屋敷の入口に立ち、眼下を眺めた。水平線にわずかに残った太陽が、実り豊かな小麦畑を金色に輝かせていた。空は紅《くれない》に燃え、海は残照を照り返し、眼下の小麦畑は金色に輝きながら風に吹かれて波打った。それはまさに金の海――一目見ただけで永遠に記憶に刻まれてしまうほど美しい――美しい風景だった。

「今回の戦は厳しいものになるだろう」そう父は切り出した。「私ももう歳だ。この戦場を死に場所とする覚悟は出来ている」

父は王子派としての立場を明らかにしていた。状況は圧倒的に王子派が不利だった。しかし私がそれを指摘したところで、父の決意を変えることは出来ないだろう。

「私の父は義の通った生き方をする人です。それを私は誇りに思います」

私の言葉に、父は穏やかに微笑んだ。

「私は戦地で死ぬだろう。そこでお前に頼みがある」

彼は大きく息を吐き、眼下の風景に目を向けた。

「私にかわり、この島を守ってくれないか」

私は息を呑んだ。胸が熱くなり、涙が出そうになった。この言葉だと思った。私はこの言葉をずっと待っていたのだ。

「必ず守ります」私は両手を広げ、その美しい風景を胸に抱きしめた。「全身全霊をかけてこの島を守ると——この金色の海にかけて誓います」

その答えを聞いて、父は満足そうに微笑んだ。

私は胸の中で繰り返した。この体は死なない。斬られても突かれても死ぬことはない。ならばこの身を楯《たて》にして私はこの島を守ろう。この島に生きる人々を守ろう。

それが私の使命——そのために私は生まれたのだ。

Ⅳ

話を終えたナイティンゲイルはイガ粉を一握り炎にくべた。火の粉が舞い上がり、音もなく夜空に消えていく。薪《たきぎ》が燃えるパチパチという音があたりに響く。

しかしトーテンコフは何も言わない。揺《ゆ》れる炎に目を向けたまま黙り込んでいる。

「トーテンコフ？」

ナイティンゲイルが呼びかけた。

反応はない。仮面に隠された顔からは表情も読めない。ナイティンゲイルは困惑し、もう一度呼びかけた。

「トーテンコフ？」

「――……」

「私の話、何か気に障りましたか？」

やはり答えはない。怒っているようには見えない。感涙しているのでもなさそうだ。

となれば他に黙り込む理由はただ一つ。ナイティンゲイルは椅子から腰を浮かし、トーテンコフの前で手を振ってみる。

「もしもし、起きてますか？」

「――魔物を殺す唯一の方法」

「えっ？」

「いや、なんでもない」トーテンコフは首を振った。「なかなか興味深い話だった」

「それはよかった」

ナイティンゲイルは安堵《あんど》して、椅子に座り直した。

「さあ、今度は貴方《あなた》の番ですよ。次はどんなお話を聞かせて下さるんですか？」

「では同じ名前が出てくる話をしよう」

トーテンコフは右手にイガ粉を握った。

「エナド、ターレンの魔女――そして魔物」

夜空に火の粉が散った。

第四話　『七番目の子はムジカダケ』

第三輪界の島々には娯楽がない。芝居小屋などは言うまでもなく、酒を飲ませてくれる店だって数えるほどしかない。陽《ひ》が沈み、蒸気が絶えたらあたりは真っ暗だ。どの家も貧しくて余計な酒も油も買えないから、あとはさっさと早寝するしかない。

そんなわけで第三輪界の島には子供が多い。特に農家では手軽な労働力を得るために子供をたくさん作る。しかし島の土地には限りがある。だから子供は七人までしか産んではいけない。それは十八諸島すべての島に共通した掟《おきて》になっている。

ある貧しい農家——そこのおかみさんが赤ん坊を授かった。けれどその家にはもう七人の子供がいた。そう、腹に宿ったのは八番目の子供だったのだ。これを島主様に知られては農地を削られてしまう。そこでおかみさんは考えた。森の奥にすむ魔女に頼んで、こっそり子供を堕《お》ろして貰おう。

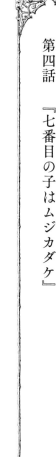

それを聞いた旦那は言った。「どうせ間引くならムジカにしよう。腹の子がどんな子に育ったとしても、あいつよりはマシだ」

夫婦の七番目の子はムジカと呼ばれていた。そこここに生えるくせに毒があって食べられないキノコ、ムジカダケ。詰まるところ、ムジカとは『役立たず』という意味だった。ムジカは体が小さく力も弱かった。どう頑張《がんば》っても、兄や姉のように畑仕事をこなすことが出来なかったのだ。

夫婦はムジカを森に連れて行った。父親は森の奥を指さして言った。「森の奥を目指して歩いていくんだ。ずっと奥まで行くと木で作られた小屋がある。その扉を叩《たた》いてこう言うんだ。『キノコを取りに来て、道に迷いました』ってな」

ムジカは黙って頷《うなず》いた。そして一人、森の奥へと歩き出した。この時ムジカはまだ七歳、それでも自分が両親に捨てられたのだということはわかっていた。森の奥には魔女がいて、魔女が子供を食べるということも知っていた。ムジカはあてもなく森の中をさまよった。魔女の家を訪ねていくことなど出来ない。けれど自分にはもう帰る家がない。

歩き疲れてムジカは座り込んでしまった。倒れた木に背中を預けて空を見上げる。陽が暮れかかっていた。遠くから最終蒸気が吹き上がる低い響きが聞こえてくる。

「おやまあ……」

しわがれた声がした。倒木の向こう側から身を乗り出して、奇妙な仮面をつけた老女がムジカを見下ろしていた。「こんなところに子供がいるよ」

魔女だ……とムジカは思った。

「さっきムジカダケを食ったんだ！」それは魔女に会ってしまったら言おうと、前から考えていた言葉だった。「まだ腹の中に残ってる！　喰ったらお前も死ぬぞ！」

魔女は真っ白な髪を揺《ゆ》らしながら、乾いた声で笑った。「ムジカダケを食べても死なないのは魔物だけだよ」倒木を乗り越え、ムジカの顔を覗《のぞ》き込《こ》む。「お前……面白いことを言うね」

喰われるのだとムジカは思った。ぎゅっと目を閉じ、震《ふる》えながらその時を待った。

ぽんぽんと何かが膝を叩いた。薄目を開けて見てみると、魔女がムジカの膝を叩いていた。魔女はムジカが目を開けたのを見ると、森の奥に向かって顎《あご》をしゃくった。

「一緒においで。お腹減ってるんだろ？」

「オレを食べるんじゃないのか？」

「オレ……？」魔女はぷっと吹き出した。「言うことだけは一人前だねぇ」

ムジカはムッとした。けれど魔女に何かを言い返せるほどの度胸はなかった。

「お前――魔女だろ？」

「そうだよ」

「魔女は子供を喰うんだろ？」

「時々ね」魔女はニヤリと笑った。「でもお前みたいな痩《や》せっぽちのチビは喰わないよ。喰っても腹の足しにならないからね」

「悪かったな！」不意に悔《くや》しさがこみ上げてきた。自分は魔女の餌《えさ》にさえならないのかと思うと、悔しくて涙が出そうになった。「オレはどうせ役立たずだよ！」

「役立たずかどうかはお前の働きによるさ。薬草摘《つ》みやら薬の調合やらで忙しくてね。前から手伝いが欲しいと思ってたんだけど、魔女の所で働こうなんてヤツはまずいないからさ。それに私じゃ入れないような岩の隙間にも、お前さんなら入れそうだし」

よっこいしょ……と魔女は立ち上がった。

「キリキリ働くなら、ご飯くらいは用意してあげるよ？」

「そんなこと言って、本当はオレを喰うつもりなんだろ？」

「そうだね。お前さんがもうちょっと太ったら考えるかもね」魔女は明るい声でカラカラと笑った。「だけどそれは今じゃない。少なくともここで飢《う》え死《じ》にするよりは長生き出来るよ。まあ、無理にとは言わないけどね」

ムジカはじっと考えた。自分には行く場所もあてもない。このまま森の中をさまよって、ひとりぼっちで死ぬくらいなら、いっそ魔女に喰われた方がいい。

「――わかったよ」ムジカはしぶしぶ立ち上がった。「一緒に行く」

ムジカと魔女の暮らしが始まった。魔女は色々な仕事――特に野外での仕事をムジカに言いつけた。やれイトキリソウを取ってこいだの、ミカサダケをカゴ一杯集めてこいだの、とにかく人使いが荒かった。それ以外にも部屋の掃除や後片づけ、服の洗濯や繕《つくろ》い物《もの》、水汲《みずく》みから竈《かまど》の灰の掻《か》き出しまで、すべてがムジカの仕事だった。ムジカは毎日毎日くるくるキリキリよく働いた。

そのかわり、魔女は文字を教えてくれた。ムジカは物覚えが早かったので、あっという間に読み書きが出来るようになった。魔女が眠っている昼の間、ムジカは魔女の本をそっと取り出してきて、片《かた》っ端《ぱし》から盗み読んだ。薬草の種類。薬の調合。風と潮の読み方。ムジカはそれらの知識をどんどん吸収していった。

魔女との暮らしも悪くない……ムジカがそう思い始めた頃。魔女は不思議なことを言い出した。

「私はちょっと出かけてくる。しばらく戻らないだろうから留守を頼むよ」

その時にはもうムジカは一人で煮炊《にた》き出来るようになっていたし、食べられる野草とそうでない野草の区別も出来るようになっていたから、自分のことについては心配していなかった。

「それはかまわないけど――どこへ行くんだ？」

「ちょいとお屋敷の方へ行ってみようと思ってね。私が留守の間は誰もこの家に入れるんじゃないよ。特に夜は、何が来ても決して扉を開けちゃいけない……いいね？」

そう言いながら、魔女は戸棚から銀色の短剣を取り出し、荷物袋に投げ込んだ。

「そんなもの、何に使うんだ？」

「護身用だよ。自分の身が危うくなったら、こいつで心の臓を一突きするんだ」

ムジカは急に怖くなった。護身用？　心の臓を一突き？

「何が来るっていうんだよ？」

その問いに、魔女は厳しい表情で答えた。

「魔物さ」彼女は目を細め、窓の外に目を向けた。「明日は冬至だからね」

ムジカの心配もよそに冬至の夜は無事に過ぎ去った。
二、三日すると、魔女が帰ってきた。彼女はとても疲れていたらしく、ろくに話もしないうちに自分の寝室にこもって眠ってしまった。ムジカは仕方なく魔女の荷物を片づけた。脱ぎ散らかされた衣服を掻き集め、川へと向かう。自分の背ほどもある大きな盥《たらい》に水を入れ、汚れた衣服を洗濯石でごしごし洗う。すると盥の水が赤黒く濁《にご》りはじめた。ムジカは濡《ぬ》れた服を持ち上げ、よく目を凝《こ》らした。魔女の着ていた服には大きな黒い染みがついていた。それは、まだ新しい血の染みだった。

その出来事はムジカに『魔女は子供を食べるもの』であることを思い出させた。それからというもの、ことあるごとにムジカは考えた。魔女はどんな子を食べたのだろうか。やっぱり自分の姉や兄のような、体が大きくて力の強い子供だったのだろうか。

ある日、ムジカは思い切って魔女に尋ねてみた。

「冬至の夜——子供を食べただろ?」

魔女は答えず、不思議そうな顔で尋ね返した。

「おやまあ、なんでそんな風に思ったんだね?」

「服に血がついてた」素っ気なく答えて、ムジカは魔女を睨《にら》んだ。「なんでオレを食べなかったんだよ?」

「言っただろう? お前みたいなチビの痩せ餓鬼じゃ、腹の足しにはならないって」

「うるさいな! チビって言うんじゃない!」

ムジカは怒鳴り返した。悲しくて息が詰まった。魔女に裏切られたように感じた。

「何を怒っているんだよ?」怪訝《けげん》そうに魔女は首を傾《かし》げた。「それとも何かい? お前、私に喰われたかったのかい?」

「そんなわけないだろ！」

ムジカは腹が立って仕方がなかった。でもなぜ怒っているのかと問われれば、答えようがなかった。いくら賢いとはいえムジカはまだ八歳になったばかり。まだ自分の感情がよく摑《つか》めていなかったのだ。

おそらくムジカは、魔女にこう言って欲しかったのだろう。『お前は私にとって特別な子供だから、私はお前を食べないんだよ』と。


次の年の冬至の日も魔女は出かけていった。ムジカは何も言わなかった。

けれどその翌年。冬至の前夜に魔女が短剣を持って出て行くと、ムジカはこっそりと家を出た。魔女は森の中を歩いて行く。ムジカは見つからないよう灌木《かんぼく》の陰に隠れながら、彼女の後を追った。かれこれ二、三時間も歩いただろうか。毎日森を歩き回っているムジカも、さすがにこんな遠くまでは来たことがなかった。しかもすっかり日が暮れて、暗くて様子が摑みにくい。帰り道がわからなくならないよう、小さなナイフで木の幹に印をつけながら、ムジカは魔女を追いかけた。

前方に明かりが見えた。ムジカが暮らす小屋よりも、もっと古くてみすぼらしい小屋だった。魔女はその正面に立っていた。何かを待っているようだった。ムジカは小屋の裏に回り、そこの藪《やぶ》に身を隠した。じっとしていると冬の寒さがシンシンと身に染《し》みてくる。けれど動き回るわけにもいかない。ムジカは着てきたマントで体をくるみ、手足を丸めて寒さに耐えた。

真夜中近くになって、森の中から誰かがやってくるのが見えた。それは二頭の馬だった。前の馬には島の兵士が、後ろの馬には子供が乗っていた。兵士は魔女と二言、三言、言葉を交わした後、逃げるように去っていった。残された子供は馬を下りた。そして魔女に導かれるまま小屋の中へ入った。魔女は小屋の扉に場違いなほど太い閂《かんぬき》を下ろすと、森の奥へと姿を消した。

すぐに戻ってくるだろうと思っていたのに、いくら待っても魔女は戻ってこなかった。いい加減寒さに耐えかねて、ムジカはゆっくりと立ち上がった。周囲に目を配りながら、足音を忍ばせて小屋に近づく。そしてそっと扉を叩いた。

「おい……起きてるか？」

答えはない。ムジカは重い閂を苦労して外し、扉を開いた。小屋の中は真っ暗だった。ムジカは暗闇に向かい、声を殺して呼びかけた。

「おい、そこにいるんだろう？」

「君は……だれ？」

細く高い声が答えた。暗闇の中から一人の少女が姿を現した。年齢はムジカよりも少し上だろう。闇夜のように黒い、腰まである髪。満月のように白い、愁《うれ》いを帯びた顔。その瞳は不思議な青い色をしており、薄い唇は紅《べに》をさしたようにほんのりと赤い。

ムジカは息を呑んだ。こんなに綺麗《きれい》な人を今までに見たことがなかったのだ。

「君はだれ？」と少女は繰り返した。

ムジカははっと我に返り、彼女に手を差し出した。

「オレと一緒に来い。早く逃げないと魔女が戻ってくる」

少女は何を言われているのかわからないというように首を傾げた。

「いいから来いよ！」

ムジカは少女の腕を摑んだ。ぐいぐいと引っ張り、入口に向かう。

「待って。だめだよ」少女は抗《あらが》った。「私はここにいなくちゃいけないんだ」

これにはムジカの方が驚いた。てっきり無理矢理連れてこられたのだと思っていたのだ。少女が身につけているのはレイシコウ織の高価な服。細い手には傷ひとつない。労働を知らない手だった。きっと良いところのお嬢様なのだ。人を疑うことに慣れていないのだ。こんな所に連れてこられても、まだ自分が捨てられたことに気づいていないのだ。

「お前は捨てられたんだ」ムジカは言った。それを知ることが幸福だとは思わない。けれどここで死ぬよりは、生きている方がずっといい。「明日の夜、魔女はお前を食べに来る。だから今すぐここから逃げるんだ」

「君は――何か誤解をしているね」

少女は儚《はかな》げに微笑《ほほえ》んだ。子供扱いされたことに腹を立ててムジカは言い返した。

「誤解しているのはお前の方だ。現実を認めたくないのはわかる。オレだって、親に捨てられたときは悲しかった」

少女はその深い瞳で、じっとムジカを見つめた。「親に……捨てられた？」

「そうさ。オレは七番目の子供だった。けどオレの下にもう一人子供が出来たんだ。オレの親は役立たずのオレよりも、八番目の子を選んだ」

「そうなんだ――かわいそうに」

少女は眉根《まゆね》を寄せた。その青い目にはうっすらと涙が浮かんでいる。彼女は細く白い手でムジカの頭を優しく撫《な》でた。

「……辛《つら》かったね」

そんな風に優しい言葉をかけて貰《もら》ったことはなかった。こんな風に優しく頭を撫でて貰ったこともなかった。それが何よりも心にしみた。この姫を助けるんだという気持ちが、ムジカの小さな胸に、強く激しく湧《わ》き上がった。

「ここにいたら死んじまう。オレと一緒に逃げるんだ。どんな人生でも、死んじまうよりはマシだ」

「そうかなぁ。死ねるのなら、私は死んでしまいたいなあ」

少女の声はとても寂しそうだった。

「私なんか、生まれてこなければよかったんだ」

「そんなこと言うなよ！」

生まれてこなければよかった。今までに何度そう思ったことだろう。震えながら眠るたび、親に捨てられたことを思うたび、何度その言葉を繰り返してきただろう。

「あんたは綺麗だ。手も髪もとっても綺麗だ。それはあんたが大切に育てられてきたっていう証拠だろ！」

こらえきれなくなってムジカは叫んだ。

「オレは言われたんだ。父さんに『死んじまえ、この役立たず！』って。母さんはオレにご飯をくれなかった。オレはいつも必死になってゴミを漁《あさ》った。ウチのゴミ箱はもちろん、よそんちのゴミ箱もだ。兄さん達はオレの体が貧弱なのを笑ったし、姉さん達はオレが臭いって部屋から蹴り出した。オレは毎晩、厠《かわや》の庇《ひさし》の下で寝た」

どんなに時を経ても、あの辛さと悔しさを忘れることは出来ない。心の傷は癒《い》えることなく、今も血を流し続けている。足が震えて立っていられなくなった。床に膝をつき、泣くまいと唇を嚙《か》む。

「オレには何もなかった。最初から……何もなかったんだ」

不意に目の前に少女が座った。そしてムジカをぎゅっと抱きしめた。

「ごめん――」涙声で少女は詫《わ》びた。「ごめん――ごめんね――」

あんたが謝ることじゃない……そう言いたかったが、言えなかった。口を開いたら涙が出てしまう。泣いても奴《やつ》らを喜ばせるだけ。泣いたら負けだ。

「ごめんね。もう言わないよ。もう言わないから、私を許して」

「オレと一緒に逃げてくれるか？」

「それは――」

「じゃあオレもここに残る」ムジカは少女の服の袖をぎゅっと握った。「オレが魔女に食べられる。オレはチビだから、オレだけじゃ魔女のお腹は一杯にならないかもしれない。けどもしかしたら、お前のことは諦めてくれるかもしれない」

「そんなのだめだよ」

少女は困りきったように眉を寄せた。けれど強い意思をこめたムジカの目を見て、深いため息をついた。

「わかった――一緒に行くよ」


二人は小屋を出た。魔女を警戒しながらムジカは森の中を進んだ。来るときに刻《きざ》んできた印を頼りに、自分が暮らしている小屋を目指す。しばらくすれば夜が明ける。魔女は陽の光が嫌いだ。真昼の間は探しにこない。だから昼のうちに荷物をまとめて、出来る限り遠くまで行くのだ。なんなら惚れ薬《ほぐすり》を少しくすねていこう。それで金を作ってレイシコウ島に渡るのだ。町の雑踏《ざっとう》にまぎれてしまえば、こちらは子供だ。そう簡単には見つからない。

「待って――」

か細い少女の声にムジカは振り返った。彼女はずいぶんと後ろにいた。ムジカは急いで彼女の元に駆け戻った。「ごめん。急ぎすぎた」

「ううん――ごめん。ちょっと気分が悪くて――」

少女の顔色は白を通り越して蒼白《そうはく》だった。額に汗をかき、唇にも血の気がない。こんなに調子が悪そうなのに、気づかずにずんずん歩いてしまったことを、ムジカは恥ずかしく思った。

ムジカは少女の手を握った。「少し休もうか?」

少女は首を横に振った。

「大丈夫、まだ歩けるよ」

「もう少しで小屋に着くから、頑張れ」

少女は頷き、色のない唇にかすかな笑みを浮かべた。ムジカは少女に肩を貸し、よろけながら歩き続けた。

東の空が白々と明け始めた頃、二人はようやく小屋にたどりついた。魔女が先回りしているのではないかとムジカは内心びくびくしていたが、幸いなことに中は無人だった。

ムジカは少女を魔女の寝室に連れていき、そこに寝かせた。勝手に魔女の寝台を使わせることには抵抗があったけれど、こんなに美しい少女を自分と同じように床に寝かせるわけにはいかなかった。少女は疲れ切っていたらしく、横になるとすぐ気を失うように眠ってしまった。ムジカは寝ずに番をしようと思っていたのだが、昨夜一晩眠っていないのと、寒さと緊張で疲れ切っていたのとで、知らないうちに眠り込んでしまった。

目を覚ました時、すでに太陽は真上にあった。冬至の陽は短い。ムジカは慌てて飛び起きて、寝室の扉を叩いた。

「起きて！　そろそろ出かけないと！」

答えはない。ムジカはそうっと扉を開いた。寝台の上に少女がいた。起きられないらしく顔だけがこちらを向く。白い顔はますます色をなくし、目にも力がない。ムジカは寝台の横に跪《ひざまず》き、少女の手を握った。

「立てるか?」

「――ごめんね」少女の声が答えた。今にも消え入りそうな声だ。「もう……動けそうにない」

ムジカは思った。彼女は病気なのだ。彼女が捨てられたのはこの病気のせいなのだ。

「いいよ、もう謝るなよ」ムジカは少女の手を額に押しつけた。「あんたが動けないなら、ここで魔女と戦う方法を考える。オレは諦めない。絶対にあんたを見捨てたりしない」

少女は涙ぐみながらも頷いた。

「私も諦めたわけじゃない。だからひとつ、頼みたいことがあるんだ」

「何?」

「助けを呼んできて欲しい」そう言って、少女は懐《ふところ》から布包みを取り出した。「開けてみて」

ムジカは銀糸の刺繍《ししゅう》が入った布を解いた。するとそこには美しい彫刻が施《ほどこ》された銀の短剣が現れた。

「これは――?」

「知り合いに頼んで……魔よけのために買ってきて貰った」少女は横になったまま、自嘲《じちょう》するように笑った。「その知り合いがディテルの町に住んでいる。エナド・ウム・トウランという男だ。彼に助けを求めて欲しい。その短剣を見せれば、きっと手を貸してくれる」

ムジカはすぐには答えなかった。彼女一人を残していくのが嫌だったのだ。けれど自分だけで彼女を運ぶことは出来ない。冬至の陽は短い。日暮れまでもうそんなに時間はない。迷っている暇はなかった。

「エナド・ウム・トウラン――だな」

「そう。ディテルに屋敷がある」

　ムジカは短剣を自分の懐にしまった。そのかわり料理用のナイフを取ってきて、少女の手に握らせた。

「これ銀じゃないし、効果ないかもしれないけど、何もないよりはましだろ。もし魔物に襲われたら、これで心臓を突いて逃げろ」

「――うん」

「扉の鍵は閉めていく。オレが戻ったら『七番目の子供はムジカダケ』って言う。これが合言葉だ。それ以外は、たとえイズーの王様が来たとしても、絶対に扉を開けるなよ」

「――うん」

「行って来る。助けを連れて、絶対に戻ってくるからな」

「うん」か細い声で答え、少女は微笑んだ。「待ってるよ」

　小屋を出て、扉の鍵を閉めたムジカは、洗濯用の盥を背負って森の中を走った。目指したのはディテルの町。しかし森の奥からディテルの町までは大人の足でも半日以上かかるのだ。それを短縮するため川に出た。川は小麦畑の用水路に繋《つな》がっている。ムジカは川に盥を浮かべ、迷うことなくそれに飛び乗った。季節が冬だったので川は水かさも少なく、流れも速くなかった。それでも跳ね返る水でムジカはすぐにびしょ濡れになった。しかも盥は不安定で今にもひっくり返りそうだった。ムジカは盥の縁に両手を突っ張って、必死に安定を保とうとした。

そうやってずいぶんと長い間、水と格闘し続けた。疲れと寒さで体は重く、手足は痺《しび》れて感覚がない。右手が滑《すべ》って縁からはずれた。その一瞬が不幸を招いた。盥が岩に乗り上げ、ひっくり返った。水の中に投げ出されたムジカは必死になって水を掻いた。川の水は凍るように冷たく、肺が縮んで息が出来ない。沈みそうになったムジカの手が何かに触れた。それはひっくり返った大盥だった。岩に乗り上げて止まっていたのだ。ムジカは息を切らしながら、どうにかその背によじ登った。倒れ込んだムジカを乗せて、盥は滑るように川を下っていった。


日が暮れ始め、最終蒸気が鳴り響く頃。畑から家に戻ろうとしていた一人の農夫が、用水路を流れてくる大盥に気づいた。あんなものが当たったら水門が壊れてしまうかもしれない。そう思った彼は畦《あぜ》を下り、手を伸ばして盥を捕まえた。

「重てえなあ、コン畜生め！」

悪態《あくたい》をつきながら、ボロ布が入った盥を陸に引き上げた。ボロ布がずり落ち、ばしゃんと水に落ちる。

「お？　なんだ？」

半分水に浸《つ》かったボロ布から手が突きだしていた。まだ小さい子供の手だ。

「うわぁ、大変だ！」男は慌てて子供を抱え上げた。冷え切った体がかすかに動く。「おい、大丈夫か？　生きてっか？」

男の呼びかけに、子供は目を閉じたまま何か答えた。よく聞こえなかったので、男は子供の口に耳を近づけた。

「何だって？　何て言ったんだ？」

「――ディテル……」

「おう、ディテルならすぐそこだぞ？　何だ？　そこにお前の家があんのか？」

「お願い……します」

その子供――ムジカは息も絶え絶えに呟いた。

「エナド……ウム……トウランの屋敷へ――連れて……行って下さい」

男はムジカをトウラン家の縁《ゆかり》の者と勘違いした。トウラン家の者を助けたとなればご褒美《ほうび》が貰える。しかしその子供が死んだとあってはそれも水の泡となる。そこで彼は犂《すき》を引かせるためのカカヤ馬に子供を乗せ、直ちにトウランの館へと送り届けた。

トウラン家の奥方アイダは、とても気のいい子供好きな女性だった。彼女は男に金を渡して、その労をねぎらった。それから見ず知らずの子供のために火を熾《おこ》し、冷え切った体を温めようと濡れた衣服を脱がし始めた。

その時、ムジカの懐から布に包まれた銀色の短剣が床に落ちた。それを拾ったのはトウラン家の当主エナド・ウム・トウランだった。彼は短剣を見るや顔色を変えた。エナドはムジカの襟首《えりくび》を摑み、ぐいっと引き立たせた。

「お前、これをどこで手に入れた？」

「トウラン……さま」ムジカは必死になって口を動かした。「彼女を……助けて下さい……」

「彼女？　誰のことだ？」

その時になって、ムジカはあの少女の名前を聞き忘れていることに気づいた。

「お名前は存じません。とても美しい姫です。夜のような黒髪と……月のように白い顔の……不思議な青い目と……優しい白い手をした姫です」

何とか説明しようとするが、頭が割れるように痛んで考えがまとまらない。

「もしかして――」先に気づいたのはトウランの奥方だった。「あの子のことではないかしら？」

当主は奥方の顔を見つめた。二人の間に意味深な沈黙が落ちる。

「お願いです。姫を……助けて下さい」ムジカは必死になって言い募った。「助けを呼んでくると、約束しました。彼女はオレを……助けを待ってるんです」

エナドはムジカの襟から手を放した。倒れかかるムジカを抱き上げ、そばにあった椅子に座らせる。そして自分は床に膝をつき、真剣な表情でムジカを見上げげた。

「詳しく話せ」

ムジカは話し始めた。疲れと寒さに震えながら、昨夜から今までのことを、包み隠さず話して聞かせた。

「では急ぐために冬の川を盥で下ってきたというのか？」当主は深く感じ入ったような声で呟いた。「お前のような子供がそんな無謀《むぼう》なことをして、よく無事だったな」

そう言うと、彼は奥方を振り返った。

「替えの服を用意してやってくれ。それと体が温まる食べ物も」

「オレのことはいい！」

　ついにムジカは叫んだ。のんびりしている暇などないのだ。とっくの昔に日は暮れて、すっかり夜になっている。早くしなければ手遅れになる。

「助けてくれるのかくれないのか。今すぐはっきり言ってくれ！」

「助けに戻る必要はない」

　冷淡とも言える口調で当主は言った。

「今から戻っても間に合わない。諦めろ」

「そうか――」ムジカは立ち上がった。「よく……わかった」

　もはや当主達には目もくれない。よろめく足を踏みしめ、戸口へと向かう。

「待て」その腕を当主が摑んだ。「どこへ行く気だ」

「森に戻る」

「なぜそんなにむきになる？　お前はあの子とは何の関係もない。あの子のことも、あの子が抱えた複雑な事情も、お前は何も知らないだろう？」

　その瞬間、ムジカの怒りが爆発した。

「じゃあ、あんたにはわかるのか？　親に捨てられた子供の気持ちが、誰にも必要とされなかった者の気持ちがわかるのか！」当主の腕を振りほどこうとむちゃくちゃに暴れながら、ムジカは喚《わめ》いた。「放せよ！　オレは戻る。彼女を見捨てたりしない。あんたら大人みたいに、姫のことを見捨てたりしない！」

「そうじゃない。最後まで俺の話を聞け！」

「うるさい！　大人の言い訳なんて聞きたくない。オレは姫を助ける。お前達の力なんて借りるもんか！」

ついに当主の腕を振りほどき、ムジカは扉に向かって歩き出した。が、数歩も行かないうちにへなへなと床に倒れ込んでしまう。

「大変……！」奥方が慌てて駆け寄った。

「オレに――かまうな」

ムジカは奥方の腕を突き放した。立ち上がろうとしたが出来なかった。疲労困憊《ひろうこんぱい》した体は、もはや言うことを聞いてくれなかった。それでもムジカは戸口に向かって床の上を這《は》った。頭の中には彼女のことしかなかった。待っていると言った彼女の言葉――それだけがムジカを奮い立たせた。

「何という頑固者だ」呆《あき》れたような声がして、ムジカはひょいと抱き上げられた。

「放せ」

もはや怒鳴る気力もない。暴れる力も残っていない。自分の無力さが情けなかった。

「行かせてくれ」ムジカは囁《ささや》くような声で懇願《こんがん》した。「お願いだ――行かせてくれよ」

当主はそれを無視し、奥方にムジカを預けた。

「着替えさせて、飯を食わせてやってくれ」

「では、お出かけになるのですね？」

「この子の話の通りだとすると、困ったことになっているだろうからな」

「そうですわね」奥方は当主を見上げ、少しだけ不安そうな顔をした。「くれぐれも、お気をつけ下さいましね？」

「案ずるな」当主は作り笑いを浮かべて見せた。「魔物と対決するのは初めてではない」

そして今度はムジカを見る。「お前はここで大人しくしてろ。いいな？」

「いやだ」弱々しい声ながらムジカは即答した。「合言葉はオレしか知らない。オレが行かないと姫は扉を開けないぞ」

当主は盛大なため息をつき、額に手を当てて天を仰《あお》いだ。

「まったくお前という奴は——なんて悪知恵の働く子供なんだ！」


ムジカは濡れた服を着替えさせて貰った。その間に奥方がディディ豆の煮込みを用意した。その皿をムジカの前に置き、当主は厳しい表情で言った。

「こいつを食べ終わらない限り、連れていかないからな」

そんな時間はないと言うムジカの反論を、当主は頑《がん》として跳ね返した。言い争っているくらいなら食べた方が早い。ムジカは豆の煮込みをかき込んだ。

「全部食べろよ」と当主は言った。

言われるまでもなく、食べ始めると止まらなかった。いかに自分が空腹だったのかを思い知らされた。煮た豆は柔らかく、一緒に煮た肉の味がよく染み込んでいて、とても美味《おい》しかった。しかも食べるごとに体が温まり、少しずつ力が戻ってくる。

食べ終わると、当主はムジカを抱き上げた。

「何すんだ。一人で歩け……」

「行って来る」ムジカを無視して当主は言い、奥方は頷いた。「お気をつけて」

「歩けるって言ってるだろ！」

ムジカの文句をやはり無視して、当主は外に出た。入口には馬が用意されている。当主はムジカを馬に乗せ、その後ろにひらりと飛び乗った。

「しっかり摑まっていろ」

そう警告して、彼は馬の腹を蹴った。二人を乗せた馬は、夜の中を飛ぶように駆け抜けた。町を抜け、小麦畑を横切り、川を渡った。森に入ると少し速度が落ちたが、それでも歩くよりは断然早い。夜目が利くムジカは木々の種類や枝を見て、進む方向を指示した。気は焦ったが森は深く、小屋は思いのほか遠かった。

「あそこだ——！」

目的の小屋が見えた時、夜はすでに白み始めていた。ムジカは馬の背から飛び降りた。

「おい、待て！」

当主の静止の声も聞かず、転がるようにして小屋に駆け寄る。

「『七番目の子供はムジカダケ！』」

大声で叫ぶまでもない。鍵は壊され、扉は開いていた。

「オレだ！　戻ってきたぞ！」

部屋の中はめちゃくちゃに荒らされていた。倒れた椅子を乗り越え、破《やぶ》れた布をかいくぐり、ムジカは奥の寝室へと足を踏み入れた。

そこもひどい有様だった。天井や床、壁一面にも鋭い爪痕《つめあと》が残っている。寝台はバラバラに壊され、毛布もズタズタに切り裂《さ》かれている。

「あぁ……」ムジカは呻《うめ》いて、その場に座り込んだ。

「大丈夫か？」

後を追って駆け込んできた当主も、そこに散らばったものを見て息を呑《の》んだ。寝室の床一面に白々とした真新しい骨が散乱していた。部屋の片隅に転がった頭蓋骨《ずがいこつ》が、虚《うつ》ろな眼窩《がんか》で中空を眺めている。

「遅かったようだな」低い声で当主は言った。

ムジカは力なく、首を横に振った。

「――オレのせいだ」

「それは違う」当主はムジカの後ろに座り込み、その肩に手を置いた。「お前はよくやった。自分を責めるんじゃない」

そんな慰《なぐさ》めの言葉も、今のムジカには届かなかった。

「あの小屋で、姫はオレに言ったんだ。『私はここにいなくちゃいけない』って。なのにオレは無理矢理彼女を連れ出してしまった」

「やめろ」当主はムジカを、その腕の中に抱きしめた。「こうなったのは運命だ。お前のせいじゃない」

「そうか。貴方《あなた》は知っていたんだ」ムジカはかすれた声で呟いた。「だからオレを、戻らせまいとしたんだな」

当主は答えなかったが、ムジカを抱きしめる腕の力は一段と強くなった。やはりそうなのだとムジカは思った。散らばっている骨は大きく太い。どう見てもあの少女のものではない。大人の骨だ。千切《ちぎ》れた布きれは自分が洗濯してきた魔女の服——

食べられたのは魔女なのだ。あの姫こそが魔物だったのだ。だから姫は、自分がムジカを食べてしまわないよう、わざとここから遠ざけたのだ。

「何だよ。そうならそうと、初めに言ってくれればよかったんだ」ムジカは唇を歪《ゆが》めた。「姫になら、オレ、喜んで食べられてやったのに！」

「残酷なことを言うな。それでお前はよくても、あの子は悲しむ」

当主は静かな声で言った。

「あの子は囚《とら》われの鳥だ。年に一度、生贄《いけにえ》を喰うためだけに外に出されるが、後はずっと地下牢《ちかろう》に閉じこめられている。誰とも話さず、もはや泣きも笑いもしない。斬《き》っても突いても死なない体ゆえに、自死することも叶わない」

どんな人生でも死んじまうよりはマシだろとムジカが言った時、彼女はこう答えた。

『そうかなぁ。死ねるのなら、私は死んでしまいたいなあ』

そうだよなと、ムジカは思った。そんな目に遭《あ》ってるなんて知らなかった。自分よりも不幸な奴がいるなんて思ってもみなかった。だから彼女の痛みにも気づかなかった。

ムジカは目を閉じた。目蓋《まぶた》の裏に彼女の儚い笑顔が浮かんでくる。魔物のくせに泣き虫で、とても優しかった姫——

「助けたい」

ムジカは呟いた。

「約束したんだ。必ず助けるって、絶対に見捨てないって、約束したんだ」

「俺もあの子に約束した。なぜ魔物が生まれてくるのか、どうして人を喰わねば生きていけないのか、その訳をきっと見つける……と」

ムジカは驚いて当主の顔を見た。当主はムジカの両肩に手を置き、自分の正面に立たせた。

「お前の名は？」

「——ムジカ」

「ひどい名だな」

「うるせえ」

「その名は捨てろ。今日からお前は俺の子だ」

そう言って、当主は立ち上がる。ムジカは慌てて周囲を見回した。もちろん、誰もいない。それを充分に確かめてから、もう一度当主を見上げた。

「もしかして、オレに言ってるのか？　それ？」

「他に誰がいる？」当主はおかしそうに笑い、ムジカに向かって手を差し出した。「安心したよ。知恵はあっても、やっぱり子供だな」

ムッとしながらも、ムジカは当主の手を握った。

「――後悔するなよ？」

「後悔するような人生は送るな。それがトウラン家の家訓だ」当主はムジカの手を引っ張り、楽々と抱き上げた。「それに前から、お前みたいな元気な子供が欲しかったんだ」

「降ろせ！　自分で歩ける！」

けれど当主は意に介さず、笑いながら宣言した。

「さあ、家に帰ろう」

V

「そしてムジカはトウラン家の養子になり、新しい名前を得た。ムジカの新しい名——それがクォルン。クォルン・ゼン・トウランだ」

「クォルン・ゼン？」

思わずナイティンゲイルが口を挟んだ。それを聞いてトーテンコフは唇に苦笑を刻《きざ》む。

「世間知らずのお前でも、さすがに知っているようだな？」

「当たり前です。エンジャ島を焼き払った『火焔《かえん》の魔術師』。知らないはずがない」

「そうだな」トーテンコフは静かに微笑《ほほえ》んだ。「知らない者などいないだろうな」

その穏やかな物言いに、ナイティンゲイルは我に返った。

「すみません。まだお話の途中だったのに……」

「かまわないさ」

素っ気なく答えて、トーテンコフはイガ粉を投げた。

「しかし、それはまた別の話。ムジカの話はこれでおしまいだ」

廃墟《はいきょ》の中庭に重い沈黙が降りた。ナイティンゲイルはごくりと唾を飲み、乾いた声で呟《つぶや》いた。「また別な話――と仰《おっしゃ》いましたね？」

「ああ」

「そのお話、聞かせていただけないでしょうか？」

トーテンコフは仮面ごしの視線をナイティンゲイルに向けた。

「次はお前が話す番だろう」

「私が持っている話のほとんどは、貴方《あなた》が言う噂話《うわさばなし》やお伽噺《とぎばなし》の域を出ていません。私が貴方に聞かせるに足りる話はあと一つしかありません」

ナイティンゲイルはトーテンコフに向き直り、真剣な口調で言った。

「けれどそれを話す前に聞いておきたいのです。クォルン・ゼンとエン・ハス・イズーの最期を」

「お前の嫌いな戦争の話になるぞ？　いいのか？」

「もう夜も更けてきましたから」

呟いて、ナイティンゲイルは夜空を見上げた。月が西に沈みかかっている。

「そうだな」無表情にトーテンコフは頷《うなず》いた。「いいだろう。そこまで言うのなら話すとしよう」

「ありがとうございます」

ナイティンゲイルは頭を下げた。

トーテンコフは深く息を吸った。姿勢を正し、火壇《かだん》に顔を向ける。

「戦争があった」

かすれているが、威厳《いげん》のある声が廃墟の中庭に響いた。

「今から二年前、先代の王ジン・クラン・イズーが急死した。空《から》の王座を巡ってジン王の弟ゼル・ウム・イズーと、ジン王の嫡子《ちゃくし》エン・ハス・イズーとが争い、やがて戦火は十八諸島を二分する大戦へと燃え広がっていった」

トーテンコフはイガ粉を炎の中に投じた。夜空に無数の火の粉が舞い上がる。

「命が消えた。この火の粉のように。多くの命が一瞬にして、淡く、儚《はかな》く、残酷に消え去ったのだ」

第五話　『王位継承戦争』

話は時間を遡《さかのぼ》る。それは開戦の五年前――冬至の夜。

彼は自室の窓辺に立っていた。この島では珍しい白金色の髪。目は透《す》き通るような青色だった。すっきりとした鼻梁《びりょう》の白い顔は少女のように柔和で、そして儚《はかな》げだった。

彼の背後では一人の商売女が酒を飲んでいた。女は苛《いら》ついているようだった。

「ちょっとぉ！」ろれつの回らない声で、女は彼に呼びかけた。「いつまで待たせるのよぉ？アタシだって他に客がいるんだからねぇ？　とっととすませちゃってくんなぁい？」

彼はそれを無視した。

女がさらに文句を言おうとした時、突然、部屋の閂《かんぬき》が開かれる音がした。

「失礼いたします」

高く澄んだ声が聞こえ、扉が開かれる。入ってきたのは一人の語り部だった。黒い衣装を身に纏《まと》い、鴉《からす》を象《かたど》った仮面で目元を隠している。仮面の覗《のぞ》き穴《あな》から見える瞳は青みがかった灰色で、背中に長く伸ばした髪は枯《か》れ草《くさ》のような色をしていた。

「ちょっとぉ、なによアンタ！」語り部に客を取られると思ったのか、女が怒りに目を吊り上げた。「出てってよ！　邪魔すんじゃないよ！　これはアタシの客なんだからね！」

「横取りしようとは思っていないよ」

語り部は布袋を取り出し、目の前で振って見せた。袋の端《はし》から紙幣の束がちらりと覗く。

「ちょいと事情が変わってね。君と遊んで貰っている暇がなくなったんだ。とりあえずこれは口止め料」語り部は布袋を女に手渡した。「くれぐれも変な噂《うわさ》は立てないように頼むよ」

女は布袋から紙幣を取り出し、念入りにその枚数を確認した。そしてにんまりと笑うと語り部の肩をぽんぽんと叩《たた》く。

「安心しな、若様が不能だってことは黙っててやるよ」

「そうしてくれるとありがたい」

「じゃあねぇ、縁があったらまた呼んでぇ」女は上機嫌で手を振り、部屋を出て行く。

「待ってくれ」女の背に向かい、彼は呼びかけた。が、語り部は素早く扉を閉めてしまった。扉の外側から、閂を下ろす重い音が響く。

「さて」語り部は青年に向き直り、片膝を折って芝居がかったお辞儀をした。「お初にお目にかかります。私は大鴉《レイヴン》と申します」

思ってもみなかった展開に、彼は戸惑った。

「すまないが――あの女性を呼び戻して貰えないだろうか？」

「まあそう仰《おっしゃ》らず」

レイヴンは身振りで座るように促した。その意図が摑《つか》めず、彼はますます困惑する。

「お願いだ。俺の言う通りにしてくれ。でないと……俺は──」

「貴方《あなた》を食べてしまう……ですか？」

語り部の言葉に、彼は顔色を変えた。

「なぜそれを知っている？」

「そう怖い顔をなさらずに、今夜一晩私におつきあい下さいませ。きっと思いも寄らない結果が待ち受けておりますよ」語り部は自信たっぷりに微笑《ほほえ》んだ。「まぁ最悪の場合でも、私一人が食べられればすむことです。あの女より肉付きは悪いですが、そこは我慢していただきたい」

レイヴンは壁に掛けてあったランプを持ってくるとテーブルの上に載せた。それに灯《ひ》をともすと、彼の目はその火に吸い寄せられた。

「お座りなさい」

語り部は自らも椅子に腰掛けた。炎に目を奪われたまま、彼はテーブルの向かい側に座った。それを待って、語り部は厳《おごそ》かに宣言した。

「それでは煌夜祭《こうやさい》を始めましょう」

高く澄んだ声でレイヴンは話し始めた。初めの話は水中に没したゼント島の話。次に害虫から麦を守る方法を開発したブンシャ島の農夫の話。エンジャ島で海底を掘る男達の話。世界一切れ味のよい剣を作ろうとしたケイジョウ島の刀鍛冶《かたなかじ》の話。絶え間なく話は続いた。時に低く、時に大きく、語り部は生き生きと物語の情景を謳《うた》いあげた。

彼はすっかり魅了されてしまった。不安も恐れも、いつの間にか消え去っていた。彼はテーブルの上に身を乗り出し、語り部の言葉に頷《うなず》き、相槌《あいづち》を打ち、驚嘆《きょうたん》の声を上げながら、熱心に聞き入った。

真夜中をまわっても、語り部はまだ話し続けていた。その物語は滾々《こんこん》と湧《わ》き出る泉のように、尽きることを知らないようだった。『力のスオウ、知のエンジャ』と謳われるスオウの軍隊とエンジャのアカデミアの話。海水の研究を続けすぎて中毒死したエンジャの錬金術師《れんきんじゅつし》の話。ナンシャー島の姫君が見合いをした話。ソクソウ島との戦争に負け、一族が皆殺しにされてしまったシェン家の悲劇――その話をしている最中のことだった。

不意にレイヴンの声がかすれた。休まず話し続けて、喉に負担がかかったのだろう。語り部は咳払《せきばら》いをし、話し続けようとするが、すぐにまた咳《せ》き込《こ》んでしまう。

憑《つ》かれたように話に聞き入っていた彼は、急に我に返った。腹の底がじわりと熱くなった。吐き気を催すような黒い欲望が鎌首をもたげる。彼は低い声で呻《うめ》くと、両手で自分の肘を抱きしめた。彼から伝わった震《ふる》えが机の上のランプをカタカタと揺《ゆ》らす。

レイヴンは商売女が残していった酒瓶《さかびん》をひっ摑み、その中身を一口飲んだ。喉を潤して咳を抑えると、視線を戻し、その青灰《あおはい》の目で彼の目を捕らえた。

「エン・ハス・イズー」語り部は落ち着いた声で彼の名を呼んだ。「私の目を見て下さい。気持ちを落ち着けて。大丈夫です。このまま乗り切れます」

彼は語り部の目を見た。語り部はにっこりと微笑んで頷き返した。彼は自分の体から手を離し、痙攣《けいれん》し続ける両手をぐっと握りしめた。

「すまなかった」

声を発するとゴロゴロと喉が鳴った。彼は腹の底に力を込め、声を絞り出した。

「話を——続きを——聞かせてくれ——」

「承知いたしました」

再びレイヴンは話し始めた。その声が紡《つむ》ぐ物語に耳を傾《かたむ》けていると、渇《かわ》きは嘘《うそ》のように引いていった。今にも溢《あふ》れそうになっていた黒い欲望が、腹の底に沈んでゆく。

レイヴンは時折酒を口に運びながら話を続けた。その数は五十を超えた。長い夜はゆっくりと過ぎていき、やがて東の空が白々と明るくなってきた。

「そして彼らは、二度とその森には近づかなかったということです」語り部は酒を一口飲み、さらに続けた。「それでは次はリンド島の仕立て上手な娘の話を——」

その時、遠くの空に甲高い音が響いた。一番蒸気の音だった。彼ははっとして窓の外を見た。まばゆい光が地平に溢れ、空を白く染め上げようとしている。レイヴンは無言で立ち上がり、窓に獣皮を下ろした。それから室内を振り返り、彼に向かって問いかける。

「体調はいかがですか?」

「——信じられない」彼は両手を閉じたり開いたりした。「人のままだ。人の姿のまま冬至の夜を過ごしたのは——人を食べずにすんだのは、いったい何年ぶりだろう」

窓辺に立っている語り部を、彼は感慨深い表情で見上げた。

「父上は慣れろと言ったが、慣れることなどありえない。人を食べるたび、その人の考えや記憶が俺の頭に入ってくる。それは消えることなく俺の中にとどまり、その人の人生を断ち切ってしまったことへの罪悪感に、俺は苛《さいな》まれ続ける。けれど今朝は生まれ変わったように爽快《そうかい》だ。お前の話を聞いている間は空腹も忘れられた。お前の語る風景が目の前に広がり、あたかも自分がそこにいるように感じた」

　彼は立ち上がり、語り部の手を握った。

「ありがとうレイヴン。お前のおかげだ。この気持ちをどう言えばいいのか……どう感謝してよいのかわからないくらい感謝している」

「感謝したいのは私の方です」レイヴンは彼の手を握り返した。「殿下は私の仮説を証明して下さいました」

「――証明？」

「その話はいずれまた」

　語り部は奥の部屋を指さした。

「お疲れでしょう。もうお休みになって下さい」そこで悪戯《いたずら》っぽく片目を閉じて見せる。「ついでです。子守歌を歌ってさしあげましょう」

「子供扱いされる歳ではないのだが――」

　そう言って彼は顔をしかめてみせた。が、堪《こら》えきれず、すぐに笑みがこぼれる。

「お前の声は耳に心地よい。甘えさせて貰うとしよう」

　彼は奥の寝室に入り、寝台に横になった。レイヴンは枕元に立ち、静かな声で歌い出した。初めて耳にしたにもかかわらず、その子守歌に懐かしさを覚えた。暖かな安心感に包まれて目を閉じた。心地よい眠気に誘われ、意識がまどろみに沈んでゆく。

「レイヴン……」半ば眠りに落ちかけながら彼は言った。「お前と……もっと話が……したい。俺が起きるまで……そばに……いて……」

彼の意識は眠気に呑まれ、言葉は途切れた。

それを見て、レイヴンは歌うのを止《や》めた。と、同時に門が開かれる音がする。

入ってきたのは革の鎧《よろい》を身につけた背の高い男だった。彼は二人の無事な姿を見つけると、大きな安堵《あんど》の息をついた。

「無事だったか」

「静かに」語り部は自分の口元に人差し指を当てた。「今ようやく寝たところなんだ」

「で、どうだった？」

「予想通りだったよ」

そう言って、語り部は寝台に眠る青年に目を移した。

「どうして魔物はこんなに美しくて、こんなに儚げなんだろうな」

それを聞き、背の高い男は眉間《みけん》に皺《しわ》を寄せる。

「では、王子が魔物だというのは本当だったのだな」

レイヴンは仮面を外した。枯れ草色の髪に浅黒い肌色。その顔はまだ若い。思いのほか鋭い瞳がじろりと男のことを睨《にら》む。

「何だ？　エナドはオレの言うことを信用していなかったのか？」

鎧の男——エナド・ウム・トウランは苦笑しながら答えた。

「まったく、お前には負けたよ。クォルン」


数日後、エナドを通してクォルンにお呼びがかかった。相手は十八諸島を治める王ジン・クラン・イズーだった。ジン王は灰色の口髭《くちひげ》を蓄《たくわ》えた壮年の男だった。人払いした王の間《ま》にエナドとクォルンが跪《ひざまず》くと、ジン王は驚いたように目を見張った。

「まだ子供ではないか！　冬至の夜に奇跡を起こしたのは本当にお前なのか？」

「はい、そうです」

臆《おく》することなくクォルンは答えた。だが王はまだ半信半疑のようだった。

「クォルン・ゼンと申したか？　お前は魔物を人にすることが出来るのか？」

「恐れながら申し上げます。今の段階では魔物を人にすることは出来ません。が、人と同じ暮らしをさせることは出来ると思っています」

「それは願ってもないこと」と王は言った。「して、その見返りにお前は何を求める？」

「研究の機会をいただきたく存じます」クォルンは即答した。「ここ数年をかけて各島を歩き回りました結果、いくつかわかったことがございます。魔物は必ず島主の血筋に生まれます。島主筋の婚儀は島主の家同士で行われるのが通例。とはいえ中には、相続権のない女性が島主筋ではない男と結婚する場合もございます。たとえば——ここにいるエナド・ウム・トウランのように」

王はエナドを見て頷く。「エナドの妻はターレン島島主の娘であったな」

エナドは頭を下げたまま答えた。「身に余る光栄でございました」

「しかしその場合――」

クォルンが話を続けたので、王は再びクォルンに視線を戻した。

「跡継ぎ争いが発生するのを恐れ、子供を持たない場合がほとんどです。ゆえに魔物は増え過ぎることなく、また絶えることもなく、歴史の裏舞台に存在し続けてきました。これには何か意味があるはずです。私はその理由が知りたいのです」

そこで言葉を切って、クォルンは鋭い目で王を見上げた。

「それにはまず魔物について知らねばなりません。魔物はなぜ人を食べるのか。魔物はどの程度の陽光に耐えられるのか。その寿命はどれほど続くものなのか。知りたいことはたくさんございます。ですから、是非とも殿下にご協力を賜《たまわ》りたいのです」

これを聞いて、何よりも驚いたのはジン王だった。

「なんと不遜《ふそん》な物言いよ。王子を実験体として使いたいとはな！　昨夜のことがなければ即刻首を刎《は》ねさせるところだ」

ところがクォルンは、恐れるどころかさらに勢いづいた。

「殿下をお世継ぎに望まれるならば、このまま殿下を隠し続けることは得策とはいえません。しかし殿下を陽《ひ》に曝《さら》せば魔物であることがばれてしまう。そうなっては弟君……ゼル・ウム・イズー様に王位を奪われてしまいます」

「うむ……」

「けれど殿下が昼光の下を歩き、直接国民と言葉を交わせるようになったら？　殿下はとても美しく聡明《そうめい》であらせられる。必ずや国民の支持を得て、立派な王になられるでしょう」

「――確かにその通りだ」

渋々と王は認めた。彼は髭を撫でつけながら、クォルンを横目で睨んだ。

「好きにしろ。ただし何か間違いがあったら――」

クォルンはにこりと笑い、その言葉の後を引きついだ。

「その時は、どうぞこの首をお刎ね下さい」


こうしてクォルンはエン王子の侍従《じじゅう》になった。まず初めにクォルンがしたこと……それはエンを外に連れ出すことだった。日が傾き始める頃、二人は仮面で顔を隠し、語り部に扮《ふん》して通用門を通り抜けた。城から出たことがなかったエンにとって、町は驚きの連続だった。目抜き通りには、今まで目にしてきた人間の数のすべてを合わせても足りないくらいの人間が行き交っていた。見たこともない野菜や果物を積んだ台車が通る。聞いたことのない言葉の訛《なま》りが耳に飛び込んでくる。大きな声で取引値について言い争う者達がいる。手に荷物を抱えたまま立ち話をする女達がいる。その合間を縫うように、裸足《はだし》の子供達が走り回っている。大きな荷物を背負った男にぶつかられ、エンはよろめいた。

「ぼさっとしてんな！　小僧！」投げかけられる悪態《あくたい》さえ新鮮だった。

「大丈夫ですか？」

大鴉の仮面をつけたクォルンが声をかけてくる。その口調に心配そうな気配はない。むしろ面白がっているようだ。

「人が多すぎて目が回る」エンは苦笑し、クォルンの服の袖を摑んだ。「だが面白い。何もかも、とても興味深い」

「よくご覧になって下さい。これが民の暮らしです」潜《ひそ》めた声でクォルンは言った。「殿下はこの島の主《あるじ》となられ、十八諸島の王となられる方。しかしこれらの民をなくして、王は存在出来ないということを忘れずにいて下さい」

エンは頷いた。

「お前の言葉、心に刻《きざ》んでおく。この頭蓋骨《ずがいこつ》の仮面にかけて、決して忘れはしないと誓うぞ」

クォルンは満足そうに微笑むと、エンを『あくびをする猫亭』という酒場に連れていった。そこでエンは、クォルンのもう一つの顔を知ることになった。大鴉の仮面を見るやいなや、店内にたむろしていた男達から野太い声があがったのだ。

「よう、待ってました！」

「今日はどんな話を聞かせてくれるんだい？」

ぎょっとするエンをよそに、クォルンは笑顔でそれに応じる。

「これはみなさんお揃《そろ》いで」店の隅にある椅子にエンを座らせると、クォルンは店の中央に陣取った。「では手始めに、美しくも儚い花の話をいたしましょう。十一年に一度だけ花を咲かせるナンシャー島の神秘の花。その名はトロンポウ――……」

クォルン――ここでは語り部レイヴンと呼ばれていた――が話を始めると、あっという間に人の輪が出来た。人々は次々に話を求め、クォルンは気軽にそれに応じた。よい感じに酒が回った人々はエンをクォルンの弟子だと思いこみ、彼にも酒をおごってくれた。人々は話に聞き入り、気分良く酔っぱらい、終《しま》いには歌い踊りだした。エンも一緒になって知らない歌を歌い、奇妙なダンスを踊った。

仮面を被《かぶ》っての外出は秘密裏に、しかし毎晩続いた。最初は戸惑ったものの、エンは次第に町の喧噪《けんそう》に慣れていった。人混みを縫って歩く方法も覚えた。金を出して物を買うことも覚えた。新しい出来事を発見するたびに、自分が今までとは違う人間になっていく気がした。しかし何よりも嬉しかったのは、話を覚えたことだった。クォルンの語りを聞いていただけなのに、まるで砂に水がしみこむように、エンは話を吸収していった。

それを知ったクォルンは、いつものように訪れた『あくびをする猫亭』でエンを店の中央へと押し出し、声高らかに宣言した。

「さあさあ、皆様。お待たせいたしました。今宵《こよい》はこの頭蓋骨《トーテンコフ》が、初めての語りを披露いたします」

エンが生まれて初めて語った話は『失われし島ゼント』だった。話は完璧に覚えていたのだが、それを語るとなると、これがなかなかうまく行かない。途中、何度もつっかえてしまい、そのたびに彼は冷や汗をかいた。それでも何とか語り終え、ぺこりと頭を下げると、周囲からは拍手が巻き起こった。常連の客が祝いにとジイノ酒をおごってくれた。エンは形容しがたい高揚感に包まれた。それはこれまでの人生では決して得ることの出来ない素晴らしい感覚だった。

エンの生活は劇的に変化した。だが視野が広がれば、今まで見えなかったものも見えてくる。ある夜、クォルンはエンをバンガ地区と呼ばれる場所に連れていった。そこは王都の中でも最も貧しい者達が暮らす地域だった。狭い路地にはゴミと糞尿《ふんにょう》がまき散らされ、息が詰まるような悪臭を放っていた。汚れた地べたに座り込んだ人々はみな襤褸《ぼろ》を着て、痩せ細った手足を寒空の下に曝している。その胡乱《うろん》な表情を見て、エンの心は暗く沈んだ。

「どうしてこんなに貧富の差があるのだ」

「その質問にはお答え出来ません」クォルンは言い、諭《さと》すように続けた。「その解答は殿下がご自身で考え、導き出さねば意味がありません」

「う……うむ」エンは赤くなって俯《うつむ》いた。外見はともかく、実際には自分より年下のクォルンに、何もかも聞いて済まそうとしていた自分を恥じた。「そうだ――その通りだ」

やがてクォルンは、今にも倒れそうなあばら屋の前で足を止めた。挨拶《あいさつ》もそこそこに、扉のない出入口から中に入る。エンは慌ててそれに続いた。そこに住んでいたのは、怪しげな研究に没頭する自称錬金術師の若者達だった。そのまとめ役であるランスという若い男に、クォルンは語り部として稼いだ金を与えていた。錬金術師達はそれを用いて、いくつもの革新的な実験を行っていた。

「これは『水の素』です」

試験管に薄青い水が満たされ、そこに落とされた金属片から泡が立っている。その泡を、上に被せたもう一つの試験管が集めている。

クォルンは火のついた蠟燭《ろうそく》をエンに渡した。「試験管の口に近づけてみて下さい」

エンが言われた通りにすると、ポン！　という小気味よい音とともに火が燃え上がった。彼はびっくりして蠟燭を取り落としそうになった。「何だ？　今のは？」

「この気体は燃えるのです」と答え、クォルンはランスに向き直った。「鉄より反応が早いか？」

「今のところ一番は亜鉛だぁな」

「酸素との混合比率は？」

「最高三対七ってとこかな。それ以上になると酸素が足りなくて燃えねぇ」

専門的な言葉で話をしている二人に「聞いても良いか？」とエンは呼びかけた。「何でこんな物が必要なのだ？」

それを聞いたランスは呆《あき》れたようにエンを指さし、クォルンに向かって尋ねた。

「こいつ、バカ？」

その頭をバシッとクォルンが叩く。

「いてぇな、殴ることねぇだろが」

「トーテンコフを馬鹿呼ばわりする奴《やつ》はオレが許さん」

クォルンはエンに向き直り、真面目な顔で先程の問いに答えた。

「『水の素』を用いれば、船の飛距離は飛躍的に増大します。古来より『島渡りを征する者は戦《いくさ》を征す』と言います。ですから戦をより有利に進めるためにも、どこの誰よりも早く『水の素』を実用化する必要があるのです」

戦と聞いて、エンは表情を曇《くも》らせた。「戦になるのか？」

「今の状況ではその可能性が高いです。もちろん回避するよう努力はしますが……」

そこでクォルンはきりりと表情を引き締めた。

「その時になって後悔しないよう、準備だけはしておきたいのです」

それからクォルンとランスは世界地図を広げ、ケイジョウでは亜鉛が採れるとか、蒸気船の帆布にはレイシコウ製が最適だとかいう会話に熱中し始めた。その言葉の端々から、『水の素』が戦の要《かなめ》であることはわかった。が、目にも見えないこの気体がどれほどすごいものなのか、この時のエンには半分も理解出来ていなかった。

その他にも、錬金術師が研究を進めていたものがあった。それが『不透過布』の作成だった。柔らかなレイシコウ織に樹脂《じゅし》を塗布して作るその布は、光をまったく通さないのだという。その布を手にとって、いつになく楽しそうにクォルンは言った。

「試作品第一弾は近いうち仕上がってきます。楽しみにしていて下さい」

大鴉の仮面をつけ、語り部に扮したクォルンはとても生き生きとしていた。酒場に集まった人々と陽気に肩を叩き合い、冗談を言っては皆を笑わせる。錬金術師達と激しく議論を戦わせたかと思うと、実験の成功に歓声を上げ、喜びを分かち合う。

そんな姿を見ているうちに、エンは複雑な思いに駆られるようになった。

この世界には目に見えない壁がある。支配者と被支配者の壁だ。クォルンはターレン島主の類縁であるトウラン家の者だ。位は違っても、自分と同じ支配者階級に属する人間のはずだ。けれど彼ならば——たとえ自分の身分を明かしたとしても、容易に民衆に受け入れられるだろう。まさしく大鴉のように、易々《やすやす》とその壁を飛び越えてみせるだろう。クォルンは語り部なのだ。地位にも故郷にも縛られない本物の語り部なのだ。

そんな彼が羨《うらや》ましかった。自分一人が置いていかれたようで、とても悲しかった。自分とて望んで王家に生まれたわけではない。出来ることならこの呪《のろ》われた身を捨て、重苦しい地位も捨て、漂泊の語り部になりたいとさえ思う。

けれど、それは叶《かな》わぬ夢だ。自分は魔物だ。昼の光を浴びれば肌が爛《ただ》れる。こんな自分が宿無しの語り部になどなれるわけがない。生まれて初めて城の外に出て、自由を得た気でいた。が、本当は何も変わっていない。自分はいまだ壁に囲まれたままなのだ。それが悔《くや》しかった。疎《うと》ましかった。なぜ王は職人や商人や農民達と同じ食卓に着き、杯を酌《く》み交わし、歌い騒ぐことが出来ないのだ？

そんな折り、エンは夜会の存在を知った。

毎週末の夜半過ぎに王都エルラドのアカデミアで開かれる集会。参加者はそれを夜会と呼んだ。

夜会では提示される議題に対し、誰でも自由に発言することが許されていた。身分や立場に隔《へだ》たりなく意見や議論を戦わせる。それが夜会の目的だった。

それこそエンが望んでいたものだった。同行を渋るクォルンを説き伏せ、彼は喜び勇んで夜会に参加した。これで貧しい人々の忌憚《きたん》のない意見が聞ける。そう思っていたのだが、実際に夜会に参加していたのは島主の縁者や裕福な商人、エンジャ島アカデミアの学者や学生など、比較的恵まれた環境にいる人間だけだった。たとえばバンガ地区に住むランス達のように、本当に貧しい者達の姿は一人たりとも見かけなかった。

夜会が唱《とな》える平等と自由は見せかけだ。それを悟るのに時間はかからなかった。それでもエンが夜会に通い続けたのは、クォルンを議論に参加させたかったからだ。答えは自分で探さなければならない。それは理解している。だが世界を知らないエンにとって、クォルンは師であり指針でもあった。師の貴重な意見を聞くことが出来る場所、それが夜会だったのだ。

夜会でクォルンが口を開くと、四方八方から罵声《ばせい》が浴びせかけられた。エンには正論に聞こえる意見を述べている時でさえ、彼が支持されることはなかった。それでもいざ議論となると、最後には必ずクォルンが勝った。学識のある者達が集《つど》う夜会においても、彼を論破《ろんぱ》出来る者は誰一人として存在しなかった。

その夜の議題は『新しい世界』についてだった。若い男達は血気盛んに理想を語った。古き良きものを吸収しつつ、文化と技術をより発展させた世界。それこそが自分たちが目指す新しい世界だと。年輩の男達もそれに賛同した。自分達が作り上げた盤石《ばんじゃく》たる世界の基盤。その上に新しい城を築いて欲しい――と。

それらを黙って聞いていたクォルンが口を開いた。

「理想を唱える前に外を見ろ」彼はその鋭い眼差《まなざ》しで周囲を睥睨《へいげい》した。「貧富の差は年々激しくなっている。持つ者と持たざる者の差は社会不安に比例する。このままではいずれ世界は転覆するぞ」

それに若い男が言い返した。

「持つ者と持たざる者? 努力した者としない者に差が出るのは当然だろう」

「それは基本的な物をすでに持っている者の言葉だ」

「俺は何も持っていないよ。相続権も二番目だしな」

「くだらない」吐き捨てるようにクォルンは言った。「何も持っていないというのは、女のことを言うのだ。女には相続権はもとより、学問を修めることも許されない。横暴な夫や父に対しても、発言する自由さえ与えられていないのだからな」

その意見に大半の者が失笑した。非難の意見があちこちから聞こえる。

「馬鹿を言うな。女が男と対等に議論など出来るものか」

「あんな不浄な愚《おろ》か者《もの》を、我々と一緒の舞台にあげるつもりか」

それらに対し、クォルンはくっ……と喉の奥で嗤《わら》った。

「同じ言葉を自分の母親にも吐けるか? 私達は全員、お前達の言う不浄で愚かな女の股《また》の間から、この世に生まれ出て来たのだぞ?」

夜会でのクォルンはいつも相手を叩きのめすような話し方をした。この夜は特にその傾向が強かった。場の雰囲気を読むのが苦手なエンでさえ剣呑《けんのん》な気配を察し、身の危険を覚えた程だった。その危惧《きぐ》は見事に的中した。城への帰り道。突然現れた数人の男達がエンとクォルンを取り囲んだ。薄汚れた上着、腰帯にさした短刀。その顔に見覚えはなかったが、傷だらけの悪相はまっとうな人間とは思えない。男達は値踏みするような目で二人を眺めた。そのうちの一人がクォルンに向かい、ガラガラ声で問いかける。

「てめぇがクォルンか？」

「誰に雇《やと》われた──と問うたところで答える気はなさそうだな」クォルンはエンを背後にかばい、男達の方へ一歩踏み出した。「用があるのは私だけだろう？　この方には手を出すなよ？」

「なるほどな。確かに偉そうな口を叩きやがる」

男は指の関節を鳴らしながら、口の端を吊り上げた。

「礼儀ってモンを教えてやるぜ、若造！」

そう言うやいなや、男はクォルンに殴りかかった。周囲を囲んでいた者達も一斉にそれに倣《なら》う。

「クォルン！」駆け寄ろうとして、エンは男の一人に捕まった。頭一つ背の高い男に羽交《はが》い締めにされ、暴れても振りほどくことが出来ない。「やめろ、お前達。無抵抗の者に暴力を振るうとは何事だ！」

男達はまるで聞く耳を持たなかった。彼らはエンにはいっさい手を上げなかったが、その目の前でクォルンはさんざんに痛めつけられた。エンはやめろと叫び、終いにはやめてくれと懇願《こんがん》したが、それでも男達の暴力は続いた。

「おい、そのへんにしとけ」最初にクォルンを殴った男が言った。「命だけは助けてやれとのご命令だ。それ以上やると死んじまうぞ」

「殴りがいのねぇ野郎だぜ」

「これで懲《こ》りたろ?」

「もう二度と生意気な口を利くんじゃねぇぞ」

嘲笑《ちょうしょう》を残し、男達は立ち去っていった。

自由になったエンは、石畳《いしだたみ》に倒れたまま動かないクォルンに駆け寄った。

「クォルン、しっかりしろ。大丈夫か?」

彼の頬《ほお》は紫色に腫《は》れあがり、口元から流れ出した血が浅黒い顔を汚している。服もあちこちが破《やぶ》れ、血が滲《にじ》んでいた。目を開かないクォルンを抱き上げ、エンは幾度も呼びかけた。

「クォルン、俺は約束する。俺が王になったら平等な世界を作る。身分の差もなく、性別の差もない。誰もが自由に意見を言い、好きなだけ学ぶことが出来る。そんな世界を作る。だから死ぬな……死なないでくれ!」

くくく……という笑い声がした。驚いてエンはクォルンを見た。頬を腫れあがらせたひどい顔で、クォルンは笑っている。

「大丈夫なのか?」安堵のあまりエンは思わず涙ぐんだ。「無事なら無事と言え。死んでしまったかと思ったぞ!」

「敵を欺《あざむ》くにはまず味方から……と申しますでしょう？」クォルンは起きあがり、痛そうに唇の端に手を触れた。「クソ、あいつら力一杯殴りやがって」

エンは眉根をぎゅっと寄せた。「誰の差し金だ！　恥知らずめ！　議論に負けたからといって、あんな者達を雇うなんて――」

「まあ、大人げない攻撃をしたのは私が先でしたから」クォルンは肩をすくめようとして、痛そうに肩を押さえた。「いつか報復されるだろうと、覚悟はしていました」

「俺にはお前がわからない」エンは真剣な顔でクォルンを見た。「痛い目を見るとわかっていて、どうして咬み癖《かくせ》のある犬の前にわざわざ手を出すような真似をするのだ」

「人には一つや二つ、絶対に譲ってはいけない場所があるものです」

クォルンは難儀そうに立ち上がった。エンも立ち上がり、それに肩を貸す。二人はよろめきながら城を目指して歩き出した。

「でも殴られた甲斐《かい》あって、今夜は良い意見が聞けました」

「え……？」

「約束する。俺が王になったら平等な世界を作る。身分の差もなく、性別の差もない。誰もが自由に意見を言い、好きなだけ学ぶことが出来る。そんな世界を作る」

一字一句間違えずに、先程のエンの言葉を復唱し、クォルンは満足そうな笑みを浮かべた。

「悪くないですね。その世界では魔物も差別されず、自由に生きることが出来るんでしょう？」

クォルンの怪我《けが》が癒《い》えるのを待つ間、エンはエナドに頼み、剣の稽古をつけて貰うことにした。毎日数時間、彼の元で訓練し、自主練習もかかさなかった。そんな彼をクォルンが誘った。二人は一ヶ月ぶりに語り部の衣装を身につけ『あくびをする猫亭』へと繰り出した。

「久しぶりじゃない。どこに行ってたのよ」

さっそく酒場の女主人が声を掛けてきた。どうやら彼女はレイヴンにご執心らしかった。

「頼まれてたもの出来てるわよ」女主人は布の包みをクォルンに手渡した。「針が通りにくくて苦労したんだからね！」

「ありがとう！　恩に着るよ！」

クォルンは小躍《こおど》りしながら布包みを頭上に突き上げた。

「やった！　ついに出来たぞ！」

彼がこんなに喜ぶ物とは一体何なのだろう？　エンは包みの中身に興味が湧いた。が、クォルンはここでそれを開くつもりはなさそうだった。

「ね、お礼は？」女主人がクォルンにしなだれかかる。

「あれ？　足りなかった？」クォルンは帯の下からくしゃくしゃになった紙幣を数枚引っぱり出す。「これで足りるかな？」

「もう、そんなんじゃないわよ！」そう言いながらも女主人は紙幣を受け取り、豊かな胸の谷間に押し込んだ。「お礼にさ、一晩アタシにつき合いなさいってコト！」

それを聞きつけ、周囲から歓声があがる。

「ようよう色男！」

「うらやましいねぇ！」

「シャリナ……」クォルンはいつになく真剣な眼差しで女主人を見つめた。「あんたはとても優しくて、とっても魅力的だ。あんたみたいないい女にそこまで言って貰えるなんて、とっても光栄だし、ほんとに嬉しいよ」

「ほんと？　じゃあ……」

「でもだめなんだ。オレには——心に決めた人がいる」

突然の告白に、女主人も周りの者達も言葉を失った。語り部が自らのことを語るのは、それほど掟《おきて》破りなことなのだ。

そんな周囲の沈黙を無視して、クォルンはさらに続ける。

「その人のためにならオレは命を投げ出しても惜しくない。オレの心と体は、最後の血の一滴まで、その人に捧げるつもりでいる。だから……あんたを抱くことは出来ない」

「わかったわよ」頬を赤らめて女主人は肩をすくめた。語り部の掟破りな行動が、さらに女心を揺さぶったらしい。「でもアタシ、そういう一途《いちず》な男も好きだわ」

「ごめん、シャリナ」クォルンは彼女を引き寄せ、その唇に軽いキスをした。「これで許してくれるかい？」

クォルンはいい男だ。同性の自分が見てもそう思うのだから、女の目にはさぞ魅力的に映るだろう。それはエンにもわかるのだが……どうも釈然としない。この日の帰り道。いつになく機嫌のよいクォルンに、エンはぼそりと呟《つぶや》いた。

「お前、レイヴンになると性格変わらないか？」

翌日、まだ正午過ぎだというのにエンはクォルンに叩き起こされた。魔物といえども、直射日光にさえ当たらなければ昼間に起きても害はない。ただ体の怠《だる》さや眠気はいかんともしがたい。

「まだ眠い——のだけれども？」

遠回しに文句を言うエンの目前に、クォルンは昨夜の布包みを突きつけた。

「今すぐお召しになって下さい」

「今すぐ？」

「でないと意味がありません」

こうなるとクォルンは梃子《てこ》でも動かない。エンは渋々、布包みを受け取った。包みの中には一揃いの服が入っていた。どうやら語り部の衣装らしい。奇妙なのは手袋や靴下といった贅沢品《ぜいたくひん》も揃っているところだ。渡された衣装をすべて身につけると、かなり怪しい格好になった。しかも重くて、とても暑い。

「着られましたか？」隣室からクォルンが問いかけた。

「一応な」エンが答えると、クォルンは寝室に入ってきた。

服に隙間がないことを確認すると「動かないで下さいね」と言い、エンにいつもの仮面をつけさせ、その上から服と同じ布で出来た頭巾を巻いた。

「これでよし」

「何をするんだ？」

もはや素肌が露出している所はどこにもない。口も頭巾で覆われているものだから、モゴモゴした声しか出ない。

「光を入れます」

そう言うや、クォルンは窓を覆った獣皮を開いた。

仮面の覗き穴にはめ込まれた黒石英《くろせきえい》ごしに太陽の光が目を射《い》る。真昼の光は魔物の肌を焼く。エンは思わず目をつぶった。だが覚悟していたような痛みはやってこなかった。おそるおそる目を開ける。クォルンが心配そうに彼を見つめている。

「どこか痛みますか、殿下？」

「いいや――平気だ」そう答えてから、エンは自分の言葉に驚いた。「すごい！　真昼なのに光を浴びても平気だぞ！」眠気は吹き飛んだ。エンは窓から顔を出し、ここ数年見たことのなかった昼の町を眺めた。「すごい――すごい！　信じられない！」

「『不透過布』で作りました。まだ試作品で長時間に亘《わた》って効果を発揮するには改良が必要です」

クォルンは王子の姿をしげしげと眺める。「それにその格好で町を歩くわけにはいきませんね。あまりに珍妙すぎる」

「見てくれなんてどうだって良い。俺は嬉しい。こんな嬉しいことはない！」

エンは昼光降り注ぐ部屋の中を闊歩《かっぽ》し、外を眺め、太陽を見上げた。

その足が不意に止まった。

「どうしました？」クォルンが心配そうに尋ねた。

「痒《かゆ》い」布の下、汗ばんだ肌が無性に痒くなってきた。「服の下がすごく……痒い」

クォルンはぱっと立ち上がり、手早く窓に獣皮を下ろした。「脱いで！　すぐに！」

エンは手袋を取り、頭巾を解いて仮面を外した。帯をほどき、前合わせ服を脱ぎ捨てる。涼しい空気が汗ばんだ素肌を冷やした。腕の皮膚がほんのりと赤い。爪《つめ》を立てて掻《か》くと小さな湿疹《しっしん》がぽつぽつと浮いてくる。

「確かにまだ改良の余地があるな」と言いながら腰紐《こしひも》をほどき、下衣を脱ぎかけた時。

「脱ぐなっ！」クォルンが珍しく慌てた様子で言った。

エンはそれを怪訝《けげん》そうに振り返る。「脱げと言ったり脱ぐなと言ったり……変だぞ、お前？」

「高貴な者は人前に肌を曝したりしないものです」

「世界の平等を叫ぶ者とは思えない発言だな」

「とにかく――」クォルンは王子から目をそらしたまま、部屋の奥を指さした。「寝室で着替えて下さい！」

数ヶ月後、さらに改良された服が出来上がってきた。布は薄くて柔らかく、まるで肌着のような着心地だった。さっそく着用し昼光に当たってみたが、今度は湿疹も出来なかった。エンはこれでも充分満足だったが、クォルンは納得していない様子だった。

「まだまだこれからです。肌に直接塗布出来るものをつくることが最終目標ですから」

平和に時は流れた。会った当時はほとんど同い年に見えた二人だが、いつしかクォルンの方が背も高くなり、年上に見えるようになっていた。そんな折り、なじみの錬金術師達から知らせが入った。ついに試薬が完成したというのだ。

「女が日焼け止めに使う粉白粉《おしろい》が決め手になった」と錬金術師ランスは胸を張った。「塗布した直後は白いが乾いてくると透明になる。それで完璧に昼光の害を遮断《しゃだん》出来る」

それを受け取ったエンはさっそく明日の昼に試したいと言ったのだが、クォルンは頷かなかった。

「発汗で薬品が剥《は》がれ落ちる可能性があります。まずは持続性を確認してからです。でないと火傷《やけど》する危険性がありますからね」

「平気だ。火傷などしてもすぐに治る」エンは悪戯っぽく笑う。「それよりクォルン。持続性を確認すると言ったが、またお前自身の体で試すつもりではないだろうな？　以前に試薬を塗布して、一年近くも肌の炎症が治らなかったのを忘れたのか？」

「そういう嫌なことをいちいち思い出しませんように」

クォルンは苦笑しながらも、気持ちは抑えきれないようだった。

「では明日の昼に試してみましょう」

「うまくいくといいな」

歌い出しそうな口調でエンは呟いた。

しかし――その翌日。彼らのささやかな幸せは終わりを告げた。

ジン王が、急死したのだ。

茫然自失《ぼうぜんじしつ》のエンを引きずるようにして、クォルンは王の居室に向かった。王は昼食を食べた直後に倒れたという話だった。遺体はすでに寝室に運ばれ、その体には白い布が掛けられていた。

クォルンは布を持ち上げた。苦悶《くもん》に歪《ゆが》んだ表情が現れる。とても直視出来ずにエンは顔を背《そむ》けた。

クォルンは寝台の傍《かたわ》らに両膝をつき、亡き王の耳元に別れの言葉を囁《ささや》くと見せかけて口元の匂いを嗅いだ。

ツンと独特な匂いがした。

それを確かめると、クォルンはやおら立ち上がった。そしてエンとともに部屋へと引き返すと、彼を椅子に座らせ、自分はその足元に膝をついた。

「殿下」クォルンは彼の膝に手を置いた。「危機が迫っております。すぐに行動しなければなりません」

エンはクォルンを見て、ゆっくりと頷いた。クォルンは頷き返し、彼を見上げた。

「王の口からはジイノの青い実から取れる毒物の匂いがしました。ジン王は毒殺されたのです。おそらく王弟ゼル・ウム・イズーの仕業《しわざ》でしょう。殿下が表に顔を出すようになって、国民の人気が高まってきたことに、彼は危機感を覚えたのです」

事実を知らされても、心の中はシンとしたままだった。自分でも奇妙に思えるほど、エンは冷静だった。

「賊はずいぶんと城の奥深くまで潜入してきているのだな。こうなると誰を信用して良いものか、俺にはわからない。誰が信用出来て誰が信用出来ないのか、わからないままでは犯人も見つけられない」

「犯人探しは後回しです」

その言葉を聞いて、エンの心に初めて変化が現れた。怒りと憤《いきどお》りに、頬がかあっと熱くなる。

「父の仇《かたき》を捜すことよりも、優先せねばならないことがあるというのか？　父王を謀殺せしめたのが叔父上《おじうえ》なら、その証拠を挙げ、罪を償《つぐな》わせるのが第一ではないのか？」

「いいえ、一番に優先すべきは殿下の安全です。ジン王亡き今、次に狙われるのは殿下です。いったん王宮を出て、安全な場所に身を隠しましょう。仇を追いつめるのは、それからでも遅くはない」

「俺が逃げ出したら、あの王弟が玉座に座るのだぞ！」エンは激しく頭を振った。「そんなことは許さない！　簒奪者《さんだつしゃ》が王になるなど、あってはならないことだ！」

「殿下——現実では正義が常に行われるとは限らないのです」

「俺は即位する。逃げ出すわけにはいかない」

「いけません」苦しそうにクォルンは言った。「まだ準備が整っていません。貴方はまだ……人としての暮らしが出来るようになっていない」

「お前がそれを言うか？」エンは奥歯を噛《か》みしめた。クォルンの言葉は冷たい刃《やいば》となって彼の胸を切り裂《さ》いた。「差別のない平等な世界を望むお前が、それを言うのか？」

「理想と現実には差があるのです。この五年、外の様子を見て、殿下もおわかりになったはず。覚えていらっしゃいませんか。夜会の帰り道、男達に殴られたことを。あれが現実です。身分が低いというだけで、人を虫けらのように扱う人間がまだまだ存在する。そんな奴らに殿下の秘密を知られたら、どうなるとお思いですか？」

エンは答えなかった。ただぎゅっと目を閉じた。クォルンの言葉も父王の死も自分の正体も、すべて拒絶したかった。

「逃げるのです、殿下」クォルンはなおも呼びかける。「反撃の機会は必ず来ます。ですからどうか私を信じて、今はお逃げ下さい」

その時、激しい物音とともに部屋の扉が開かれた。入ってきたのは威風堂々《いふうどうどう》とした男だった。若さの盛りは過ぎていたが、その体はいまだ強靭《きょうじん》な筋肉に覆われている。

クォルンは立ち上がり、背後にエンをかばった。「挨拶もなく、いきなり殿下の居室に入ってくるとは、いくら貴方でも失礼ではありませんか、スオウ様」

第一輪界スオウ島の島主ハサイ・クラン・スオウは、足音を響かせてクォルンに歩み寄ると、いきなりその頬を張り飛ばした。堂々たる体軀《たいく》のスオウに手加減なく殴られて、クォルンは人形のように床に転がった。

「殿下に逃亡を促すとは、一体何を考えている！」

スオウはクォルンの襟《えり》を摑んで引き立たせると、もう一度その頬を殴りつけた。クォルンは床に叩きつけられ、そのまま動かなくなった。

「これだから下賤《げせん》な輩《やから》の考えることは！」スオウは憎々しげに吐き捨てると、呆然として動くことも出来ずにいるエンの前に跪いた。「殿下。王の仇はこのスオウが必ずとってご覧に入れます。どうか安心なさって下さい」

エンは何か言おうと口を開いたが、言葉は出てこなかった。戸惑いの視線が目の前のスオウと、床に倒れたクォルンの間を行き来する。

「そんな輩のことは、もうお気になさいますな」スオウはエンの腕を掴んで椅子から引き立たせた。「さあ、玉座の間に参りましょう！」

スオウに引きずられながらも、エンはクォルンを目で追った。クォルンは床に倒れたままピクリともしない。いつものように機転を利かせて相手を出し抜こうとしているに違いない。そう思い、クォルンが起きあがるのを待った。けれど、そうしているうちに彼は部屋から連れ出され、クォルンの姿も見えなくなってしまった。

「クォルン！」堪えきれずにエンは叫んだ。「大丈夫か、クォルン！」

返事はなかった。そのかわりスオウの手が万力のように彼の腕を締め上げた。これ以上、その名を呼ぶことは許さないというように。

ジン王が死んだ翌日。エンは即位を表明した。それを受けて第二輪界では、エン王子を支持するナンシャー島と、王子の即位に反対するアモイ島が小競《こぜ》り合《あ》いを始めた。スオウはナンシャーに援軍を差し向けた。アモイ島には秘密裏に王弟の私兵が派遣された。エンは幾度も「戦争はするな」と呼びかけたが、その声が王宮の外に出ることはなかった。スオウが王の代弁者として、指揮権を掌握《しょうあく》していたからだ。それは王子派であってもスオウを嫌う島主達の離脱を招いた。王宮は徐々に空洞化していった。しかし王の権力を行使するのに夢中になっていたスオウは、それに気づかなかった。

　飾り物の王となったエンは王の居室に軟禁されていた。彼は悲しみに暮れていた。やはりクォルンは正しかった。一時の怒りに負けて脱出を渋ったがゆえに、こんな事態を招いてしまった。クォルンは無事だろうか。誰かに助けられただろうか。ひどい怪我を負っていなければいいのだが。様子を知りたいと思っても、今のエンには自由に部屋を出ていくことさえ出来なかった。

　そんなある夜のことだった。扉が開く音を聞いてエンは顔を上げた。『王の安全を守るため』と称して、扉の両脇には常に見張りの兵士が立っている。彼らはニヤニヤ笑いながら、一人の人間を部屋に通した。

　入ってきたのは白いヴェールで顔を隠した水商売風の女だった。その手には細長い酒の瓶を持っている。

「誰だ、お前は？」

　緊張した声で問いかけ、エンは剣を引き寄せた。

「私です、陛下」女がヴェールを上げた。赤い唇、白粉を塗った肌。うまく隠してあったが左目の下に痣《あざ》がある。「時間がありません。一度しか言わないのでよく聞いて下さい」

　エンは驚きに目を見張った。自分の目が信じられなかった。

「お前……クォルン──なのか?」

「そうです」クォルンは頷くと、手に持っていた酒瓶をテーブルの上に置いた。「近いうち王弟ゼルから会談の申し込みがあります。しかしゼルの真の狙いは話し合いではありません。白日の下《もと》に陛下を立たせることです。その時にはこの『日焼け止め』を使って下さい。試している時間がないのでぶっつけ本番です。上手くいくことを祈ります」

さらにクォルンは早口で続けた。

「陛下の尻尾《しっぽ》が摑めないとなると、ゼルは強硬手段に出てくる可能性があります。会談にはターレンの島主が立ち会いますので、いざという時には彼の指示に従って下さい。あとはくれぐれも短気を起こしてゼル本人に斬《き》りかかったりなさいませぬように」

わかりましたねというように、クォルンは首を傾《かし》げた。

驚きのあまり喉が詰まって声が出せなかったエンは、そこでようやく言葉を発した。

「ずっと……ずっとお前の身を案じていた」彼はクォルンを見つめ、その頰の痣にそっと触れた。

「すまなかった。俺の短慮がまたお前を傷つけた」

「いいえ、私の方こそ陛下のお気持ちも考えず、浅薄なことを申しました。お許し下さい」

そう言って頭を下げるクォルンの手を、エンはぎゅっと握りしめた。

「クォルン、すまなかった。俺はお前に辛《つら》い思いばかりをさせてきた。俺のような愚か者に、今までよくつき合ってくれた」

「陛下……?」

「もういい。俺のことなど見放してくれていいのだ。お前はもう充分に傷ついた。このまま俺の傍《そば》にいたならば……お前はまた傷を負うことになる」

「何を仰います」クォルンは笑った。「私は辛い思いをしたことなど――」

「言うな」エンはクォルンの手を離し、突き放すように一歩下がった。「ターレンに帰れ。もう俺などに縛られずともよいのだ」

「陛下……」クォルンは低い声で言った。「それはもう私など必要ないという意味でしょうか？」

「――……」

「もし私が不要なのであれば、そう仰って下さい。目障りだと、すぐにこの場を立ち去り、もう二度とその顔を見せるなと、今ここで仰って下さい」

クォルンは顔を上げ、まっすぐにエンの目を見返している。この目を失いたくないと思った。これほど強く自覚したことはなかった。手を伸ばし、その体を抱きしめ、もう二度と離さないと言いたかった。しかしそれは許されない。このまま自分の傍にいたならば、いつか必ず、クォルンは殺される。

「お前など……もう……」血を吐くような想いでエンは震える声を絞り出した。「もう二度と……そのか、顔を――俺に……みせる――」

それが限界だった。それ以上、続けられなかった。エンは両手を握りしめ、固く目を閉じた。でないと涙が溢れてしまいそうだった。

「――言えない」荒い吐息とともに、か細い声を吐き出す。「言えるわけが――ない」

悲しみの奥底に怒りが生まれた。エンは顔を上げた。堰《せき》を切ったように涙が流れ落ちたが、もう構わなかった。

「この卑怯者《ひきょうもの》！　俺はお前に傷ついて欲しくないのだ。だからこそ俺から遠ざけようとしているのに、その言葉を言えば、俺がお前を傷つけてしまうではないか！　それではまるで意味がない！」

「その通りです。陛下」クォルンは膝を折り、真剣な眼差しでエンを見上げた。「私が一番恐れ、傷つくのは、陛下に不要と言われることでございます」

その眼差しが辛かった。エンは両手で目を覆った。

「なぜだ……？」呻くように彼は言った。「俺は魔物だ。忌《い》むべき化け物だ。お前の他に味方もなく、何の力も持たない。賢いお前のことだ。俺につくしても何の見返りもないことぐらい、最初からわかっていたはずだ」

「見返りはもういただいております」

「虚言《きょげん》を申すな。俺はお前から奪うばかりで、何一つお前のためになるようなことはしてやれなかった！」

「いいえ、陛下」クォルンは凜《りん》とした声で否定した。「陛下には、命を懸けて守りたいと思える人を与えていただきました。すべてをなげうってでも叶えたいと思える夢を与えていただきました」

エンははっとしてクォルンを見た。否定しなければならないと思う心と、それとは相反する歓喜の想いが、胸の中でせめぎ合う。

その気持ちを見抜いたようにクォルンは頷いた。

「陛下はお約束下さいました。新しい世界を作ると。私はこの目で、その世界を見てみたいのです」クォルンは頭を下げ、片手を床についた。「陛下のためならば私はどんな犠牲も払う所存です。ですからどうか――どうか私を陛下の傍に置いて下さい」

「クォルン――後悔するぞ？」

「今まで後悔したことも、これからする予定もございません。後悔しない生き方をせよというのが、トウラン家の家訓でございます」

顔を上げ、クォルンは唇の両端を吊り上げるようにして笑った。その目に宿る決意を見て、エンは悟った。クォルンにはわかっていたのだ。こうなるとわかっていて、それでも自分の傍にいてくれたのだ。おそらくは五年前、あの冬至の夜に。自由も平穏も、たった一つの命でさえもなげうつ覚悟で、クォルンは自分の前に現れたのだ。

「そろそろ時間切れのようです」

その言葉通り、扉の外で音がする。見張りの兵士達が扉を叩いている。クォルンは立ち上がり、慣れない裾捌《すそさば》きで身を翻《ひるがえ》す。扉を少し開けて外の兵士に何か言い、それからエンを振り返った。

「それでは陛下、私の申したことをお忘れなきよう」

エンはもはや何も言えなかった。彼の沈黙を了解と解釈したのか、クォルンは微笑し、するりと扉を抜けて出ていった。

数日後、クォルンの言った通り、王弟ゼルが会談を申し入れてきた。支援者は連れず一対一で話し合おうというのだ。会談には立会人として、ターレン島の島主だけが同席を許された。会談は正午に開始される。エンは王の衣装の下に不透過布の肌着を着込み、肌が露出する場所には念入りに試薬を塗りつけた。そして噂を払拭《ふっしょく》するために真昼の光の下に出て、王宮にやってくる王弟の一行を迎えた。

ゼルは茶色い口髭を生やした、背の低い男だった。豪華なレイシコウ織の衣装に身を包んではいるが、そのきょときょとした大きな目のせいで貧相に見えてしまう男だった。

話し合いは長時間に及んだが、試薬はその効果を存分に発揮してくれた。こうなると「王子には王たる権限なし」という、かねてからの王弟の主張は圧倒的に不利だった。ジン王が用意していた遺言書には、次代国王はエンに譲るとあったし、それを覆《くつがえ》すような要因は王子には何一つ無かったのだ。

そこで王弟ゼルは実力行使に出た。

「王位は俺のものだ」

その言葉が合図だった。会談の広間に王宮の衛兵達がなだれ込んできた。スオウの独裁で空洞化した王宮に、ゼルは密《ひそ》かに手の者を送り込んでいたのだ。

「殺せ！」

鋭い命令が飛び、衛兵達は剣を抜く。

その刃を跳ね返したのは、ターレン島の島主スーイ・クラン・ターレンの剣だった。

「こちらへ」冷静な声で言い、ターレン島主は窓に向かった。窓を開け放つと、そこには窓拭き用の梯子《はしご》が立てかけてあった。「降りて下さい」

ターレン島主の言葉に従い、エンは梯子を降りた。島主は歳に見合わぬ敏捷《びんしょう》さで衛兵達を蹴散らし、半ばまで梯子を降りると、そこから飛び降りた。そしてすぐに立ち上がると梯子の足に蹴りを入れる。梯子は安定を崩し、続いて降りてきていた衛兵達もろとも倒れた。二人は中庭を走った。間を置かずターレンの紋章をつけた兵士達が駆けつけてきた。彼らは勇敢に戦い、時には身を楯《たて》にして、衛兵達の凶刃《きょうじん》からエンをかばった。

ターレン島主は王宮を出て、物見の塔を目指した。それは正門とは正反対の方角にあった。だからこそ衛兵達の裏をかくことが出来たのだが、そこは行き止まりで逃げ道などない。自ら袋小路へ飛び込むようなものだった。しかしターレン島主に迷いはなく、エンもそれを信じた。ターレンの兵士達に守られて、エンは物見の塔へたどり着いた。息を切らしながら、櫓《やぐら》を一気に駆け上る。

「お待ちしておりました」

そこにはクォルンがいた。クォルンは櫓から身を乗り出し、王宮とは反対の方角に向かって松《たい》明《まつ》を振った。すると暗い森の間から一本の綱がするすると浮かび上がってきた。綱は王宮の背後を守る深い渓谷を渡り、さらにその向こう側へと伸びていた。もう一方の端は物見櫓の柱にがっちりと結ばれている。やがて渓谷のほとりで小さな炎が揺れた。その間にクォルンは綱に滑車《かっしゃ》を取りつけ、輪にしたロープを手に取った。

「陛下、お乗り下さい」

エンはひるんだ。クォルンの用意した脱出方法が、とんでもない荒技だと理解したのだ。

「手を離さない限り落ちることはありません。終点ではエナドが受け止めてくれます」

それでもエンは気が進まなかった。が、今にも物見櫓の扉が破られそうになっているのを見て覚悟を決めた。エンはロープの輪に体を通し、その上に腰掛けると、両手でロープをしっかりと握った。

「先に行く」エンはクォルンに言い、それから自分を逃がすために戦ってくれているターレン島の兵士達に叫んだ。「ありがとう！　この恩は忘れない！」

彼は物見櫓の縁を蹴った。滑車はすごい勢いで綱を滑《すべ》り落ちていった。その後ろ姿を見送りながら、クォルンは次の滑車を取りつけた。

「さあ、急いで下さい。島主様」

クォルンはターレン島主に呼びかけた。斧《おの》で叩かれた扉は今にもはじけそうだ。

だが島主は静かに首を振った。「君が行け」

彼は上着の裾をめくって見せた。左脇腹に深くえぐられた傷口があった。そこから流れ出した血が、彼の足元に血だまりを作っている。

「老体で無理をした」島主は口の端を歪めて笑った。「エナドに話を持ちかけられた時、ここが死に場所と覚悟を決めていた」

島主は櫓の縁に立つクォルンを見上げた。

「クォルンよ——ガヤンのことを頼む」

背後で激しい破砕音がした。扉が破られたのだ。衛兵達が櫓の上になだれ込んでくる。島主はそれを見て、鋭い声でクォルンに言った。「行けッ！」

「——御意《ぎょい》」クォルンは櫓の縁を蹴った。滑車は疾走し、峡谷を横切る。前方にエナドと、その側に立つエンの姿が見えてくる。綱の角度が浅くなり、滑車の勢いが落ちてきた。

その時、クォルンの体が宙に浮いた。はるか後方、物見櫓で綱が切られたのだ。

落ちる——！

エンは必死になって綱を摑んだ。その傍らからエナドも手を伸ばす。綱にしがみついたクォルンをエナドが捕まえた。彼はクォルンを引き上げると、低い声音《こわね》で尋ねた。

「スーイ様は？」

クォルンは一瞬言葉に詰まったが、やがて絞り出すような声で答えた。

「お見事な最期でした」

「——そうか」エナドはそう答えただけで、後は何も言わなかった。

三人は王宮の背後に位置する第一蒸気塔を目指した。そこには第一輪界エンジャ島に渡るための蒸気船が用意されていた。それで島を脱出するものと思っていたのだが、クォルンは蒸気船には乗り込まず、空《から》のまま最終蒸気に乗せて飛ばしてしまった。いや、正確には空ではない。船には囮《おとり》の人形が三体乗せてあった。

「島の外に逃げるのではなかったのか？」とエンは尋ねた。

「この風向きではエンジャにしか飛べません。エンジャは王弟派の最先鋒。そんなところに飛んでも逃げたことにはなりません」クォルンは暗闇に沈んだ第二蒸気塔を指さした。「あそこに飛行船が準備してあります。それで脱出します」

「脱出と言っても――風向きはエンジャなのだろう？」

「飛行船はランスが作った特別な船。蒸気と違って丸一日くらいは楽に空に浮いていられます。さすがに風に逆《さか》らって飛ぶことは出来ませんが、風向きから斜め四十度までなら、角度をつけて飛ぶことが出来ます」クォルンは指を立て、斜めに空をよぎって見せた。「エンジャを避け、第一輪界の周回軌道に到達したら、碇《いかり》を降ろしてそこで待ちます」

そしてエンを振り返り、やや硬い表情で告げた。

「我らの下にスオウ島が巡ってくるまで」


クォルンの計画は恐ろしいほど上手くいった。半日後、三人は無事にスオウ島の島主の館に迎え入れられていた。スオウ島島主は以前の確執などどこ吹く風というように、両手を広げて彼らを出迎えた。

しかし翌日。今後の動向を決定するための話し合いが行われると、スオウとクォルンの意見は真っ向から対立した。スオウが王都奪還を主張するのに対し、クォルンは地理的に不利なスオウを出て第三輪界に移動することを主張したのだ。

「ケイジョウ島ならば隣接しあうレイシコウ島、ヤジー島ともに王子派です。レイシコウでは船に欠かせない帆布が豊富に造られておりますし、ケイジョウ島は金属精製技術において諸島随一を誇ります。さらにレイシコウの隣ターレン島は小麦の生産地として名高い。ですからケイジョウに拠点《きょてん》を置けば、船、武器、食料とも事欠くことはございません」

その意見は理にかなっており、その場に居合わせた王子派島の代表者達もそれに賛同を示した。これではスオウも、クォルンを殴り飛ばして終わりにするわけにはいかなかった。

エンはケイジョウ島に渡った。驚いたことに、ケイジョウ島には王都で知り合ったランスを始めとする錬金術師達が、家族を連れて移り住んでいた。どうやらクォルンの差し金らしく、彼らはすでに『水の素』を大量生産する準備を進めていた。

瞬《またた》く間に十日が過ぎた。その間にも王子派を表明する島の島主がケイジョウ島に渡って来ていた。集ったのは全十八島のうち八島。前々から武力や金品にものを言わせて周囲の島を抱き込んでいた王弟軍に比べ、さすがに数で劣っている。不利な戦いだった。けれど王子軍には優《すぐ》れた軍師がおり、かねてから準備されていた新技術もあった。いつも通り、夕刻から始められた作戦会議で、クォルンは言った。

「そろそろ王宮が第三輪界に補給を求めて来る頃です」

「何を言うか」何かとクォルンのことが気に入らないスオウが早速言い返した。「王宮の食料庫には常に半年分の食料が蓄えられておるのだぞ?」

「承知しております」涼しい顔でクォルンは応えた。「ですから王弟との交渉が決裂した時、食料庫に寄り道してきました。今頃ムジカダケが大量発生して、食料はほとんど使い物にならなくなっていることでしょう」

一同は呆気《あっけ》にとられたようにクォルンを見た。特にケイジョウ島の島主チネル・クラン・ケイジョウは、感心しきりというように禿《は》げ上がった頭をツルリと撫《な》でた。

「恐れ入った！　騒動の中、そんなことまでしていたのか！」

「頭だけでなく度胸もあるのだな」剛胆《ごうたん》で知られるリンド島の島主も豪快に笑った。

しかしスオウだけは怒りもあらわに机を叩いた。「なんという姑息《こそく》な手を！　お前のような卑怯者と机を並べなければならんとは、歴代スオウ島島主に合わせる顔がないわ！」

「綺麗《きれい》事だけでは戦争には勝てません」冷ややかにクォルンは言った。「私達に負けは許されない。必ず勝って、エン陛下には名実ともに十八諸島の王になっていただく」

クォルンは机の上に十八諸島の回転地図を広げた。

「王弟派の島で王宮を支えられるだけの蓄えを持つ島といったら、ブンシャ島をおいて他にありません。だがブンシャは第三輪界の島。第二輪界のいずれかの島を経由しなければ、第一輪界エンジャ島、さらには王島イズーへ食料を運び込むことは出来ません」

地図を指さし、さらに続ける。

「これが現在の島の位置です。今、ブンシャ島にもっとも近い第二輪界の島は王子派のリンド島です。その次にはサクラワ、そしてナンシャーといずれも王子派の島が続きます。しかも現在ブンシャ島は横風のない地帯に入ったばかりですから、あと五十日は第三輪界上での島間移動は出来ない」

　そこでクォルンは第二輪界と第三輪界の輪を回転させた。それぞれの周期に見合った角度で島の位置が変わっていく。

「しかし輪界の公転周期は第三よりも第二輪界の方が早い。やがて王子派の島々は流れ去り、王弟派の島が巡ってきます。それがこの第二輪界アモイ島。アモイがブンシャ島からの移動可能領域まで接近するのは三十二日後。それまでに王宮の台所はかなり困窮しているでしょうから、三十二日後には必ず補給船が出されます」

　クォルンは海上に×印をつけた。

「そこでここ——ブンシャからアモイに向かう補給蒸気船が通過する経路上に、あらかじめ飛行船を送り込み、海面近くで待機させます。そして補給船が上空を通過するのに合わせて、『水の素』を詰め、導火線に火をつけた風船を離し、補給船を焼き落とします」

「いいかげんにしろ！」スオウが切れて立ち上がった。「待ち伏せなどもってのほかだ！　打って出て、正々堂々と戦うべきだ！」

「戦えば兵が死にます」

「戦死こそ兵士の誇り。死を恐れるような奴は我がスオウ島には一人もおらん！」

「それは気の毒に」

　クォルンが小さい声で呟いた。それを聞いてスオウは怒り狂った。彼は他の島主達の目の前であることも忘れ、クォルンの胸ぐらを摑んで引き寄せた。

「貴様のような貧民層の出に、我らが誇りの何がわかるというのだ！」

「誇りで腹が膨《ふく》れるのか」喉を絞め上げられても、クォルンは怯《ひる》まなかった。「そもそも国とは民のものだ。民意を無視した国に未来などない」

「なにおぉ……ッ！」スオウは拳を振り上げた。

「やめろ、スオウ島主」

威厳のある声がそれを制した。島主達が……クォルンまでもが驚いて彼を見た。水を打ったように静まり返る一同に、エンは静かな声で続けた。

「誰にでも特技がある。それを生かして戦いたいと思うのは自然の理《ことわり》。そうやって皆が俺を助けてくれるのは、とてもありがたいことだ」彼はスオウ島主の顔を見る。「この戦、最後には必ず力同士のぶつかりあいとなる。スオウ殿に頼らねばならない時が必ずやってくる。それまでは可能な限り、兵力を温存しておいてはくれまいか？」

エンにこう言われては引き下がらないわけにはいかない。スオウはクォルンを解放し、渋々と椅子に腰を下ろした。エンは立ち上がり、卓上の地図に目を落とした。

「俺はクォルンの案を支持したい」それから一同の顔を見回した。「みな彼の指示に従って欲しい」

賛成、反対、感心、嫉妬……様々な思いを内包しながらも、各島主は首肯《しゅこう》した。

クォルンが予想した通り、それより三十二日後。補給食料を乗せた蒸気船団が早朝の上り風に乗ってブンシャ島を飛び立った。アモイ島への道程半ばをようやく超えた頃、下方から多数の青い風船が登ってきた。蒸気船団の団長は慌てた。下は海だ。この風船はどこから、どうやって飛んできたのだ？

だが団長にその答えは与えられなかった。青い風船が次々に炎を吹き出し、弾《はじ》け飛んだのだ。火は小麦に引火し、蒸気船の帆布へと燃え移った。帆布は瞬く間に炎上し、蒸気を失った船は黒い煙を上げながら次々に海へと落ちていった。

奇襲攻撃を成功させた王子派の飛行船は碇を海に捨てた。操行舵《そうこうだ》を目一杯切って上り風に乗り、アモイの隣島ナンシャーを目指す。その蒸気塔には王子軍の兵士がいた。彼は遠眼鏡《とおめがね》で補給船団炎上の様子を確認すると、さっそく大鏡を取り出した。反射光の点滅を用いて隣の蒸気塔へ『作戦成功』の合図を送る。その知らせは蒸気塔から蒸気塔へ、島から島へと伝えられ、直ちにケイジョウ島に届けられた。

伝令を受けて、ケイジョウ島の作戦本部は驚きに包まれた。まるで未来を読むかのように風と島の位置を計算し、さらには飛行船を駆使して敵船団を焼きつくしたクォルン・ゼン。いつしか人々は畏怖と畏敬をこめて、彼のことを『火焰《かえん》の魔術師』と呼ぶようになった。

王島イズーに耕作地はほとんどない。島の食料は他島からの輸入でまかなわれていた。それは第一輪界エンジャ島も同じだった。二島は第二輪界の同盟島に食料援助を求め、それでも足りないとなると、島の住民から備蓄食料を徴収し始めた。

スオウはいよいよ王島へ帰還するべきだと主張した。食料不足で王弟軍は弱っている。今こそこれを叩くのだと。しかしクォルンは、第三輪界の王弟派三島を攻略する方が先だと言った。第三輪界を押さえてしまえば食料も武器も蒸気船さえも押さえたと同じだ。しかも第三輪界のどこからでも第二輪界の島を攻められる。今、王弟軍は決戦に備え、戦力のほとんどを王島イズーに集結させている。が、第三輪界の島が落ちたとなれば、第二輪界の王弟派島主達は自分の島を守るために、兵を自島に戻さざるをえない。王島に攻め込むのは、そうやって兵力を分断してからだ。

「クォルンの案は一考に値するが、それを実行するには時間がかかりすぎるように思う」エンはクォルンに向けて尋ねた。「その間、王島の島民に食料を渡す方法はないのか?」

クォルンは硬い表情で答えた。「島民に渡った食料は王弟軍に徴収される可能性があります。ゆえに島民に食料を渡すことは出来ません」

「では三島を落とすのにどのくらい時間がかかると予測する? その間、王島の島民達にはどの程度の被害が出る?」

「第三輪界の島ブンシャ、アンジュン、ゼンコーの三島を落とすには、最低でも半年はかかるでしょう。その間に王島イズーでは王都エルラドを中心に、二千から三千人の餓死者が出ると思われます」

「いっそ得意の炎で焼き払ったらどうだ?」揶揄《やゆ》するようにスオウが言った。「その三島を一気に焼き払えばよい。すぐにでも王島に攻め込めるぞ?」

「第三輪界は十八諸島の生命線です。それを焼き払うことは自らの首を絞めることに等しい」

「どこまでも田舎島の味方だな、貴様は」

この発言には第三輪界の島主が不快感を表した。

「十八年前の塩害不作の時。中央に小麦を奪われて、我が島民が二千人近く餓死したことがございましたな」レイシコウ島の老島主マフブナン・クラン・レイシコウが独り言のように呟いた。

さらにケイジョウ島主も言う。「スオウ殿が誇る軍隊ですが、その兵士達が使用する剣のほとんどは、ここケイジョウで作られていることをお忘れなきよう」

風向きが悪くなったのを見て、スオウは渋い顔をして黙り込んだ。

「すまないが――少し考えさせて欲しい」

エンは席を立った。いつも通りクォルンが彼の後を追おうとする。

「ついてこないでくれ」

エンの言葉に、クォルンは動きを止めた。

「自分で考えたい。一人にしてくれ」

そう言い残してエンは去っていく。その後ろ姿を、クォルンは黙って見送った。

そんな二人を注意深い目で見つめていたハサイ・クラン・スオウは、部下を呼び、何かを言いつけた。いつものクォルンならば、そんな怪しげなスオウの行動に気づいたはずだった。そしてすぐにエンの元へ行き、注意を促していただろう。けれどこの時、クォルンは自分を置いて去っていくエンの背を見つめるのに精一杯で、他は何も目に入っていなかった。

島主達が会議机を離れていく。そんな中、クォルンは一人残って十八諸島の回転地図を睨んでいた。

「少し休めよ」そんな声がした。

「休んでなどいられない」振り返りもせずクォルンは答えた。その背後から、エナドが湯気の立っている飲み物を差し出す。シロン茶だ。

「飲めよ」

クォルンはエナドを見上げ、黙って杯を受け取った。エナドも自分の杯からシロン茶を一口飲んで、ため息をついた。

「お前が『このままでは戦争になる』と言ってから六年。よく保《も》ったと思う。お前は本当に良くやってくれた」

「気休めはよしてくれ」クォルンは両手で頭を抱えた。「戦を回避したかった。けれど戦争は始まってしまった。あとは一時も早くこの馬鹿げた戦を終わらせるしかない。けど、どうしたって犠牲者は出る。すべての人を救うことは……オレには出来ない」

「そんなのは当たり前だ」

エナドは隣の椅子に腰掛けた。手を伸ばし、養い子の細い肩を抱く。

「クォルンという名前、アイダは反対してたな。『もっと普通の名前にして』って言い張ったよな。俺がよく家を空《あ》けるものだから、お前には家にいて欲しかったんだと思う」

「そんなことも、あったな」

「俺は時々考えるんだ。お前にもっと普通の名をつけていたらどうなっていただろうと。人並みな恋をして、結婚して、今頃子供の一人や二人儲《もう》けていたかもしれないよな」

クォルンは苦笑した。「それはあり得ない」

「なぜ？　あり得なくはないだろう？」

「救うと約束したから」クォルンは遠い目をした。「姫に出会ったあの時に、オレは人生のすべてをかけて、彼らを救うと心に決めた」

「ああ、そうだったな」エナドは頷き、それからふと眉をひそめた。「いい加減、姫と呼ぶのはやめたらどうなんだ？」

「恥ずかしくて、いまさら名前でなんか呼べない」

クォルンは立ち上がり、深呼吸をした。

「少し寝てくる」歩き出し、エナドに向かって後ろ向きのまま手を振る。「会議が再開しそうになったら起こしてくれ」

「わかった」

数歩行ったところで、クォルンは立ち止まった。そしてエナドを振り返る。

「今、オレのこと呼んだか？」

「いいや？」

「ふうん、空耳かな？」そう一人ごち、クォルンは再び歩き出した。

しかしそれは空耳ではなかったのかもしれない。同じ時、遠く離れた一室で、エンがその名を呼んでいたのだ。眼前に迫った白刃を……その青い目に映して。

自室に戻り、一人考え込んでいたエンは、侵入者の存在に気づかなかった。侵入者はいとも簡単に彼を拘束し、スオウの元へと連れていった。

「何のつもりだ？　スオウ殿」

語気荒く、エンは言った。彼は二人のスオウ兵によって床に押さえ込まれている。しかしスオウは答えず、じっとエンの顔を覗き込んだ。

「やはりな」彼はため息をつき、失望したように顔に手を当てた。「そのお顔。その姿。どう見ても齢《よわい》三十の男には見えん」

エンはギクリとした。以前にクォルンは言っていた。「陽に当たっても火傷しない肌を作ることも、冬至に人を食べずにすませることも可能です。けれど人の三年に対して、一年しか年を取らないその体質を隠すことはとても難しい。ですからご自分の生まれ年や年齢は、決して人に明かさないようご配慮下さい」と。

「こんなことは疑いたくなかった。こんなことを確かめたくなかった」

エンはスオウの意図を察した。ここで正体を暴かれたら、すべてが水泡に帰す。クォルンが苦労して隠してくれた自分の正体。忘れかけていた忌《い》まわしき魔物の姿。それを今この時に、この男に知られるわけにはいかない。エンは逃げだそうと身をよじり、背中を押さえ込む男達を振り払おうとした。しかし屈強な男達の腕は、頑《がん》として緩まない。

「思い当たることは多々ある。なぜ会議は夕刻に始まる？　なぜ貴方は年を取らない？」独り言のようにスオウは呟いた。「これを確かめずにおられようか」

腰に佩《は》いた剣を鞘《さや》からすらりと抜き放つ。手入れのいき届いた刃が、ランプの光を得てギラギラと輝いた。男達がエンの上体を引き起こした。乱暴に襟を開き、白い胸を露《あら》わにする。

「陛下。どうかお許し下さい」

スオウが剣を突き出した。その切っ先が胸に突き刺さる瞬間、エンは叫んだ。

「クォルン――！」


廊下の長椅子でうたた寝をしていたクォルンを、誰かが揺り起こした。

「うん……エナド……？　会議再開か？」

「目を覚ませ、クォルン・ゼン」

聞き覚えのない声にクォルンはハッと目を開いた。目の前にいるのはエナドではなく、スオウの側近の一人だった。「陛下がお呼びだ。ついてこい」

「エン陛下が？」何かがおかしい。そう直感したのだが、寝起きの頭ではそれが何だかわからなかった。「わかった。行こう」

立ちあがると足がふらついた。この前いつ寝台で眠ったのか、もう思い出せない。過労は澱《おり》のように体に沈殿していた。スオウの側近に連れられて、クォルンはスオウが自室として使用している部屋に入った。

途端、嫌な臭いがした。血の匂いだった。

スオウは鎧を外し、中央の椅子に気怠げに腰掛けている。どうしたのか顔色が悪い。普段の傲慢な態度はなりを潜め、かわりに研《と》いだ刃物のような殺気が渦巻いている。

「貴様――知っておったな？」凄《すご》みのある声でスオウが言った。

その瞬間、頭から血の気が引いた。

「陛下はどこだ？」尋ねる声が震えた。

スオウは答えずに目を眇《すが》めてクォルンを睨んだ。「すべては貴様の企《たくら》みだったのだな？」

クォルンも答えなかった。ただ押し殺した声で繰り返した。

「陛下はどこだ？　陛下に何をした？」

スオウが片手を上げた。奥の寝室から二人の兵士が白い体を引きずってくる。エンの体は血まみれで、引きずられた床にもべったりと血の跡が残った。

「エン――！」

クォルンは彼に駆け寄ろうとした。が、背後に立っていた兵士に腕を摑まれ、引き戻される。

「素手で私の部下を二人も引き裂きおった」スオウが憎々しげに吐き捨てた。「こんな化け物に今まで誑《たぶら》かされていたのかと思うと虫酸《むしず》が走るわ！」

この場を切り抜ける方法をクォルンは必死になって考えた。けれど目の前に倒れているエンの姿が目に焼きつき、集中することが出来なかった。彼が死なないことはわかっている。けれどあんなに血を失い、あんな傷を負っているのだ。その痛みは想像を絶するものに違いない。人は一度死の苦痛を味わえば死ぬことが出来る。しかし彼は死なない。死なない体は死の苦痛を、幾度も味わうことになるのだ。

スオウは唸《うな》るような声で独白を続ける。

「王弟は気に入らぬ。味方をするのも御免だ。しかし——しかし魔物が国を治めるだと？　すべてが平等な世界だと？　おぞましい！　私はジン王への忠義のためエン殿下を王に推挙した。けれど王はそれを裏切った。私の信頼を王は裏切ったのだ！」

彼は目を見開き、クォルンを見た。その瞳には狂信的な光が宿っている。

「私は堂々と戦って死ぬ。陛下にも、ともに戦って死んでいただく」

「やめろ——」呻くようにクォルンは言った。「陛下は死なないのだ。敗残の将が死ねないということが、どんなに残酷なことか。貴方にならわかるだろう」

「何を今さら！」

「すべてはオレが考えた。貴方を騙《だま》したのもジン王を丸め込んだのも、すべてオレの企みによるものだ。エンはオレに利用されただけだ。すべての罪はオレにある。だから——」クォルンは膝をつき、床に額を押しつけた。「だからエンは……エンだけは助けてくれ。王弟に引き渡さないでくれ、頼む！」

スオウは無言で立ち上がり、クォルンを蹴った。幾度も幾度も繰り返される容赦ない攻撃に、呻き、喘《あえ》ぎ、血を吐きながら、それでもクォルンは懇願し続けた。

スオウの蹴りが、突然止まった。クォルンはわずかに目を開いた。薄れかけた意識の中――エンが血まみれの手を伸ばし、スオウの足を摑んでいるのが見えた。

「王座が……欲しくないか？」かすれた声でエンは言った。「簒奪者ゼルを打倒し……俺を魔物として国民の前に曝せ。さすればお前は――国を救った英雄になれる」

「触るな！　汚らわしい！」

スオウはエンの手を振り払おうとしたが、エンは彼の足首を摑んだまま放さなかった。

「先程のように……俺を刺し殺すといい。今度は国民の眼前で……国民が納得するまで……幾度でも殺すがいい。俺は死なぬ。お前の正当性は証明される」

いけません――そう言ったつもりだった。けれど声は出ず、クォルンの意識はそこで途切れた。

次に目覚めた時、クォルンは石床に寝ていた。辺りは暗かった。どこからか水の滴《したた》る音がする。暗い天井を見上げて考えた。ここはどこだ？　オレはここで何をしているのだ？

「目が覚めたかい？」

聞き慣れた声がした。それは飛行船の発明者、錬金術師ランスの声だった。

「ランス――」クォルンは体を起こそうとした。途端、激しい痛みが胸に走る。

「馬鹿、起きんなよ。あばら骨が何本かイッてるんだぞ、お前」

クォルンはすべてを思い出した。あの状況……殺されて当然だった。なぜ生きているのか不思議なくらいだった。

「オレは――どのくらい寝てた？」

喉がいがらっぽい。咳き込むたびに、胸に鋭い痛みが走った。

「四、五日ぐらいかな？　なにせここには窓もねぇ。いつ日が昇ったのかもわからねぇ」

クォルンは周囲を見回した。確かに窓がない。狭くて天井の低い部屋に、ランスを始め顔見知りの錬金術師達が勢揃いしている。

「ここはどこだ？　お前達、なぜこんな所にいる？」

「ここはケイジョウ島主屋敷の地下牢《ちかろう》」ランスは深いため息をついた。「すまねぇクォルン。家族を殺すと脅されて、スオウの野郎に『水の素』の秘密を話しちまった」

無理もない話だった。武器も力も持たない錬金術師があのスオウに勝てるわけがない。あれからスオウはどうしただろう。エンは無事だろうか。それを思うだけで焦燥と不安で息が詰まった。

「ここを出なきゃ」

「出るって――どうやって？」ランスはくるりと目を回して見せた。「ここにゃ誰も近づかねぇ。時々思い出したみたく、スオウに買収された情けねぇケイジョウ兵士が、反吐《へど》みてぇなメシを持ってくるだけだ」

「だったらおびき寄せてやる」

脇腹を押さえながらクォルンは起きあがった。そして興味津々な眼差しで自分を見守っている錬金術師達に言い渡した。

「何を見ているんだ。むこうを向いてろ」

囚人達の悲鳴が響いた。それを聞きつけたケイジョウ島の兵士は、慌てて階段を駆け下りた。

「どうした！」

兵士は牢の中を覗き込み、驚きに目を見張った。

牢の中に女がいる。一糸纏わぬその背中には、白く長い髪が波打っている。胸の膨らみを片手で隠した裸の女は、肩越しに彼を振り返ると、かすかな笑みを浮かべてみせた。

「お、お前ッ！　どこから入った！」

兵士が牢の鍵を開き、中に入ってきた。壁に張りついていたランスが、その後頭部を思い切りぶん殴る。床に倒れて呻く兵士に錬金術師達が次々と飛びかかった。自分達の服を裂いて作った紐で、兵士をぐるぐる巻きに縛り上げる。

「うまくいったな」ランスはそう言ってクォルンを見て、慌てて目をそらした。「先に外に出てるから」

「ああ、オレもすぐに行く」

彼らは地下牢を抜け出した。外は明るい。太陽の位置からして早朝のようだ。

クォルンは会議室へと向かった。しかしそこには書類が散乱するばかりで、島主達の姿もなければエンの姿もない。クォルンは胸を押さえた。骨折の痛みよりも不安に胸が締めつけられた。

書類を掻き集め、片っ端から目を通す。伝令書が何枚もある。王弟軍との決戦のため、スオウ島に兵力を集めるよう、エンは同盟の島々に呼びかけていた。エンはもうこの島にはいない――ならば王子軍はどこまで進んだ？　兵力は？　位置は？　迎え撃つ王弟軍の数は？　配置は？

「クォルン殿？」

名を呼ばれ、クォルンはビクッと体を強《こわ》ばらせた。逃げ出す準備をしながら、ゆっくりと声の方を振り返る。会議室の出入口に呆然と突っ立っていたのはケイジョウ島の島主チネル・クラン・ケイジョウだった。その禿げ上がった頭が天辺《てっぺん》まで赤くなったかと思うと、彼はツカツカとクォルンに歩み寄った。

「今までどこへ消えていたのだ！　お前が途中でいなくなったりするから――」

島主は腹立たしげにクォルンを突き飛ばした。たいした力ではなかったが、それでも折れた骨は軋《きし》みをあげた。

「うッ！」クォルンは胸を押さえた。机に手を突いて、崩れそうになる体を支える。

「わぁ、何だ？　す、すまん。痛かったか？」人の良いケイジョウ島主は慌てた。心配そうに眉根を寄せ、クォルンの顔を覗き込む。「どうしたのだ？　その顔の傷？」

そんなことはどうでもいい、エンはどこだ！　と叫びたかった。それをぐっとこらえ、クォルンは弱々しく笑って見せる。「スオウ様に捕まり、今まで屋敷の地下牢に監禁されておりました」そこで、さも辛そうに胸を押さえる。「よほど私が目障りだったご様子。おかげでかなり痛い目に遭《あ》いました」

「なんと、ひどいことをする！」ケイジョウ島主は禿頭《とくとう》を押さえた。「スオウ殿はお前が逃げたのだと、陛下を見捨てて逃げだしたのだと言っておったぞ？」

「その方がスオウ様にはご都合がよろしかったのでしょう」

「うむ、確かに」ケイジョウ島主は腕を組んで頷いた。と、思いきや、急に顔を跳ね上げる。「それどころではない！　陛下がスオウの言い分を聞き入れ、軍を引き連れて王島に向かわれたのだ！」

「それはいつのことでございますか？」

「四日前だ。レイシコウ、リンド、サクラワ、ナンシャー、ターレンもそれに従って軍を進めておる。だがまずいことに、こちらの進軍を受けて、第三輪界王弟派の三島が自島の守りに充《あ》てていた兵を動かした。おそらく今頃はエンジャ島に集結しつつあるだろう」

「それでヤジー様とケイジョウ様は？」

島主はそこで難しい顔をした。「私は陛下をお止めしようと頑張ったのだ。私とヤジー殿はスオウの強攻策に兵は出せんと主張したのだよ」彼は眉間に縦皺を寄せてクォルンを睨む。「それというのも、お前が途中でいなくなるのが悪いのだぞ？」

目の前が暗くなった。クォルンは傍《かたわ》らの椅子に座り込んだ。机に肘をつき、頭を抱える。ただでさえ数では劣っているのに、ケイジョウとヤジーが抜けたことで、その差がさらに広がった。これでは王宮を攻め落とすどころか、王都に攻め上がることさえ難しい。

「どうするべきだろう？」おずおずとケイジョウ島主が聞いてきた。「私も兵を出すべきだろうか？」

「――いいえ」押し殺した声でクォルンは答えた。「スオウの我欲にケイジョウ島の民をつき合わせる必要はありません」

「しかしこのままでは王子軍に勝ち目はないのだろう？」

ケイジョウ島主は心配そうな声音で、俯いたままのクォルンに呼びかけた。

「お前は、その、いいのか？　スオウの暴走で陛下が……その、戦死でもなさるようなことになっても？」

クォルンは意識を失う直前のことを思い出した。エン自身を餌《えさ》にした恐ろしい作戦。こうしてスオウが動いているということは、彼はエンの作戦に乗ったのだろう。

だが無理だ。王子軍の兵力では王都は落とせない。王弟ゼルを倒すことなど出来ない。

「いや——待て」

本当にそうだろうか？

クォルンは立ち上がった。卓上にあった回転地図を手元に引き寄せる。

「エンジャ島の援軍が王島に上陸してしまっては王子軍に勝ち目はない。スオウは上陸を急ぐはず」地図を回し、島の位置を今夜まですすめる。「となれば今夜だ。第二輪界リンド島から下り風に乗って王都を目指す。飛行船ならば第一輪界の島を経由しなくても一気に王島まで飛ぶことが出来る。王都への進入角を三十度にすれば、エンジャ島の海壁をかすめるが真上は通らずにすむ」

「エンジャの近くを飛べば攻撃を受けるぞ？　飛行船は火矢に弱い。無事ではすむまい」

「もちろん何隻《なんせき》かは落とされるでしょう。けれどこの侵入が成功すれば王宮を背後から急襲することが出来る。一《いち》か八《ばち》かの賭《か》けになりますが、ゼルの首さえ取ってしまえばまだ勝機はある」

「ううむ――確かに」島主は地図を見つめ、喉の奥で唸った。「それにしても針の穴に糸を通すようなものだ。しかも退路はないときた」

クォルンは顔を上げ、ケイジョウ島主の顔を見た。「王子軍がどこまで進撃したか、情報は入っていますか？」

「いや、すぐに調べさせよう」

そう言い残して歩き出すケイジョウ島主を、クォルンは呼び止めた。

「ケイジョウ様、この島に飛行船はまだ残っていますか？」

「調整中のものが二隻だけな。あとはみんなスオウが持っていってしまった」

「では私はその出航準備をして参ります」そこで言葉を切り、クォルンは中空を睨んだ。「もしかしたら、すぐにでも必要となるかもしれませんゆえ」

「何だか良くはわからんが……承知した。結果がわかり次第、そちらに報告しよう」

ケイジョウ島主は足早に部屋を出ていった。

「問題は奇襲攻撃などという戦法をスオウが受け入れるかどうかだ」クォルンは回転地図の上に手を置き、小さな声で呟いた。「陛下――どうかご無事でいて下さい」

クォルンと一緒に地下牢に閉じこめられていた錬金術師達は、さっそく仕事に取りかかった。濃縮した海水に亜鉛を投げ込んで『水の素』を作り、残された二隻の飛行船へと注《つ》ぎ込んだ。彼らは不休で働いたが、それでも二隻の船が航行可能になるまでには半日を要した。日が西の空に傾き始めた頃。第八蒸気塔にいたクォルンの元に、ケイジョウ島島主が直々に報告を運んできた。

「大変だぞ、クォルン殿！」島主は慌てふためき、顔を真っ赤にして叫んだ。「王子軍は今朝、スオウ島から上り風に乗って王島に侵入。そのまま王宮に突入したそうだ！」

「まさか！　陛下もご一緒ですか！」

「そうだ！　総攻撃だ！　スオウ、レイシコウ、リンド、サクラワ、ナンシャー、ターレンの各島主も同時に出撃した！」

クォルンは唇を噛んだ。最悪の予想が当たってしまった。

「まだ両軍は王宮周辺で戦い続けているらしい。が、このままでは今夜にでもエンジャから援軍がなだれ込む。そうなっては王子軍に勝ち目はない！」ケイジョウ島主は今にも拝みそうな顔でクォルンを見つめた。「何か……何か良い案はないのか？　火焔の魔術師よ？」

クォルンは視線を足元に落とし、じっと考え込んでいた。

誰も何も言わなかった。ただ息を呑《の》んで、その姿を見守っていた。

「エンジャを叩く」クォルンは顔を上げ、前方を睨んだ。「油を積んだ飛行船を、エンジャ上空で自爆させる」

「――本気か？　クォルン？」

「本気だ」クォルンは頷いた。ギリ……と奥歯を噛みしめる。「本気だとも！」

ケイジョウ島主の命を受けて、すぐに油の樽《たる》を満載にした飛行船が用意された。その船にクォルンが乗り込もうとした時。

「クォルン！」

ランスが声を張り上げた。彼はクォルンに駆け寄り、意を決したように言った。

「その船には俺が乗る」

クォルンは目を見開いた。

「馬鹿なことを言うな。それがどういう意味だかわかってるのか？」

「わかってる。この船はエンジャ上空で自爆する。乗り手は間違いなく助からない」

「わかってるならなぜ――」

「お前は生きなきゃダメだ」ランスはきっぱりと言い切った。「お前はエンを助けられれば満足かもしれないけど、お前がいなきゃエンは悲しむ」

「それはお前だって同じだ。お前にはまだ小さい弟や妹がいるじゃないか」

「あいつらは大丈夫。俺と同じでしぶといから自分達だけでも生きていける」

そこでランスは声をひそめ、クォルンに顔を近づけた。

「なんてさ、かっこいいこと言ってもさ。実は結構ビビってるンだわ。だから早いトコ、船に乗せてくんねぇか？」

「なら無理を言わず――」

「いいんだよ。これぐらいさせろよ」青ざめた顔で、若い錬金術師はフフンと笑った。「あの地下牢でさ。高熱出して死にかけてるお前を見ててさ。俺って役にたたねぇって、すごく情けなくなったんだ。それに較べてお前は、大切な奴を守るために命を懸けてる。すげぇカッコイイなって思ったよ。だからさ。少しオレにもカッコつけさせろよ。お前がエンのためにしてきたことに較べれば、これぐらい屁みてぇなもンだろ？」

　それでもクォルンは頑《かたく》なに首を横に振った。

「これはオレの案だ。だからオレがやる」

「何言ってンだよ、火焔の魔術師ともあろう者が。エンは今、敵に取り囲まれてるんだぜ？　お前がエンジャで死んじまったら、誰があいつを助けるんだよ」

　クォルンはランスを見上げた。彼の言う通りだった。たとえエンジャ島からの援軍を阻止出来たとしても、危機を乗り切ったことにはならないのだ。

「な？　わかったろ？　わかったなら……下がってろ」

「ランス――」

「そのかわりエンを助けろよ。絶対にな」

「すまない……ランス、恩に着る」かすれた声でクォルンは言った。「オレも後からすぐに行くから――どうか許してくれ」

「何言ってンだ。長生きしろよ」ランスは無理して笑った。「今度会ったらさ、もっと楽しいモノを作ろうぜ？　人殺しの兵器なんかじゃなくて、もっとうんと楽しくて、人をびっくりさせるようなモンをよ」

　クォルンをそっと抱きしめてから、ランスは船に乗り込んだ。

飛行船が夕暮れの空に舞い上がる。

「勇気のある若者だの」ケイジョウ島島主が呟いた。「私にあの勇気があればのう」

「島主様」クォルンは彼を振り返った。「彼の家族と、ここに移り住んだ錬金術師達。これからもこの島で暮らせるようご配慮いただけますか？」

「あ、ああ。もちろんだとも」

「よろしくお願いいたします」と言って、クォルンは頭を下げた。それから決意に満ちた眼差しを上げる。「ランスが切り開いた道。無理にでも通らねば奴に顔向け出来ません。私は王都へ向かいます」


夕暮れ時の下り風に乗って、船は滑るように進んだ。クォルンは遠眼鏡で先行する船を見た。かなりの距離があいている。前の船はすでにエンジャ島上空に差し掛かっていた。飛行船を発見した兵士達が、海壁から早くも矢を射かけ始めている。

遠眼鏡の視界の中、船の上で小さな人影が動いた。チカリと何かが光った。次の瞬間、飛行船が紅蓮《ぐれん》の炎を吹き上げた。火は油の樽に次々と引火し、尾を引きながら地上へと降り注ぐ。闇に沈んでいた島にぽっと灯がともった。あちらこちらについた火は、強風に煽《あお》られてじわじわと領土を増してゆく。

クォルンの船がエンジャ島上空に差し掛かった時、島は大火災に包まれていた。王弟軍の蒸気船が燃えていた。森や野原が燃えていた。家が町が燃えていた。そこには人が住んでいるはずだった。多くの人間が生活し、家族を守る家があるはずだった。それが燃えている。クォルンは頭を抱え、両手で耳を塞《ふさ》いだ。そのまま船底にしゃがみ込む。上昇気流に煽られて飛行船がグラグラと揺れた。聞こえるのは風の音だけだったが、その中に悲鳴が聞こえるような気がした。

エンジャ島を過ぎ去ると前方に光が見えた。夜の闇に浮かび上がるのは王島イズー。その上空が明るい。戦の炎だ。戦いはまだ続いているのだ。クォルンは『水の素』を抜き、高度を下げた。第一蒸気塔の横をすり抜け、森を横切る。前方に城壁と物見の塔が見えた。

その時、物見櫓の上で火が揺れた。次々と火矢が射かけられる。王弟軍だ。これだけ大きな的だ。当たらないはずがない。『水の素』が発火し、帆布が炎上した。クォルンはマントを頭から被り、船底に身を伏せた。船は爆発を繰り返しながら、みるみるうちに高度を失ってゆく。物見櫓にぶつかった。凄《すさ》まじい衝撃が船を揺らし、音を立てて舳先《へさき》が潰れる。だがそれだけでは止まらず、船は炎上しながら王宮にせまった。

ぐらりと船が傾ぎ、クォルンは船外へ投げ出された。その直後、残り少なくなっていた『水の素』が最後の爆発を起こした。その爆風に吹き飛ばされて、クォルンは中庭の立木に突っ込んだ。枝を折りながら庭に落ちる。服に火がついている。駆け寄った兵士達が自分らのマントを被せ、火を消し止めてくれた。彼らはクォルンを見て、口々に叫んだ。

「火焔の魔術師じゃないか！」

「助けに来てくれると信じてました！」

「もうだめです！　持ちこたえられません！」

クォルンは彼らを見上げた。王子軍の兵士達だった。追いつめられた王子軍は王宮に立てこもり、最後の抵抗を試みていたのだ。だがすでに誰もが傷つき、疲れ切っている。これではあと数時間も持たないだろう。クォルンは上体を起こした。激痛が体を駆け抜けた。遠くなりかけた意識を気力だけで呼び戻す。吐息には血の匂いが混ざり、息をするたびに胸が突き刺されるように痛んだ。墜落の衝撃で折れた骨が内臓に刺さったらしい。急がなければ——この命、そう長くは保たない。

『陛下は？』と尋ねようとした。けれど声は出ず、喉に痛みが走った。炎を吸い込んでしまったようだ。

「スオウ様は戦死なさいました」

「ナンシャー様は王弟軍に捕らえられました」

「リンド様もレイシコウ様も行方不明です」

「——エナドは？」ようやくかすれた声が出た。「陛下はどこに？」

「エナド様は負傷なさっておられます」

「陛下はご無事です。自室にいらっしゃいます」

「皆、もう少しここを守ってくれ」クォルンは疲れ切った兵士達を見回した。「降伏するよう、陛下を説得してくる」

おお……と兵士達がざわめいた。不安と希望が入り交じった声だった。クォルンはその中の一人に声をかけた。

「その前に……エナドの所へ……連れていってくれないか？」

食堂の床に横たえられ、放置された死傷者の中にエナドはいた。鎧はつけていない。白い長上着は泥と血に汚れていた。その側に膝をつくと、エナドはかすかに目を開き、クォルンを見上げた。

「――生きて……いたか」

「それはオレの台詞《せりふ》だよ」

「ひどい格好だな」

「それもオレの台詞だ」

エナドは声を立てずに笑った。

「お前はいつも突然消えて、突然現れるよな」

苦しげな息遣いの下、彼は懐かしそうに呟いた。

「突然、旅に出ると言い出した。かと思えば六年前、いきなり戻ってきて『戦争になる』と言った。あの時は……驚いたよ」

「――……」

「それだけじゃない。お前はよりにもよって冬至の夜に、一人で殿下の部屋に入っていった。外で待っている俺は、気が気じゃなかったんだぞ？」

クォルンは火傷を負った手でエナドの髪を撫でた。

「オレを養子にしたこと、後悔してるだろ？」

「言っただろう？　後悔なんかしないと」

「嘘つけ」

「お前こそ、後悔しているんじゃないか？」

エナドは咳き込んだ。赤黒い血の塊を吐き出す。腹に巻かれた包帯は血を吸って真っ赤になっている。

「あまりしゃべるな」クォルンはエナドの手を握った。その手はすでに冷たくなっていた。涙がこみ上げてきて視界が歪んだ。「少し休め――無理をするな」

「すまなかったな。俺の子になったばっかりに、戦に巻き込んでしまった。こんなくだらないことのために、お前の頭を使わせたくなかったのに」

「後悔はしていない」エナドの手を握る手にクォルンは力を込めた。「本当だ。後悔はしていないよ、父上」

「やっと父と呼んだな」エナドの唇がかすかに歪んだ。「一緒に帰ろう――ターレンに。アイダもきっと――お前を待って……る……」

声がかすれた。かすかに首が傾いた。手から力が抜け、目から光が失われる。

「ごめん父上。オレも……ターレンには帰れそうにない」

エナドの目蓋《まぶた》を閉じてからクォルンは立ち上がった。めまいをこらえ、ふらつく足を気力で支え、クォルンはエンの居室へと向かった。

エンは一人、窓辺に立っていた。その後ろで静かに扉が開かれる。入ってきたのは一人の語り部だった。黒い衣装を身に纏い、覗き穴に黒石英がはめ込まれた白い仮面で顔の上半分を隠している。

その口元がわずかにほころんだ。

「陛下……ご無事でしたか」

「クォルン！」エンは目を見開いた。「どうやって――いや、なぜ来てしまったのだ！　お前が生きていてくれることだけが、俺の救いだったのに！」

「城の地下に逃げ遅れた使用人達が隠れております。語り部になりすまし、彼らにまぎれてお逃げ下さい」

クォルンは仮面を外し、机の上に置いた。焼けこげたマントを外し、長上着を脱ぐと、火傷を負った指で帯をほどき始める。

「急いで下さい。私と衣装を取り替えるのです。王弟派も歴史を語り継ぐ者を、無駄に殺しはしないでしょう」

「脱ぐな」

エンはマントを摑み、それをクォルンの肩に掛けた。マントの上からその体を抱きしめる。

「女は人前で肌を曝したりしないものだ」

前合わせ服を脱ごうとしていたクォルンの手が止まった。

「世界の平等を叫ぶ者とは思えないご発言――」

そう呟き、クォルンはひどく切なそうに笑った。

「気づいておられたのですね」

「最初から、なんとなくは察していた。確信したのはお前が女の格好をして俺に会いに来た時だ。見張りの兵士を誘惑するためだったんだろうが――お前、襟元を緩めすぎていたぞ？」

当時のことを思い出し、エンは少しだけ微笑んだ。その白い頬を涙が流れ落ちる。

「女の身であることがばれたら、お前は極刑に処される。お前を救うには俺から遠ざけるしかないと思った。けれど……出来なかった。俺はお前に傍にいて欲しかった。お前を手放したくなかった。浅ましい魔物の身で――俺はお前に恋をした」

クォルンは目を閉じ、何かを振り払うように奥歯を噛みしめた。それから再び目を開くと、自分の体を抱きしめるエンの手を振りほどいた。クォルンは前合わせ服を脱ぐと、それを彼の眼前に突きつけた。

「さあ、これを着て早く地下に――」

「それは出来ない」

「陛下！」

「その後、お前は俺の身代わりになって死ぬつもりなんだろう？　それくらい俺にだってわかる」

エンは机の上の仮面を手に取った。それを愛《いと》おしそうに眺めてから、クォルンに差し出す。

「この仮面はお前が使ってくれ」

「――嫌です」

「いつもお前は俺を守ってくれた。最後ぐらいは俺がお前を守りたい」

「嫌です、陛下！」

「わかってくれ。今日は冬至なのだ」

「――え……っ？」

クォルンは言葉に詰まった。冬至が近いことを忘れていたわけではない。ただ地下牢に閉じこめられていた間に、時間の経過がわからなくなっていたのだ。

「俺は降伏するよ。これ以上犠牲者を出したくない」エンは窓の外に目をやった。「大丈夫、俺は耐えられる。お前がどこかに生きていてくれることを思えば、どんな痛みにも屈辱にも耐えられる」

彼はクォルンを振り返った。その青い目にかすかな翳《かげ》りが見える。仮面を持つ手が震える。

「行ってくれ――クォルン」

「だめです、陛下……王弟の手に落ちれば……貴方は――」

言いかけて、クォルンは激しく咳き込んだ。口元を押さえた指の間から鮮血が溢れる。

崩れ落ちるその体をエンは抱き止めた。薄い下着を通してクォルンの温《ぬく》もりが伝わる。幾つもの傷を負い、火傷を負ったその体は、思っていた以上に細かった。この華奢《きゃしゃ》な肩に、あまりある重責を背負わせていたのかと思うと胸が詰まった。

「陛下――最後のお願いです」エンの腕の中でクォルンは囁いた。「どうか私をお食べ下さい。さすれば獣になることなく、冬至の夜を越えられるはず」

「馬鹿を言うな！」エンはその細い体を抱きしめた。「お前を食べることなど、出来るわけがないだろう！」

「ずっと以前から……心に決めていました。私の命が尽きる時には……貴方に食べて貰おうと」クォルンはうっすらと微笑んだ。「そうすれば――生前の私が言えなかった言葉を……胸の奥に封じ込めた貴方への想いを……わかっていただける――」

焦点の合わない青灰色の目がエンを見上げる。

「これからも――お側におります。私は――貴方の魂の中に――」

クォルンは目を閉じた。その体から力が抜ける。

「クォルン――死ぬな、クォルン！」

絶叫が響いた。それはぞっとするほど獣の咆哮《ほうこう》に似ていた。

VI

「王子軍は降伏し王宮は開放された。しかしその直後、何者かによって放たれた火により、王宮は炎上した。捕らえられたエン・クラン・イズーは炎を浴びて全身が焼け爛《ただ》れ、顔の判別もつかなくなっていたという。その七日後、彼は王都エルラドの広場で斬首《ざんしゅ》され、その生涯を終えた。ジン・クラン・イズーの急死により始まった王位継承戦争は王弟ゼル・ウム・イズーの勝利により終結した。けれど『火焔《かえん》の魔術師』と恐れられた軍師クォルン・ゼン・トウランの遺体は、いまだに発見されていない――」

トーテンコフが咳《せき》をした。声がかすれ、かなり苦しそうだった。手にしたケーナ酒を一口飲み、喉を湿らせる。

「さすがに……話しすぎたな」

咳《せ》き込《こ》みながら、イガ粉を投げる。舞い上がった火の粉が風に舞う。薪《たきぎ》のはぜる音。風の吹き抜ける音。それにかすかなすすり泣きが重なる。ナイティンゲイルが仮面を両手で覆い、声を殺して泣いていた。

「泣くんじゃない、ナイティンゲイル」トーテンコフは低く囁《ささや》く。「たとえ話の中に知人の死が語られていたとしても、語り部は漂泊の者。泣いてはいけない。彼らの死を悼《いた》み、涙を流したいのなら、その仮面を外せ」

「――出来ません」

「俺はお前の正体を知っている。知っているからこそ話したんだ。もう正体を隠す必要はない」

ナイティンゲイルは頑《かたく》なに首を横に振った。

「まだ最後の話をしておりません」

声を詰まらせながら、右手でイガ粉を握った。

「この話を聞いていただくまでは、仮面を外すわけにはいかないのです」

語り部は背筋を伸ばした。幾度か深呼吸をして息を整え、それからイガ粉を火壇《かだん》に投げ入れた。ぱっと燃え上がった炎と火花が夜空を彩る。

「戦争が終わり、兵士として徴収された男達も、少しずつターレン島に戻ってきた。島主スーイ・クラン・ターレンは戦死したが、ターレンの屋敷にはエナド・ウム・トウランの妻でスーイの娘であるアイダ・マーヤ・トウランが戻ってきていた。夫を亡くし気落ちしていた彼女も、弟に励まされ、少しずつ元気を取り戻していった」

哀切を帯びた声音《こわね》が、夜の帳《とばり》に静かに響く。

「だが復興の道を歩みだしたターレン島に、再び暗い影が差す。あれは戦争が終わってから半年が経過した――初夏の朝のことだった」

第六話　『呪い』

　ターレン島はこれといった特徴のない地味な農耕島だった。人口もそれほど多くなく、小麦の収穫高もほどほど。島主の屋敷も小さくて、あまりぱっとしなかった。

　けれどそんなターレン島にもただ一つ、世界に誇れるものがあった。それが島主屋敷からの眺めだ。ターレン島主の屋敷は小麦畑を見下ろす丘の上にあった。小麦が芽吹く季節、丘からの眺めは新緑に染まる。それは見渡す限り、はるか彼方《かなた》の海壁まで続く。そして小麦が実りを迎える季節には、眼下に黄金色の海が現れる。重く頭《こうべ》を垂れた麦は、風に吹かれて輝きながら波打つ。時にまばゆく、時に柔らかく。まるで黄金色の雲に乗っているような、夢のような風景だった。

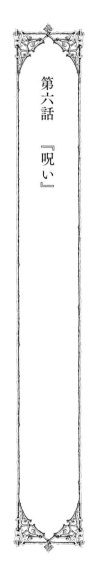

　国王ジン・クラン・イズーの死後に勃発《ぼっぱつ》した王位継承戦争。その戦火はターレン島にもおよんだ。男達は兵士として徴収され、冬小麦の種まきは大幅に遅れた。
　戦争が終わり、ターレンの島民は今までの分を取り返そうとしゃかりきになって働いた。来る日も来る日も畑に出て、小麦畑の手入れをした。その甲斐《かい》あってか半年後、冬小麦は実りの季節を迎えた。ようやく回復し始めた平和な日々。しかしそれはあっけなく破《やぶ》られた。隣島のブンシャがターレン島に侵攻してきたのだ。ターレン島の護島軍は先の大戦でちりぢりになってしまっていた。急遽《きゅうきょ》自衛団が結成されたが、手に持つ武器は鋤《すき》や鎌ばかり。対抗する有効な手段は何一つなく、ブンシャの軍隊は一船も欠けることなく、ターレン島に辿《たど》り着いた。

ブンシャ島はターレンと同じ農耕島だった。しかしブンシャ島は大勢の戦死者を出したため、冬小麦の作付けもままならなかった。備蓄していた春小麦も先の戦いで失われてしまっていた。

ブンシャは王弟軍として同盟を結んでいた島に打診したが、色好い返事は貰《もら》えなかった。どの島も戦役で疲弊《ひへい》しており、自分達の生活を守るのがやっとだったのだ。やがてその日の食べ物にも事欠くようになったブンシャは、隣のターレンに目をつけた。ブンシャの軍隊はターレンの自衛団を皆殺しにした。怯《おび》えるターレンの農民達から、刈り入れたばかりの小麦を奪った。

その日の夜のことだった。刈り入れの終わった小麦畑に駐留していたブンシャ軍は何者かの襲撃を受けた。暗闇の中に悲鳴と蹄《ひづめ》の音が錯綜《さくそう》する。

「何の騒ぎだ！」

侵攻軍の指揮を任されていた軍隊長は、鎧《よろい》もつけずに営舎を飛び出した。そこで彼は見た。黒い馬に乗り、黒い鎧を身につけ、黒い兜《かぶと》で顔を隠した禍々《まがまが》しい黒騎士の姿を。

「相手はたった一騎だ！」軍隊長は叫んだ。「何をしている！　殺せ、殺せッ！」

黒騎士が馬首を巡らし、軍隊長に向かって突っ込んでくる。悲鳴を上げ、逃げようとした彼の背に、槍《やり》の穂先が突き立てられた。油断していたブンシャ軍は慌てふためいた。剣や鎧を探し廻る兵士達を、黒騎士は容赦なく突き殺していった。あたりには血の匂いが立ちこめ、流れた血で畑の土は赤く染まった。

やがてブンシャ軍はどうにか態勢を立て直し、反撃に出始めた。黒騎士の肩に矢が突き刺さり、刀傷は無数に及んだ。槍の穂が幾度もその体を貫いた。けれど黒騎士は倒れることなく、一晩中ブンシャ軍の兵士達を殺し続けた。

翌日、生き残ったわずかなブンシャ兵達は、同胞の死体も略奪した小麦も置き去りにして蒸気塔へと向かった。そして最終蒸気に乗って、自分らの島へと逃げ帰った。

その翌々日の朝、再びブンシャから兵士達がやってきた。今度は重装備に身を固め、数も前回の倍に増えていた。彼らは仲間の死体を集め、最終蒸気に乗せて自分らの島に送り返した。最初の軍が野営したのとほぼ同じ場所に営舎を構え、警戒したまま夜を待った。

陽《ひ》が落ち、あたりに暗闇が落ちると、どこからか蹄の音が近づいてきた。そして怯える兵士達の前に、再び黒騎士が姿を現した。

「怯《ひる》むな！　戦え！」

騎士に向かい無数の矢が放たれる。馬が倒れ、その背に乗っていた黒騎士も地面に放り出された。ブンシャの兵士達が一斉に斬《き》りかかる。黒騎士は凄《すさ》まじい力で長槍を振り回した。その一振りで五人の兵士が斬り殺され、一突きで三人の兵士が串刺しになった。しかも黒騎士は幾度突かれても、幾度斬られても死ななかった。

「化け物だ」

その恐ろしい姿に、耐えきれなくなったブンシャの兵士が逃げ出した。上官の命令も怒鳴り声も、彼らを止めることは出来なかった。一方的な殺戮《さつりく》は朝まで続いた。やがて遠くから一番蒸気が鳴り響くと、黒騎士はいずこかへと姿を消した。

ブンシャ兵達は恐怖に震《ふる》え上がった。しかし逃げ帰るわけにいかなかった。彼らが小麦を持って帰らなくては、ブンシャ島で待つ家族が飢死《がし》してしまう。彼らはターレンにとどまり、小麦と仲間の死体を最終蒸気で送り出した。

その夜も次の夜も黒騎士は現れた。そして、もはや逃げ回るだけになっていたブンシャの兵士を、見つけては殺していった。


黒騎士の正体を、ターレンの島民達は密《ひそ》かに囁《ささや》きあった。

「あれはスーイ様のご子息、ガヤン様だよ」

「斬られても突かれても死なないというじゃないか」

「しかも現れるのは夜だけだ」

「やはり——ガヤン様は魔物だったんだね」

その噂《うわさ》はすべて正しかった。黒騎士の正体はスーイ・クラン・ターレンの息子、ガヤン・ハス・ターレンだった。彼は父と交わした最後の約束を果たそうとしていたのだ。この島を守る——という約束を。

連日の戦いでガヤンはひどい傷を負っていた。魔物の体は死にこそしないが、斬られれば痛みを覚える。前の晩に負った傷口が癒《い》える前に新しい傷が増え、彼の歩く後には血が滴《したた》った。それでもガヤンはたった一人でブンシャの兵と戦い続けた。崩れそうになる体を叱咤《しった》しながら、幾度も呪文のように繰り返した。弱音を吐くな。何のための不死の体だ。故郷の島を守るために、私はこの不死の体を与えられたのだ。

そんな彼を見て恐怖したのは敵だけではなかった。ターレン島の住民達……主都ディテルの人々や島主の館に出入りする者達までもがガヤンを恐れた。殺戮に走る黒騎士の姿を見て、人々は思い出したのだ。彼が『人を喰う魔物』であることを。

侵攻が始まって、七日目の夜だった。ガヤンは黒い鎧に身を包み、再びブンシャ軍の討伐に向かおうとしていた。

「待って、ガヤン」

彼を呼び止めたのは姉のアイダだった。先の戦《いくさ》で夫を亡くした彼女は、悲しみのあまり痩《や》せ細り、ふくよかだったその顔もすっかりやつれてしまっていた。

「姉上――」ガヤンはそんな姉の体を心配した。このままどんどん細くなって、死んでしまうのではないかと思った。「もうお休み下さい。夜気は体に毒です」

「ガヤン、私のことより自分の心配をして」アイダは目に涙を浮かべた。「そんな傷だらけになって――そんな弱った体では、いつか相手に捕まってしまうわ」

ガヤンは静かに微笑《ほほえ》んだ。「私のことは心配なさらないで下さい。斬られても突かれても私は死にません。私のこの不死の体は島を守るためにあるのです」

「それは違うわ」アイダは激しく首を横に振った。「貴方《あなた》は自分の存在理由が欲しいだけ。自分の存在理由を戦いに求めているだけ。それでは島を守ったことにはならないわ」

ガヤンはぐっと奥歯を噛《か》みしめた。口の中に血の味が広がる。「ではこのまま見ていろと言うのですか？　小麦が奪われれば島民は飢《う》えて死ぬ。それを黙って見ていろと？」

「そうではないわ。ブンシャだってわかっているはず。ターレンの小麦をすべて奪ってしまったら、ターレンの島民が全滅し、次回からは小麦を作る者がいなくなる。それはブンシャにとっても好ましくない。だとしたらターレン島主の役目は、少しでもターレンに有利な条件で、ブンシャに兵を引かせるように交渉することだわ」

「人の領地に土足で踏み込んできた輩《やから》に、頭を下げろと言うのですか！」

ガヤンは叫んだ。怒りのあまり手が震える。キチキチキチ……という小さな音がして、指先から鋭い爪《つめ》が生えてくる。そんな彼を痛ましげに見つめ、アイダはすぐ傍《そば》のガラス窓に目を向けた。

「見て、ガヤン。貴方の姿を」

アイダの言葉に、ガヤンは窓を見た。外はすでに暗い。ガラスにはオイルランプの明かりに照らされた自分の姿が映っている。それを見て、ガヤンは愕然《がくぜん》とした。斬り殺した兵士達の血と脂《あぶら》に汚れた鎧。身体から滴る鮮血。光の射し込まない深淵のような瞳。笑っているようにも、苦悶《くもん》しているようにも見える、歪《ゆが》んだ赤い唇。

魔物だった。そこに映っていたのは、恐ろしい化け物だった。

「島民達も怯えているわ。このままではいつか貴方をブンシャに売り渡す者が出る。その前に話し合って。ガヤン——お願い」

　ガヤンはアイダを見た。彼女の言う通りだと思った。彼女の言う通りにするべきだと思った。だが、聞き入れられなかった。彼には自分が島を守るのだという誇りがあった。盗人《ぬすっと》相手に話し合い、しかも下手に出なければならないなんて、考えるだけで胸が悪くなった。

「出来ません」ガヤンは頑《かたく》なに言った。「ブンシャの侵略者に頭を下げるくらいなら、逆にブンシャ島に攻め入って、ブンシャ島主の首を獲《と》ってやる！」

　ガヤンはその夜もブンシャ軍を襲撃し、怒りにまかせて兵士達を斬り殺した。怯える彼らを見て、ガヤンは笑った。もっともっと恐怖しろ。ターレンには魔物がいると、お前達の主《あるじ》に伝えるがいい。ターレンに手を出す奴《やつ》は容赦しない。この島に手を出す奴は何人《なんぴと》たりとも生きては帰さない。

　彼は自分自身でも気づかぬうちに血に酔っていた。血の匂いと人々の悲鳴。それはぞっとするほど恐ろしかった。人を殺すたびに身が凍るような感覚に襲われた。けれど彼の中に眠る魔物は、血が冷えるようなその感触を楽しんでいた。

　やがて夜明けが近づいてきた。ガヤンは森を抜け、裏庭から屋敷に戻ろうとした。

　そこにアイダがいた。ガヤンは疲れていた。夜明けも近い。早く屋敷に入りたかった。けれど彼の姉は裏口を塞《ふさ》いで、彼を通してくれなかった。

「姉上」苛立《いらだ》った声でガヤンは言った。「何をなさっているのです。中に入れて下さい」

「聞きなさい、ガヤン」アイダは真剣な眼差《まなざ》しで彼を見上げた。「あの人達にも家族がいる。本当は盗みなどしたくないと思いながら、嫌々命令に従っている人も大勢いる。貴方が殺しているのは、そんな弱い人間達なの。それがわかる？」

「奴らは侵略者です。奴らがターレンの島民に何をしたか、姉上も覚えていらっしゃるはずだ」ガヤンは抜き身のまま握っていた剣で、空を薙《な》ぎはらった。「奴らは我が島民を殺した。命乞いする姿をあざ笑いながら、家族の目の前で惨殺《ざんさつ》したんだ！」

「確かにあれは許されざる行為です」アイダはぐっと顎《あご》を引き、ガヤンを睨《にら》んだ。「けれど貴方は今、それと同じことをしているのですよ！」

「同じこと——？」

ガヤンは笑おうとした。が、顔が引きつって笑えなかった。

「何を仰《おっしゃ》るのです、姉上。私はただ島民を守ろうとして——」

「貴方は血が見たいだけ」アイダはガヤンが持った剣の切っ先を両手で挟んだ。そしてそれを自分の胸に当てる。「そんなに血が見たいのなら私を殺しなさい。それで家族を失う痛みを思い出して」

「馬鹿な——」

「ガヤン、自分を取り戻して。貴方は人殺しを楽しむような人間じゃないはずよ」

当たり前だと思い、姉上は誤解していると思った。血が見たいなどという馬鹿げた理由で、私が姉上を殺すわけがない。ガヤンは剣を引こうとした。姉の手を傷つけないように、力の加減をして。

だが剣は動かなかった。アイダは剣の先を掌《てのひら》で緩く挟んでいるだけだ。なのに剣が動かない。

いや、違う。剣は動いている。前に向かって動いていく。その切っ先が姉の胸に当たり、服を突き破った。刃《やいば》は肌を裂《さ》き、肉に食い込む。刀身を伝って赤い血が流れ落ちる。ガヤンは悲鳴を上げ、剣から手を放そうとした。しかし彼の右手は剣の柄《つか》をしっかりと握ったまま離れなかった。姉の体から力が抜け、その体重が刀身にのしかかった。その重さで、ようやく剣は彼の手を離れた。

「姉上――？」

ガヤンは姉の傍らに膝をついた。剣の切っ先は姉の背に抜けていた。信じられないというようにガヤンは自分の両手を見た。血塗《ちまみ》れの手で自分の顔を撫《な》でまわした。

その顔は笑っていた。まるで悪鬼のように。

「嘘《うそ》だ――」顔を覆った両手が、激しく震え始める。「嘘だ！　こんなの嘘だ――！」

ガヤンは叫んだ。姉の遺骸《いがい》を抱きしめて慟哭《どうこく》した。

彼はブンシャ軍に捕えられた。陽の下に連れ出され、小麦畑の真ん中に立てられた柱に鎖で縛りつけられた。そして魔物の弱点である銀の槍で、その胸を刺し抜かれた。陽が昇るたび、彼の肌はまるで火に炙《あぶ》られたように腫《は》れ上がった。そこに白い水膨《みずぶく》れが現れ、皮が破れてどろりとした粘液が流れ出した。爛《ただ》れた皮膚は、数日後には白くひび割れた。さらに十日もすると、ピリピリと裂けた皮膚は徐々に茶色く変色し、やがて彼の肉体は真っ黒に炭化していった。

そのうち彼の周囲に変化が起きはじめた。土が死んでゆくのだ。黒く豊かな土が真っ白な毒に覆われていく。人々はそれを『魔物の呪《のろ》い』と言って恐れた。ガヤンはすでに焼けこげた死体と化していたが、その胸から槍を抜き、彼を弔おうとする人間は現れなかった。

一年あまりが経過した。あんなに豊かだったターレンの小麦畑は無惨に荒れ果て、草一本生えない荒野と化していた。島民達は未来のないターレン島から次々と逃げ出していった。わずかな旅費さえ工面出来ない貧しい者達は、森に入って木の皮を剝《む》き、野草を摘《つ》んではそれを食べ、なんとかその日を暮らしていた。

そんなある日。追いつめられた島民の一人が、ついに死体の槍を抜いた。槍は銀で出来ていたから、売ればかなりの金になる。それさえあればこの島を逃げ出せる。そう思ったのだろう。

だが魔物は決して死なないのだ。陽に焼かれた肌は真っ黒に焦げ、ひからびた姿になっても、ガヤンは生きていた。解放された魔物は槍を抜いた男を引き裂いて食べてしまった。彼は悲鳴とも咆哮《ほうこう》ともつかない奇声を上げながら、ターレンの深い森の中へと駆け込んでいった。

島に残った者達は、集まって考えた。

「魔物を殺さなければ俺達はいずれ喰われてしまう」

「みんなで力を合わせて魔物を倒そう」

「今度の冬至が来る前に魔物を倒すのだ」

魔物を燻《いぶ》り出すため島民達は森に火をかけようとした。まさにその時、一人の語り部がやってきた。白い仮面を被った白髪の語り部は、その豊かな知識と巧みな話術で島民達を説得した。

「俺がその魔物を倒してやろう」

島民達は半信半疑だった。けれど見ず知らずのこの男が魔物に喰われれば、その分自分達が生き長らえられると考えた。そこで人々は、語り部に「冬至の夜が過ぎるまで待つ」と約束した。

語り部は丘を登り、廃屋と化したターレンの館に足を踏み入れた。薪《たきぎ》を集め、屋敷の中庭にある火壇《かだん》に大きな炎を焚《た》いた。

彼は待った。炎に引きつけられて、魔物が姿を現すのを。

そして魔物は現れた。その顔をナイティンゲイルの仮面で隠し、煌夜祭《こうやさい》に現れた語り部のふりをして――

VII

「これで私の話は終わりです」

ナイティンゲイルはイガ粉を一掴《ひとつか》み、そっと炎に投げ入れた。頭の後ろで縛った皮紐《かわひも》を解き、ゆっくりと仮面を外す。白い肌と青い瞳をした女性のように優しげな顔が現れた。ターレン家の最後の一人ガヤン・ハス・ターレンは、トーテンコフに向かい、穏やかに微笑《ほほえ》みかけた。

「貴方《あなた》ほどの語り部なら煌夜祭《こうやさい》はまさに稼ぎ時のはず。なのに貴方は住む者のいないターレンの館にやってきて、わざわざ火壇《かだん》に火を入れた。それは魔物を——私を招き寄せるためだったのでしょう？」

違いますかと問うように、ガヤンは首を傾《かし》げた。

トーテンコフは是とも否とも言わなかった。ただ一口酒を飲み、火壇に薪《たきぎ》を二、三本投げ込んだ。組み上げられた薪が崩れ、炎が夜空に立ち上る。

「呪《のろ》いだと？　笑わせるな」吐き捨てるようにトーテンコフは言った。「魔物の呪いなんてものは存在しない。あれは海水に含まれる塩毒だ。ブンシャの兵士が腹いせに撒《ま》いていったんだ」

「同じことです。私が戦わなければ——彼らを殺さなければ毒を撒かれることはなかったのだから」ガヤンは両手で顔を覆った。「私がいけなかったんだ。姉の忠告を聞かず、血の誘惑に溺れた。私がこの島を滅ぼしたんだ」

「お前だけが悪いんじゃない。責任の一端は俺にもある」

トーテンコフはイガ粉の壺《つぼ》を引き寄せた。中の粉をさらさらと弄《もてあそ》んだ後、ぎゅっと一摑み、その手に握る。

「そろそろ最後の話をする時が来たようだ」

火の粉が夜空に舞った。

第七話　『すべてのことには意味がある』

ジン・クラン・イズーの急死により始まった王位継承戦争には王弟ゼルが勝利した。ゼルは自分の居城である王島イズーのカルオス砦《とりで》を新たな王宮に定め、十八諸島の王として戴冠《たいかん》した。

それからおよそ六十日後。エンジャ島の第二蒸気塔では、大災禍《だいさいか》によってやむなく中断していた作業が再開された。夜も更け、静まり返った蒸気坑に大きな鉄の顎《あご》を下ろし、海底の土を掘るのだ。無論この作業は危険を伴う。だが限られた鉱物資源しか持たない十八諸島では必要不可欠な仕事なのだった。

力自慢の男達が回転軸を回し、海底から顎を引き上げる。まだ一回目の引き上げなのに、みんなすでに汗だくだ。

「よーし、見えてきたぞ。もうちょっとだ」

作業を指揮するニーサンの言葉通り、赤錆《あかさび》に覆われた顎が蒸気坑の深淵から姿を現す。

「ん？　何だ？」ニーサンは暗闇に目を凝《こ》らした。錆びた顎に何か白い物が引っかかっている。

さては先の大戦で焼け落ちた蒸気船の残骸か——と思いきや。

「おい、人だぞ！」

「人間が引っかかってきやがった！」

海水は人体に有害だ。一日も浸《つ》かっていたら命を落とす。男達は作業を中断し、慌ててその人間を地面に助け下ろした。それは白い仮面をつけた若い語り部だった。全身に無数の打撲や切り傷を負い、露出した肌は火傷《やけど》で腫《は》れ上がっている。

「ひどいな」

「もう死んじまってるだろう？」

しかし皆の予想を裏切り、若い語り部にはまだ息があった。


先の大災禍でエンジャ島島主の館は焼け落ちていた。そこに住んでいた島主血筋の者達は、幼い跡取り息子パージ・ハス・エンジャを残してみんな死んでしまった。戦《いくさ》に出ていた島主も王島での戦いで亡くなっていた。

統治者を失った島民達が頼ったのは、町はずれの森に住んでいた一人の老女だった。彼女は『魔女』とも『賢者』とも呼ばれていた。大戦以前から、その博識で島民達の尊敬はもちろん、島主にも一目置かれた存在だった。

彼女はパージを引き取り、幼い島主に代わって人々に呼びかけ、力づけた。彼女は自ら進んで焼け野原に野菜の種をまき、焦土と化した島の復旧にあたった。

そんな彼女の姿が、絶望に閉ざされていた人々の心に光明を灯《とも》した。島の人々は涙に暮れていた顔を上げ、前に目を向けるようになった。そして自分らに希望を甦《よみがえ》らせてくれたこの老女を

『長老様』と呼んで敬愛するようになっていた。

その長老の元にかつぎ込まれた語り部は、もはや虫の息だった。

「この人、死んじゃうの？」パージは不安そうに老女を見上げた。「助からないの？」

「長老様、お願いしますよ」語り部を運び込んだニーサンは手を合わせた。「どうか助けてやって下さい。もう人死にはたくさんです。こいつはまだ若い。あと一人だって、こんな若者が死んじゃいけないいんだ」

彼は先の大災禍で子供を失っていた。島を襲った大火災——それに家族を奪われなかった者はいない。丘の上には新しい墓が並び、その数の多さは目を覆いたくなるほどだった。

「わかったわ。力を尽くしてみましょう」そう言って、長老は微笑《ほほえ》んだ。「この語り部がエンジャ島に流れ着いたことにも何か意味があるはず。貴方《あなた》達の祈りがあれば、この若者は生き延びるでしょう」

それから長老は昼も夜も、つきっきりで語り部の治療にあたった。傷ついた語り部が生死の境をさまよっている。その話は島中に伝わり、島民達は朝夕必ず、語り部が命をとりとめますようにと祈った。

その甲斐あってか、死にかけていた語り部は少しずつ回復していった。そしてある夜、ついに目を開いた。それを最初に発見したのはパージだった。

「リィ！　来てよ、リィ！」パージは驚きの声を上げた。「この人、目を覚ました！」

すぐに老女がやってきて、語り部の顔を覗《のぞ》き込んだ。

「安心して。貴方は助かったのよ」

語り部はしばらくぼんやりしていたが、ふと気づいたらしく自分の顔に手をやった。

「仮面は――」ひどくかすれた、軋《きし》むような声だった。「――どこ？」

「心配しなくても、ここにあるわ」

すぐ近くの机の上から、老女が仮面を取り上げた。頭蓋骨《ずがいこつ》を象《かたど》った白い仮面――その覗き穴には黒石英《くろせきえい》がはめ込まれている。語り部はそれを受け取ると、安心したように目を閉じた。

「貴方のお名前は？」と老女が尋ねた。

語り部は目を閉じたまま答えなかった。老女は困ったように首を傾《かし》げていたが、やがて語り部の仮面に目を止めた。「頭蓋骨《トーテンコプフ》……とお呼びしてもかまわないかしら？」

「俺の名は――ムジカ」呻《うめ》くように語り部は言った。「誰も救えなかった『役立たず』だ」

老女は目を見張った。「役立たずですって？　あらあらとんでもない。とても素敵な名前だわ」

語り部は老女を睨《にら》んだ。しかし彼女はにこやかに微笑んでいる。嫌味で言ったのではなさそうだった。

「――どういう――意味だ？」と語り部は尋ねた。

「いいわ、話してあげましょう」老女は寝台の横の椅子に腰掛け、子供を寝かしつける母親のような口調で話し出した。「海の水が体に毒なのは、もちろん知っているわよね？　蒸気のおかげで私達は海から切り離されて暮らしている。けれど朝夕に吹く強い風が海の毒を島の上に運んできてしまうの。それはほんのちょっとずつだけれど、少しずつ土を汚していく。そのままにしておいたら島の土は死に、やがては草木も生えなくなってしまうでしょう。ムジカダケはね。成長することによってその毒を体の中に取り込むの。思いも寄らない場所にたくさん生えるのは、それだけ島が毒されている証拠よ。ムジカダケは体に毒を染み込ませながらも、無害な胞子《ほうし》を作る。そうやって増え続け、私達を守ってくれているの。私達が島の上で暮らしていけるのはムジカダケのおかげ。あのキノコが一所懸命島をキレイにしてくれているから、みんなこうして生きてゆけるのよ」

話を聞き終わると語り部は上体を起こし、震《ふる》える声で呟《つぶや》いた。

「――嘘《うそ》だ」

「本当よ。私は何度かそれで畑の毒抜きをしたわ」

「嘘だ――嘘だ――嘘だ――！」

大きな声を出した語り部は激しく咳《せ》き込んだ。老女は慌てて立ち上がり、その背中をさすった。

「喉を焼いているのよ。大きな声を出してはだめ」

ううっ……と語り部が呻いた。老女は手を貸して、その身を寝台に横たえた。

「もう少し眠りなさい」彼女は優しく語りかけた。「貴方は助かった。それには必ず意味がある。けれどそれを考えるのは、もう少し元気になってからでも遅くはないわ」

語り部は仮面で顔を隠した。その目から流れ落ちる涙を、恥じるかのように。

語り部が助かったという話は、あっという間に島に広がった。島の人々はまるで自分の子供が助かったかのように、涙を流してその無事を喜んだ。彼らは残り少ない小麦でパンを焼き、貴重な羊を殺して肉を取り、長老の家へと運び込んだ。

「助かってよかったなぁ」

「たくさん食べて精をつけてね」

「元気になったら、何か面白い話を聞かせてくれよ」

その数はあまりにも多く、夜更《よふ》けになっても絶えなかった。長老は毎晩手を叩《たた》いて、彼らを追い立てなければならなかった。

「ほらほら貴方達。明日も仕事があるんでしょう？　そろそろ帰ってお休みなさい」

ところがいつになっても語り部の食は細く、その容態は一向に回復しなかった。

「何か食べないと良くならないよ？」小麦粉をバターで炒めてラピシュ羊の乳に溶いたスープを、パージは語り部に差し出した。「早く良くなってよ。僕、話が聞きたいんだ」

語り部はスープの入った鉢を受け取り、木の匙《さじ》でそれを口に運んだ。が、すぐに辛《つら》そうに匙を置き、首を横に振った。

「食べられない？」

心配そうにパージが尋ねる。語り部は黙って俯《うつむ》いている。涙を堪《こら》えているようなその表情を見ていると、パージも辛《つら》くなってくるようだった。

「どうしてそんな悲しそうな顔をするの？　誰が貴方を傷つけたの？　ねぇ、僕に話してよ。話せばきっと楽になるから」

「こら、パージ。喉に負担がかかるから、無理にしゃべらせてはいけないと言ったでしょう？」

苦笑まじりの声がした。老女はパージに鍬《くわ》を渡し、扉を指さした。

「さあ、畑に行ってらっしゃい。ディディ豆が貴方を待っていますよ？」

「――わかったよ」

パージは鍬を受け取り、何度も語り部の方を振り返りながら外へ出て行った。それを見送り、老女は寂しそうに笑った。

「ごめんなさいね。あの子は先の災禍で親を亡くして、人の話に飢《う》えているのよ」

語り部はパージが出ていった扉を見つめた。外は暗く真夜中近い。普通の子供が野良仕事をする時間ではなかった。語り部は老女に目を戻した。

「彼は……」枯《か》れ葉《は》を砕《くだ》くような乾いた声で、語り部は言った。「――魔物だな？」

老女は頷《うなず》いた。「この災禍を予期して生まれたんだと思うわ」

語り部は自分の膝に載せた仮面をギュッと握った。その手が細かく震えている。

「貴方に――告白しなければいけないことがある」

老女は寝台の端《はし》に腰を下ろした。「無理をしなくてもいいのよ？」

「俺のせいなんだ」語り部は彼女を見つめ、痛んだ喉からしわがれた声を絞り出した。「俺は愛する人を救うために、何の罪もないこの島に火を放った。ただそれだけのためにパージの家族や、あの優しい島民達の家族を焼き殺した」

膝に置かれた仮面の上に涙の滴が落ちた。ぽたぽたと流れ落ちる涙が仮面に灰色の染みを作ってゆく。

「嬲《なぶ》り殺しにされても仕方がないくらいなのに俺は命を救われてしまった。しかも彼らは俺が助かったことをあんなにも喜んでくれた。俺が誰かも知らずに……あんなにも喜んで——どうして俺は——よりにもよって——このエンジャ島に流れ着いてしまったんだろう！」

語り部は両手で目を覆った。溢《あふ》れだしてしまいそうになる慟哭《どうこく》を必死に堪え、かすれた声で懺《ざん》悔《げ》を続ける。

「何度も……何度も言おうとした。すべては俺のせいなのだと。貴方達の大切な者を奪ったのはこの俺なのだと。でも彼らの笑顔を見ていると——言えなかった。どうしても言い出せなかった」

語り部はゆっくりと息を吸い、震える息を吐き出した。

「でも、もう限界だ。彼らを騙《だま》し続けることに……俺はもう耐えられない」仮面を胸に抱きしめて、語り部は深く頭《こうべ》を垂《た》れた。「俺を殺して下さい。お願いです。俺を……殺して下さい……ッ！」

「死なせるために助けたのではありません」穏やかだが厳しい声で老女は言った。「死は逃避にすぎないわ。もし本当に貴方が自分の罪を償《つぐな》いたいと思うのであれば、貴方は命ある限り生きなければなりません」

老女の言葉に、語り部は悲痛に歪《ゆが》んだ顔を上げた。その瞳を見つめ、老女は凜《りん》とした声で告げた。

「貴方には智慧《ちえ》も知識もある。それを生かしてこの荒れ果てた世界を助けて回りなさい。苦しむ人々の力となりなさい」

そこで老女は優しく笑った。

「そうやって私も生きてきたのよ。おそらく貴方が想像しているよりも、はるかに長い時間をね」

彼女は壁に掛けてある仮面に目を向けた。それは古ぼけた梟《ふくろう》の仮面だった。

「かつて私も愛する人を守るために一つの島を沈めてしまった。しかもその島は、私の生まれ故郷でもあったの」

「梟《グラウクス》……？」語り部は驚きの声を漏《も》らした。梟は失われた島ゼントの紋章だったことを思い出したのだ。「まさか――貴方は――リィナ・ジィン？」

「ええ、そうよ。さすがは語り部、よくご存じね」

語り部は言葉を失い、呆然《ぼうぜん》と老女を見つめた。

ゼント島が海に沈んだのはジン王の曽祖父のさらに祖父の時代だ。そんなに長い間、生きながらえることの出来る人間などいない。そんな者がいるとしたら――それは魔物だ。

語り部の心を読んだように、老女はかすかに頷いた。

「十三歳で迎えた冬至の夜、私は魔物に姿を変えた。父であるデグス・クラン・ゼントは私を海に捨てよと命令した。そんな私を救ってくれたのは母リアナと、ヤジー島の第三蒸気塔に住んでいた養父バトウだったわ」

老女は立ち上がった。暖炉にかけてある鍋から湯を汲《く》み、シロン茶を入れる。室内に香ばしい香りが漂った。

「聞いて貰《もら》えるかしら。誰にも語られることのなかったリィナの物語を」

両手にシロン茶の杯を持って寝台の傍《かたわ》らに戻り、老女はその一方を語り部に差し出した。語り部は頷くと、彼女の手から杯を受け取った。

「リィナは養父と共にヤジー島の第三蒸気塔で暮らしていた。冬至の夜になると、養父は蒸気塔に語り部を連れてきて、リィナに食べさせていたの。語り部は寄る辺を持たないから、いなくなったとしても悲しむ者はいないだろうと彼は考えていたのね」

よいしょ……と呟いて、年老いた魔物は寝台に腰掛けた。その顔は皺《しわ》深く、黒かった髪も真っ白に色を変えている。だがそれでもなお、彼女には気品があった。魔物と呼ばれる存在が総じて併せ持つ、儚《はかな》げな美しさがあった。

「やがて養父は病に倒れた。死の床《とこ》についた彼は『自分を食べるように』とリィナに言った。彼女はそれに従ったわ。そして観測士としての知識と一緒に、養父の記憶も受け継いだ。その時、リィナは知ったの。なぜ養父が彼女のような魔物を引き取り、育ててくれたのかを」

彼女はシロン茶を一口すすった。遠い目をする。はるか昔の出来事に思いをはせるかのように。

「リィナの養父バトウは、このエンジャ島の観測士だったの。そこで彼はエンジャ島島主の娘リアナ・チェチェと出会い、恋に落ちた。それは言葉すらまともに交わせない、身分違いの悲しい恋だった。彼がどんなに想っても、リアナは島主の娘。やがて彼女は二島の同盟の証《あかし》としてゼントに嫁いでいったわ。その後バトウもエンジャ島を出てヤジー島に移り、その第三蒸気塔の観測士になった」

そこで老女は語り部に向かって首を傾げて見せた。

「なぜだかわかる？」

その問いかけに、語り部は低くかすれた声で答えた。

「遠眼鏡《とおめがね》越しに……リアナの姿を見るためだな」

「そのとおり」

にこりと老女は笑った。

「彼女の姿を見つけるたびに、彼の頬《ほお》は紅潮し、心臓は高鳴った。ヤジーの第三蒸気塔に彼がいることを知ったリアナは、夜になると窓辺に明かりを灯した。それは兼ねてから二人の間に交わされていた合図——『今も変わらずに貴方を愛する』という意味が込められていた。エンジャを出て以来、バトウとリアナが会うことは二度となかったのだけれど、リアナへの想いは、バトウの胸を焦がしてやまなかった」

老女はそっと胸に手を当てた。

「でもね……リィナにはわからなかったの。養父は愛する人のために自分の人生をなげうち、不必要な苦悩や苦労を抱え込んだ。愛する人の子供だというだけで魔物をかばい、冬至の夜には語り部を騙し、魔物に与えるような罪まで犯《おか》した。そんな養父の記憶を受け継いだのに——リィナには人を愛するということがまったく理解出来なかったの」

言葉を切って、彼女はシロン茶の杯を口に運んだ。白い湯気が彼女の吐息に合わせて揺《ゆ》れる。

「そのまま、わからないままでいた方が、幸いだったのかもしれない。でもリィナは出会ってしまった。己のすべてをなげうってもかまわないと思える人に。ヤジー島の若き島主キリト・クラン・ヤジーに」

老女は目を伏せた。目元に寄った幾筋もの深い皺が、彼女が生きてきた長い長い年月を思わせる。

「ゼント島の最後の島主ドナシはリィナの弟だったの。幼い頃の彼は、病弱な彼女のことをとても慕っていたわ。だからかしら。二十二年ぶりの再会だったのに、彼はリィナの顔を忘れてはいなかった。ドナシは彼女を海に捨てさせることも出来た。でも彼はそうするかわりに彼女を地下《ちか》牢《ろう》に閉じこめた。リィナはその優しさを逆手《さかて》に取ったの」

老女は目を開いた。壁に掛けられている梟の仮面を見つめる。シロン茶の杯を持つ手がかすかに震え、茶色い水面にさざ波が生まれる。

「キリト・クラン・ヤジーを救うため、リィナはゼント島を海に沈めた。そこに暮らしていた島民達は、なすすべもなく海に呑まれた。何千、何万という人間が死んでいった。でもリィナは死ななかった。リィナは魔物だったから、炎に包まれたゼント島から、リィナだけが逃げのびた」

彼女は語り部を振り返った。一瞬、自嘲《じちょう》の笑みが口元をかすめる。

「賢く愚《おろ》かなリィナ・ジィン。この罪深い魔物は今もなお――こうして生き続けているのだわ」

年老いた魔物は告白を終え、ゆっくりとシロン茶を口に運んだ。

語り部は黙っていた。口を開かず、身じろぎもせず、静かに涙を流していた。

長い間、二人は沈黙を守っていた。やがてシロン茶を飲み終えた老女は、寝台の端から腰を上げた。

「聞いてくれてありがとう」

そう言って、彼女は飲まれることなく冷えてしまったシロン茶を、語り部の手から受け取った。そしてその膝に置かれた白い仮面に目を向ける。

「頭蓋骨はイズーの紋章だったわね」

「そうです」語り部は仮面の上に手を置いた。「これはイズー家に代々伝わっていた仮面です」

老女――リィナ・ジィンはその青く澄んだ瞳で語り部を見つめた。

「私は思うの。この世に存在するもの、すべてに意味があるのだと。貴方がこの島を焼いたことにも、そこに私が居合わせたことにも、きっと意味があるのだと思う」

訥々《とつとつ》と語るその声は、長い年月の重みを持っていた。年老いた魔物の言葉に、語り部は黙って耳を傾《かたむ》けた。

「私はこの島の復興にすべてをかけるつもり。それが私がここにいる意味だと思うから。それがかつて一つの島を焼き、海中に沈めてしまった私に課せられた償いだと思うから」

仮面に置かれた語り部の手に、リィナ・ジィンは自分の手を重ねた。

「だからこうして貴方が生き残ったことにも、きっと何か理由があるはず。貴方の生涯を賭《か》けて、それをお探しなさい」

その言葉は啓示のように胸に響いた。

「生きなさい、ムジカ。貴方のその名に恥じないように——」

VIII

最後の話を語り終え、語り部は煌夜祭《こうやさい》を締めくくる最後のイガ粉を炎に投じた。その顔を隠す頭蓋骨《ずがいこつ》の仮面が炎を映して赤く染まった。

「貴方《あなた》は誰なのですか？」

黒髪の魔物が尋ねた。黒石英《くろせきえい》に隠されて見えないトーテンコフの目を見つめ、彼は繰り返した。「貴方はクォルンを食べ、その記憶を引き継いだエン・ハス・イズーではないのですか？」

その問いに対し、語り部は素っ気ない口調で答えた。

「俺は王子ではない」

「では一体、貴方は何者なんです？」

トーテンコフはわずかに笑った。「語り部に名を聞くのか？」

「しかし――」

トーテンコフは手を上げて、ガヤンの言葉を制した。それから頭の後ろの留め金を外し、頭蓋骨の仮面を脱いだ。白い髪に青灰色《あおはいいろ》の目。凜《りん》とした顔立ちが現れた。しかしその顔の左半分は火傷《やけど》で痛々しく引き攣《つ》れている。

「クォルン？」ガヤンは驚きに目を見張った。「貴方は——死んだはずでは？」

「白状しよう」白い髪を掻《か》き上げて、その女は言った。「あの時、俺はあばら骨が三本折れていて、顔と左手と背中に大火傷を負っていて、さらにはその前の数日間はほとんど何も食べていなかった。情けないことに、俺は陛下の腕の中で気を失ってしまったんだよ」

男のような仕草で女は肩をすくめてみせた。

「城が陥落した時の記憶はない。ただ王宮の地下室には逃げ遅れた使用人がいて、その中には俺の顔を知っている者も数人いた。意識のない俺を彼らが王宮の外へ運び出してくれたんだ」納得がいかないと言いたげな表情で、女は続けた。「確かに火傷のせいで少し人相が変わっていたかもしれない。それに……この髪」と言って、顔の前に垂れ下がった白い髪をぐっと摑《つか》む。「以前はもう少し茶色かった。なのに開戦からの数日間で、こんな真っ白になってしまった。けれど……それだけだ。それだけで王弟軍は俺がクォルンだと気づかなかった。体をあらためて女であることを確認したら、即放免だったらしい。火焔《かえん》の魔術師が女であるはずがないというわけだ。ふざけた話だろう？」

「ち……ちょっと待って下さい」ガヤンは手を上げた。「王子は魔物だったのでしょう？ならば彼は死なないはず。貴方がクォルンなら……王都で処刑されたというエン・ハス・イズーは一体何者なのです？」

「あれは……」彼女は仮面に目を落とした。「間違いなく本物のエン・ハス・イズーだ」火傷を負っても凛とした強さを失っていなかったその顔が、初めて苦しそうに歪《ゆが》んだ。「王都で酒場をやってるシャリナという女の家で俺は目覚めた。体中ボロボロで最初は動けなかった。立てるようになるまで三十日。歩けるようになるまでにはさらに三十三日かかったよ。一人で歩けるようになってすぐ、俺はエンに会いに行った。彼の体は海に投げ捨てられてしまったけれど、焼け爛《ただ》れた首は広場に曝《さら》されているという話だったからな」

彼女はかすかに笑った。泣いて泣いて泣きつくし、空《から》っぽになってしまった者が、狂気の手前で浮かべる。そんな微笑《ほほえ》みだった。

「生きていたよ。恐ろしいことに、彼は首だけになっても生きていた。彼は俺を見て、満足そうに笑ったんだ」

「そんな――」ガヤンは息を呑《の》んだ。思わず固めた拳《こぶし》で自分の膝を叩《たた》く。「ひどい！ひどすぎる！」

「死のうと思ったよ」彼女はぼそりと呟《つぶや》いた。「死ぬこと以外に何も考えられなかった」

「それで――海に？」

「ああ、飛び込んだ」

「そしてエンジャ島に流れ着いた？」

女は深く息を吐いた。

「確率的にはゼロに近いんだ。途中で蒸気船の帆布が巻きついたんだろうが、それでも生きたままエンジャに流れ着くなんてな。それだけでもあり得ない話なのに——信じられるか？　海底土の引き上げはまさにその日に再開され、しかも俺は一回でそれに引っかかった」

「奇跡……ですね」

彼女は答えず、目を細めて炎を睨《にら》んだ。その鋭い眼差《まなざ》しは自身の無事を喜ぶ者の目ではなかった。

「ムジカ——」

ガヤンが呼びかけると、女はゆっくりと振り返った。

「それほどまでに偶然が重なったのは、貴方が生き残ることに意味があるからだと私は思います」

言いながら、ガヤンは空《むな》しさを覚えた。こんな言葉が何になるというのだ。彼女は充分に苦しんだ。苦しんで、苦しんで、ここに戻ってきた。それはなぜだ？　己の身を、魔物に与えるためではないのか？

ムジカはじっとガヤンを見つめた。仮面の下の素顔は、仮面以上に無表情だった。なのにガヤンは思った。彼女が今にも泣き出すのではないかと。

長い沈黙——ガヤンが不安を覚えるほど、長い沈黙の後。

「だろうな」とムジカは言った。「この世界に無駄なものなど何もない。この世界にあるものすべてには、存在する理由がある。俺のような役立たずにも、お前のような魔物にもな」

「魔物に——存在理由があるというのですか？」

彼女は頷《うなず》き、静かな声で話し始めた。

「かつてここには海しかなかった。そこに誰かが蒸気で浮かぶ島を作り、人々を住まわせた。しかしこんなに小さな島々だ。戦争や飢饉《ききん》が起こったら全滅してしまう。だから魔物が生まれてくるんだ。魔物は不死身の体を持ち、知識や記憶を食べる。そして災禍《さいか》を乗り越えた魔物達は、後の人々に、乱世を生き抜く方法や、世界を復興させる方法を伝える」

ムジカは息をつき、それからガヤンを見た。

「魔物は話に飽和している限り、人を食べなくても生きていける。けれどお前は生まれた時からずっとひとりぼっちで、あまりに孤独だった。お前が見せた狂気はその現れだよ」

ガヤンは力なく首を横に振った。

「理由がわかったからといって、私の罪が消えるわけではありません」

「そうだな。罪は決して消えない」ムジカは呟いた。まるで自分自身に言い聞かせているようだった。「だから……抱えて生きていくしかない」

彼女も同じなのだとガヤンは悟った。死ぬことは容易《たやす》い。生きて罪を償《つぐな》うのだと、リィナ・ジィンは言った。それは魔物である自分にも言えることなのだ。

「一番蒸気で島を出ろ」ムジカは立ち上がった。「人々の物語を記憶し、語り継ぐ。それがお前の償い。それがお前の役目。生まれてきた意味だ。お前達は伝承者。生まれながらの語り部。人間が生き残ろうとする意志。そして歴史そのものだ」

彼女は自分の肩からマントを外し、その上にトーテンコフの仮面を置いた。それをガヤンに向かって差し出す。「このマントは光を遮断《しゃだん》する布で出来ている。この仮面は覗《のぞ》き穴《あな》に黒石英が入っている。被《かぶ》っていれば昼間でも目を焼かれることはない。これを身につけて、トーテンコフとして生きろ」

「それで——貴方はどうするのです?」

「俺はこの島に残る」

風が彼女の髪を揺《ゆ》らした。風の匂いを嗅ぐように、彼女はかすかに顎《あご》を上げた。ガヤンも空を見上げた。ほんのわずかだが東の空が明るくなってきたようだ。

「俺はこの土地にムジカダケを撒《ま》く。あのキノコが大地の塩毒を吸収し、すっかり浄化してくれるまで、ここで土を洗い続ける。なるべく多くの人間にその方法を理解し、協力して貰《もら》えるように働きかける。それが俺に出来る、精一杯の償いだ」

ムジカは自分の両手を見た。火傷と切り傷で引き攣った両手をぐっと握りしめる。

「何年かかるかはわからない。俺の生きているうちには無理かもしれない。けれど必ずこの土地を豊かな土地に戻してみせる。あの金色の海を、もう一度取り戻してみせる」

そう言ってムジカは顔を上げた。その眼差しは、力強い決意に満ちていた。

「だからお前は生きて、それを見届けてくれ」

ガヤンは大きく息を吸い、吐き出した。

「わかりました」

彼はそれらを受け取った。マントを羽織った後、トーテンコフの仮面を手に取る。ガヤンは心の中で誓った。この仮面に恥じないように生きよう。強くなるのだ。彼女のように。

「最後にもう一つ、頼みがある」

ムジカの声に、ガヤンは視線を上げた。「何でしょうか?」

彼女は目を閉じ、独り言のように呟いた。

「魔物は魔物に食べられた時にしか死ねない……そう言ったな?」

「はい、そう聞きました」

「では、もしこの先、お前がエルラドに赴くことがあり、その時、中央広場にまだあの人の首が曝されていたなら——あの人を食べてやってくれないか」

ムジカは目を開き、ガヤンを見た。ひどく切ない表情。初めてみせる女性らしい顔。

「そうすればあの人は苦しみから解放され、お前の中にあの人の記憶が残る。国に戦火をもたらした魔物の王子ではなく、新しい世界を夢見て懸命に生きたエン・ハス・イズーの記憶が残る。どうかそれを——」

声が途切れた。こぼれ落ちそうになる涙を堪《こら》えるように、星々を見上げる。震《ふる》える声で囁《ささや》くように言葉を告げる。

「それを……語り継いでやって欲しい」

ガヤンは腕を伸ばし、優しく彼女を抱きしめた。

「必ず——必ずそうすると、お約束します」

「ありがとう」ムジカは言った。「ありがとう……ガヤン」

世界を支配していた夜の気配が薄れ始める。ほんのりと東の空が明るい。別れの時が迫っていた。ガヤンはムジカから離れると、頭蓋骨の仮面を被った。

「行きます」と彼は言った。「エルラドから戻ったら、また会いに来ます。それまでどうかご健勝で」

「ああ——待ってくれ」

ムジカは彼を呼び止め、懐《ふところ》から古ぼけた布の包みを取り出した。

「これを受け取ってくれ」

ガヤンはそれを手に取り、ぼろぼろの布をほどいた。中から出てきたのは銀の短剣だった。昔、助けを求めに行くムジカに、ガヤンが渡したあの短剣だった。

「魔物の姫」とムジカは呼びかけた。「オレは貴方を救えただろうか?」

ガヤンは微笑み、大きく一つ頷いた。

「貴方が救ったのは私だけじゃない。貴方は——すべての魔物を救ってくれたのです」

終章

「ご存じの通り、ゼル・クラン・イズーの治世は七年しか続かなかった。各島代表者による評議会が発足するまでの長い間、また幾多の争いが繰り返された。戦《いくさ》で多くの人が死に——多くの魔物が生まれた」

そこで語り部は周囲をぐるりと見回した。火壇《かだん》を取り囲む人々の顔が見える。若い者。年を経た者。男がいる。女もいる。人がいて——魔物がいる。

「数多くの戦火を乗り越え、飢饉《ききん》や大嵐を経験していくうちに、世界は少しずつ変わっていった。身分の差が風化し、女にも教育の場が与えられるようになった。新たに生まれた魔物はみな語り部となり『伝承者』と呼ばれるようになった」

語り部は一握りのイガ粉を手に取った。

「もちろん今も、差別は根強く残っている。争い事も日々絶えることがない。しかし確実に、世界は明るくなって来ている。少しずつではあるが夜明けは近づいてきている。かつてエン・ハス・イズーとクォルン・ゼンが夢見た新しい世界。その夜明けは、もうすぐそこまで来ている。私は——そう信じている」

長い長い話を語り終え、語り部は口を閉じた。白く長い髪に頭蓋骨《ずがいこつ》の仮面。煌夜祭《こうやさい》の例に則《のっと》り、最後に話をした最年長の語り部はゆっくりと空を見上げた。ほのかに東の空が白み始めている。

彼はイガ粉を炎に投げ入れ、宣言した。

「さて、今年の煌夜祭もこれでおしまいだ」

火壇に砂がかけられ、炎が消された。語り部達はそれぞれに席を立つ。

その中から年若い一人の少女が最年長の語り部に駆け寄った。白木蓮《はくもくれん》の仮面をつけた少女は老人を見上げ、屈託のない声で問いかけた。

「では貴方《あなた》がガヤン・ハス・ターレンなのですか？」

老人は口元の皺《しわ》をさらに深くして微笑《ほほえ》んだ。

「語り部に名前を尋ねてはいけないよ」

「でも――」

「白木蓮《マグノリア》。君が生まれるずっとずっと前から私は頭蓋骨《トーテンコフ》と呼ばれている」老人は少女の肩に手を置いて、静かに立ち上がった。「さあ、行きなさい。早く行かないと夜が明けてしまうよ」

マグノリアは少し不満そうに口を尖《とが》らせたが、それ以上尋ねようとはしなかった。彼女は他の語り部とともに中庭から去っていった。

最後に残された最長老の語り部は、感慨深げに廃墟《はいきょ》を眺めた。屋敷は見る影もなく崩落し、苔《こけ》むした土塊《つちくれ》と化している。そんな中に二本の柱が立っていた。かつて屋敷の入口を飾っていたその柱には、ターレンの紋章である小夜啼鳥《ナイティンゲイル》の浮き彫りが残されていた。

その傍《かたわ》らで彼は立ち止まった。水平線の光に仮面の下の目を細める。

やがて光は空を白く染め、眼下の大地に光を投げかけた。

そこには——見渡す限りの黄金の海があった。

豊かに実った小麦の畑は朝の風に吹かれて金色に波打ち、吹き抜ける風からは草の香りと湿った土の匂いがした。光と生命に満ちあふれた美しいターレン島の小麦畑。一度は完全に失われ、その後、長い月日を経て、再び甦《よみがえ》ったその風景——

それが彼の目の前に広がっていた。

「見事だ」

皺を刻《きざ》んだ白い頬《ほお》に一筋の涙が流れた。仮面の下で老人は目を閉じる。

忘れたことのない懐かしい顔が目蓋《まぶた》の裏に浮かんだ。その凜《りん》とした眼差《まなざ》しに感じる愛《いと》しさと切なさ。その思いは混ざり合った記憶の中で、誰が抱いたものなのか、すでにわからなくなっていた。

それでもかまわないと思った。これからも私は語り続けるだろう。新しい世界を夢見た魔物の王子の物語を。すべての魔物に存在理由を与えてくれた一人の女性の物語を。

最近ようやく、それを語り継ぐことこそが私の存在理由なのだと、思えるようになってきた。

そう言ったら――ムジカ。

貴方は怒るでしょうか。「遅すぎるぞ」と怒るでしょうか。

それとも笑うでしょうか。「お前らしい」と笑うのでしょうか。

遠くから、夜明けを告げる一番蒸気の音が響く。

最後の語り部は廃墟を離れ、静かに森の奥へと消えていった。

《了》

夜半を過ぎて　煌夜祭前夜

夜明け近くになって、ようやく最後の客が引けた。テーブルの上に転がる酒杯や皿を片付けて、彼女はふう……とため息をつく。腰に手を当てて、身を反《そ》らせると、ゴキゴキッと骨が鳴った。肩も腰も痺《しび》れるように痛い。

「やれやれ……」

疲れが重石《おもし》のように両肩に載っていた。一人で店を切り盛りするのも、そろそろ限界かねと思う。ちょっと前まではクタクタになるまで働いても、一晩寝ればぴんしゃんしていたのに、最近はベッドから起き上がることさえ辛《つら》くてたまらない。まったく、あたしも年を取ったもんだ。

ランプに火を移してから、女主人は暖炉の火を落とした。底冷えする寒さが老骨に滲《し》みる。皿洗いは明日に回して、今夜はもう寝ちまおう。

彼女が店の戸に閂《かんぬき》をかけようとした、その時。遠慮がちに扉が叩《たた》かれた。

「すみません」

若い男の声が聞こえる。

それに彼女は荒っぽく怒鳴り返した。

「今夜はもうカンバンだよ！」

「あの……」男の声は続ける。「一夜の宿を、お貸しいただけないでしょうか?」

「ここは酒場。宿屋じゃないよ」

「そこをなんとか」男は懇願するような口調で言う。「どの宿も語り部で一杯なんです。店の床でかまいません。どうか泊めていただけませんか?」

「しつこいね!」

怒鳴りつけてやろうと、彼女は扉を開いた。

そこに立っていた男は、古びた白い仮面で顔を隠していた。仮面は語り部の証《あかし》。それを見て、彼女は気付いた。そうか、明日は冬至だ。語り部達の祭——煌夜祭《こうやさい》が開かれるのだ。

「すみません、こんな夜分に。他に明かりがついている家がなくて……」

語り部は消え入りそうな声で言った。仮面で目元を隠してもなお、彼の困惑が伝わってくる。

女主人は語り部の白い仮面を見上げた。

気が、変わった。

「お入り」

彼女は扉を開き、語り部に道を開いた。

「床を貸すだけだ。食事は出ないよ?」

「ええ、ええ、ありがとうございます」

語り部は何度も頭を下げる。彼が中に入るのを待って、女主人は店の閂を下ろした。

語り部は店の中央に立ち、焼け焦げの残る天井を興味深そうに眺めている。

悪かったね。直したくても直す金がないのさ……と心の中で呟《つぶや》いて、彼女は酒瓶を取り出した。新しい杯を二つ用意し、そこにケーナ酒を注《つ》ぐ。

「あ、おかまいなく――」

「あんたにじゃない」

老主人に一喝されて、語り部は首を縮めた。

「すみません」

「いい加減、謝るのはよしたらどうだい？　男のくせにへこへこして、鬱陶しいったらありゃしない」

罵りながら、杯を空《あ》ける。酒の刺激が喉を灼《や》き、胃の腑《ふ》へと流れ落ちていく。「同じ語り部でも、あの人とは大違いさね」

「あの人？」女主人の独り言を聞きつけ、語り部が問いかける。「どなたか贔屓《ひいき》の語り部がいらっしゃるんですか？」

「うるさいね」

感傷に浸っていた女主人は不機嫌に言い返した。

「人のことを詮索するんじゃないよ。だいたい話をするのは、そっちが本職じゃないか」

「ええ、まあ、そうなんですが――」

語り部は困ったように頭を掻《か》く。それを見て、女主人は苦笑した。こんなに気が弱くて、よく語り部が務まるもんだ。

「せっかくだ。何かお話しよ」

酒杯を空け、おかわりを継ぎ足しながら、女主人は言った。

「煌夜祭には一晩早いけどさ。宿代がわりに何か面白い話を聞かせておくれよ」

「畏《かしこ》まりました」

語り部はにっこりと笑った。窓の外……酒場の看板を一瞥《いちべつ》し、再び彼女に目を戻す。

「それでは店の名にちなんだ話を一つ、ご披露いたしましょう」

彼は椅子に腰掛け、しゃんと背筋を伸ばした。

「十八諸島の世界を巡り、世界各地で話を集め、他の土地へと伝え歩く。それが我ら語り部の生業《なりわい》」

玲瓏《れいろう》とした声が前口上を述べる。その口調に引き込まれ、女主人は無意識に身を乗り出した。

「十一年に一度、花を咲かせるナンシャー島の神秘の花。その名はトロンポウ。これはそのトロンポウ咲き乱れる丘の上、出会った二人の語り部の物語でございます――」


それは蒸し暑い、夏至の夜のことであった。昼の熱気がまだ残る丘の上には、白く美しい花が咲き乱れていた。

赤子の頭ほどもある大きな花だ。細長く尖《とが》った花弁がぐるりと外周を囲み、中央にある冠型の蕊《しべ》を抱くように、細い花弁が巻き上がっている。花からは熟成した酒のような、甘い砂糖菓子のような、えも言われぬ芳香が漂ってくる。この花こそ『ナンシャーの奇跡』と言われるトロンポウ……十一年に一度だけ開花する神秘の花だった。

トロンポウが群生する丘を少し下った所に、小さな火が焚《た》かれていた。若い語り部が野宿をしているのだった。彼は木の幹に背を預け、目の前にある焚き火を見つめていた。

彼は待っていた。

約束の者が現れるのを、祈るような気持ちで待ち続けていた。

真夜中近く。風もないのにトロンポウの花がサワサワと揺れた。刃《やいば》のように尖った葉を掻き分けて、黒い影が現れる。

その姿を見て、語り部は驚きのあまり、思わず腰を浮かせかけた。

突き出た鼻。ピンと尖った三角の耳。青く光る目。それはとても仮面とは思えない、本物そっくりな猫の頭だった。しかも前合わせ服の袖から突き出ているのは、黒い短い毛で覆われた猫の前足だ。人の服を着た巨大な猫は、後ろ足だけでひょこひょこと歩いてきて、焚き火の前で立ち止まった。

「私も火にあたってよろしいか？」

人の言葉だった。低くて渋い男の声だった。

「どうぞ」と若い語り部は答えた。「貴方《あなた》も語り部ですか？　それにしても——ずいぶんと変わった仮面ですね？」

「ああ、よく言われる」

猫頭は焚き火の正面に胡座《あぐら》をかいた。姿は猫そのものだが、動きは人のものだった。猫頭は長いヒゲをヒクヒクさせながら、興味深そうに若い語り部を眺めた。

「して、何故《なにゆえ》このようなところで夜を明かす？」

彼らの周囲に咲き乱れるトロンポウ。それは幾多の古い石碑を覆い隠していた。石碑は墓石であった。ここは墓場なのだった。

「丘を下れば村もあり、宿屋もあるであろう。何故《なにゆえ》このような所で野宿をしておる？」

猫頭の問いに、若い語り部は答えた。

「人と会う約束をしているんです」

「ほう……？」猫は青の眼を瞬《しばた》いた。「奇遇だな。私もなのだ」

二人の語り部はお互いの仮面を見つめ合った。先に焚き火の傍に座っていた語り部は思った。これが私が待っていた者だろうか。だとしたら、どうやって話を切り出そうか。何か良い話の糸口はないものか。戸惑《とまど》ったような沈黙が続く。

「語り部に会うのは久方ぶりだ」猫頭はその前足で尖った耳を撫《な》でつけた。「せっかくだ。なんぞ話の交換でもしようではないか」

「ええ、そうしましょう」

若い語り部は頷《うなず》き、にこりと笑った。

「私は頭蓋骨《トーテンコフ》と申します」

「名前か——」猫は腕組みをして、首を傾《かし》げた。「では、私のことは猫《ガト》と呼んでくれ」

ガトの姿形は猫そのもの。年齢を読み取ることは難しい。だがその声と言い回しから察するに、自分よりも年輩者であることは間違いなさそうだ。そう考え、トーテンコフは口を開いた。

「若年者から語るのが煌夜祭の習《なら》い。ここは私が先に話しましょう」

「いや」と、ガトは頭を横に振った。「今夜は夏至。煌夜祭が行われる冬至とは真反対の夜だ。ゆえに今夜は、年輩の私から話すことにしよう――


これは先々代の王が、まだ赤ん坊だった頃の話だ。いつになく寒さの厳しい冬のこと。ナンシャー島を流行《はや》り病《やまい》が襲った。

薬もない。治療法もない。病にかかったら最後、とにかく体を冷やして、熱が下がるのを祈るしかなかった。何日も続く高熱に、老人や子供がバタバタと死んだ。若くて力のある者でさえ、高熱に苦しんだあげく命を落とした。

トロンポウが咲くことで有名なベーベルの丘。そこに程近いハゼの村でも一人の若者が死んだ。弱冠十九歳の青年、名はソザジといった。

ソザジには将来を誓い合ったミルカという恋人がいた。ミルカはソザジの死を嘆き悲しんだ。彼女は来る日も来る日もソザジの墓に通い、墓石に縋《すが》って泣き続けた。

「もう一度、ソザジに会いたい」

「もう一度、ソザジの声が聞きたい」

何ヶ月もの間、彼女はろくにものも食べず、寝ることもせず、朝も昼も夜もひたすら泣き続けた。娘は目に見えて痩《や》せていった。優しげな丸い頬《ほお》からは肉が落ち、柔らかな体も痩せて、骨と皮ばかりになってしまった。このままではミルカも死んでしまう。村の者達はなんとか彼女を慰《なぐさ》めようとしたが、それでも娘は死んだ恋人の墓に通うのをやめようとはしなかった。

　ある日、ミルカがソザジの墓の前で泣いていると、どこからかコリコリという奇妙な音が聞こえてきた。まるで骨を齧《かじ》るような音だった。

　何の音だろう？　耳を澄ませるミルカの耳に、低い声が問いかけた。

「もう一度、ソザジに会いたいか？」

　ミルカは驚いた。その声は墓の下から聞こえてきたのだ。地を這《は》うような低い声は、再び彼女に問いかけた。

「もう一度、ソザジの声が聞きたいか？」

「ええ、聞きたいわ」

　ミルカは震《ふる》える声で答えた。

「ソザジに会わせてくれるの？」

「十一年の間、待てるか？」

「十一年？」

「その間、お前がソザジのことを忘れなければ――ソザジはお前に会いに行くだろう」

　藁《わら》にも縋る思いで、娘は頷いた。

「待つわ。もう一度ソザジに会えるのなら、いつまでも待つわ」

　村に戻ってからも、ミルカはこのことを誰にも話さなかった。話せば正気を疑われる。そう思ったのだ。

この出来事は、娘に生きる力を与えた。ミルカは少しずつ、少しずつ元気を取り戻していった。ソザジを亡くしてから三年後。ミルカはようやく笑顔を見せるようになった。五年後には新しい恋人が出来た。飲み屋の息子と結婚したのは、彼女が二十五歳の時。ソザジが死んでから七年が経っていた。

その翌年には子供も生まれた。ミルカによく似た可愛らしい女の子だった。次の年にはもう一人、今度は丸々太った男の子が生まれた。ミルカは旦那と共に飲み屋を切り盛りしながら、幼い二人の子供を育てた。

そしてソザジが死んでから十一年。

恋人の死を嘆き悲しんでいたか弱い娘は、二十九歳のしっかり者のおかみさんになっていた。毎日、仕事と子育てに追われ、ミルカは十一年前にした願かけのことなど、すっかり忘れてしまっていた。

そんなある夜のことだった。

「ミルカ……」

ベッドに潜り、眠ろうとしていた彼女を呼ぶ声が聞こえてきた。その声はどうやら窓の外から聞こえてくるようだった。薄気味悪く思いながらも、ミルカはカーテンの隙間から、そっと外を覗《のぞ》き込《こ》んだ。

「窓を開けちゃいけない。オレの姿を見てはいけない」

ミルカははっとして手を止めた。それは忘れもしない、ソザジの声だった。

「元気そうで本当によかった」懐かしい恋人の声は続ける。「君への思いは決して変わらない。今も変わらず君を愛している。オレは今も、いつまでも、君の幸せを祈っているよ」

ところが、それを聞いていたのはミルカだけではなかった。彼女の旦那もまた、寝室でその声を聞いていたのだ。ミルカの旦那は短気で怒りっぽい男だった。もちろん声の主がすでに死んだ者だとは思いもしなかった。

こいつは間男に違いないと、旦那は怒り狂った。彼は店から大きな肉切りナイフを持ち出し、寝室の窓を開け放った。

「オレの女に手を出すとは、この命知らずが！　切り刻《きざ》んで挽肉《ひきにく》にしてやる！」

彼の罵声に怯《おび》えたように、黒い影が窓から飛び離れた。丘の方へと駆けていくその後ろ姿を見て、旦那はぽかんと口を開いた。

「なんだぁ、ありゃあ？」

丘をすっぽりと包み込む夜の闇。そこに消えていったのは、大きな黒い獣の姿だった。

魔物だ。魔物がウチの人間を喰いにきたのだ。飲み屋の旦那はそう思いこみ、魔物の弱点である銀製のナイフを用意した。店を閉め、奥の部屋にミルカと二人の子供を閉じこめ、彼は待った。

「魔物め、来るなら来い。目にもの見せてくれる！」

魔物が訪ねてきてから三日が経った夜。寝ずの番を続けていた旦那が居眠りを始めた隙に、ミルカは家を抜け出した。彼女は星明かりだけを頼りに、暗い丘を登っていった。

丘の頂上には石の舞台があった。それは昔々の偉人の墓だと言われていた。その周囲には無数の墓石があった。どこかにソザジの墓もあるはずだった。けれど、どれがソザジのものなのか。ミルカにはすでにわからなくなっていた。

「ソザジ、いるの？」

昼間でも近づく者のない不気味な墓所に立ち、ミルカは呼びかけた。

「ソザジ、いるなら返事をして」

「ミルカ――」

どこからか、悲しげな声が聞こえた。

「オレのこと、待っててくれなかったんだね。十一年、待つと言ったのに――お前、オレのことを忘れてしまったんだね」

「忘れちゃいないわ」ミルカは叫んだ。「一日だって、あんたを忘れたことはないわ！」

「では、どうして？　どうしてあんな男と所帯を持った？　どうして待っていてくれなかったんだ？」

「仕方がないじゃない！　だって、あんたは死んじゃったんだもの！」

ミルカは悲痛な声で言い返した。

「私は生きていかなきゃならなかった。あの村で手に職もない女が、結婚もせず、一人で生きていけると思う？　私には両親もいたし、幼い妹もいた。彼らを食べさせていくためには――生きていくためには仕方がなかったのよ」

ミルカは顔を覆い、地面に膝をついた。

「今でもあんたを愛している。それは本当よ。何を言っても、もう信じて貰《もら》えないだろうけど……それだけは本当なの」

「言葉では何とでも言えよう」

低い声が答えた。月光を遮《さえぎ》り、彼女の前に立つ黒い獣。それは怖ろしい魔物の姿であった。

「たった十一年でさえ、お前は待つことが出来なかった。お前の心は移ろい、愛する者のことを忘れた。かくなる上は、私はお前を喰わねばならない。そうすることでしか、彼の心を慰めることは出来ない」

「喰われればいいのね？」ミルカは臆《おく》することなく魔物を見上げた。「それで信じて貰えるのなら——いいわ、私を食べてよ。そしてソザジに伝えて。私も貴方を愛していると。貴方のことを忘れた日はなかったと」

魔物は彼女の肩に手を置いた。鋭い爪《つめ》が彼女の首に食いこむ。

「ソザジの声が聞けて、嬉しかったか？」

「もちろんよ！」

「この十一年間、お前は幸せだったか？」

「正直言うと、辛い時も悲しい時もあったわ。けど、今思えば幸せだったと思う。可愛い子供も授かったし。あの人は時々乱暴だけど、子供達には優しいの」

怖ろしい魔物に向かい、ミルカはうっすらと微笑《ほほえ》んだ。

「下の子ね、男の子なの。名前、ソザジって言うのよ。貴方みたいに優しい子に育って欲しかったから、貴方の名をつけたの」

堪《こら》えきれず、彼女の目から涙が溢《あふ》れる。

「再会の約束をしたあの日、私は貴方の分まで生きようと心に誓った。頑張っている姿を貴方に一目見て欲しい。よくやったと一言、貴方に誉《ほ》めて欲しい。それだけを心の支えにして、私は悲しみを乗り越えた。あの約束があったからこそ、私は今も、こうして生きていられるの」

魔物の手が、彼女から離れた。

「――行け」

尖った爪の生えた指で、魔物は村の方角を指さした。「お前の家に戻るのだ」

「戻る――？」

ミルカは魔物を見つめた。その真っ暗な瞳は、なぜかとても悲しそうに思えた。

「私を食べるんじゃなかったの？」

「お前には子供がいる。お前を大切に思う旦那もいる。お前はまだ死んではいけない」

魔物は一歩、また一歩と後ずさっていく。

「行ってくれ、ミルカ。そしてもう二度と、ここに来てはいけない」

そう言い残し、魔物は闇へと消えていった。

「私、一生懸命生きるから」

サワサワと揺《ゆ》れるトロンポウの葉陰に向かい、ミルカは言った。

「見ていてね。私、ソザジの分も生きるから。これからも私を見守っていてね」

ミルカは家に戻った。その後も旦那と二人で店を切り盛りしつつ、二人の子供を立派に育て上げた。上の娘は嫁に行き、下の子は嫁を貰って店を継いだ。やがて孫が生まれ、彼女は可愛らしいお婆ちゃんになった。


よく晴れた夏の朝。ミルカは眠るように死んだ。その顔は穏やかで、微笑んでいるようにも見えた。それは人生をまっとうした者だけが浮かべ得る、誇らしげな微笑みだったという」

話し終え、ガトは目を閉じた。

「時は移ろい、人は変わっても、思い出だけは色褪《いろあ》せない。もう二度と取り戻せぬものとわかっていても、人は思い出を糧にし、困難を乗り越え、生きていくことが出来る。まこと人とは、不思議な生き物だ」

「同感です」トーテンコフは答えた。「その時その時を懸命に生きる人の姿には、いつも胸を打たれます」

「おお——わかって貰えるか？」

「ええ、もちろん」

トーテンコフは微笑んだ。

「それに十一年後の再会を約束するナンシャー島の魔物の話は、私も聞いたことがありますよ」

彼の言葉に、ガトは首を傾げた。

「ほう、どんな話だ？」

「ではお聞かせしましょう」

咳払《せきばら》いをして、トーテンコフは地面に座り直した。

「これは先の大戦前、ジン王がまだご存命であった頃のお話です――

第二輪界ナンシャー島では十一年に一度だけ、トロンポウという名の花が咲く。この花はまるで夢のように美しく、えも言われぬ芳香を放つ。トロンポウが開花する時期になると、奇跡の花を見るために、世界中から大勢の人がナンシャー島に詰めかける。

その年も例外ではなかった。別々の島から渡ってきた多くの人々は、夜になると飲み屋に集まり、各島の噂話《うわさばなし》に興じていた。

「ナンシャーには変わった魔物が住んでるんだってね」

酔っ払った男が、店の主人に声をかけた。「何でもそいつに頼めば、会いたい人に会わせて貰えるらしいじゃないか？　しかも生きている人間にじゃあない。もうあの世に行っちまった人間にさ」

「へぇ、そりゃホントかい？」男の隣で飲んでいた、年輩の女性が口を挟む。

「本当に本当さ！」酔漢はドンと胸を叩いてみせた。「ベーベルの丘には石舞台がある。そこに遺骨を置いて、この人にもう一度会いたいと願かけをする。するとどこからか声が聞こえるんだそうだ」

男は俯《うつむ》き、地を這うような低い声で呻《うめ》いた。「十一年の間、待てるか～？」

聞いていた女がひゃあ！　と声を上げる。怖がっているというよりは、面白がっているようだった。気付いているのかいないのか、酔っぱらい男はさらに低い声で続ける。

「その間、お前がこの者のことを忘れなければ、この者はお前に会いに行くだろう～」

「もうそのへんにしといて下さいよ」

話を聞いていた飲み屋の主人は、困ったように顔をしかめた。

「そいつは本当の話なんですよ」

「え？」酔った男も年輩の女も驚き顔になった。「本当にいるのかい？」

「ええ、あたしのひい婆ちゃんが実際にそいつに会ったらしいですわ」

やれやれと言うように、主人は首を横に振った。

「けどねぇ、十一年も前に死んだ奴《やつ》が帰ってくるんだ。あんまり喜ぶモンはいないですよ。十一年経てば人は変わる。死んだ者のことを引きずってちゃ、生きていけねぇですよ」

「それもそうだ」

主人の言葉に、酔っぱらい客は頷いた。

「魔物ってのは人を喰う化けモンだって聞いてたけど、変わった魔物もいたもんだなぁ」

そんな彼らの話を、熱心に聞いていた者がいた。それは十代半ばの子供――黒い仮面をつけた子供の語り部だった。

この語り部、幼いながら数多くの話を披露した。子供らしからぬ堂々とした語りっぷりが気に入って、主人は店の片隅を貸してやっていたのだ。

子供の顔を隠す黒い仮面は、鳥の形に整えた石膏《せっこう》を真っ黒に塗っただけのひどい代物だった。語り部は自身の仮面を大鴉《レイヴン》と呼んだが、皆はその子のことをカラスと呼んで可愛がった。

魔物の話を聞いたカラスは、その夜のうちに店を出た。向かったのは石舞台があるというベールの丘だった。

季節は夏。海からの風が咲き乱れるトロンポウを揺らしている。真夜中近くになって、ようやく丘の頂《いただき》にたどり着いた。そこでカラスは首から提《さ》げていた小さな布袋を取り出した。口紐《くちひも》を緩め、中に入っていたものを手の平に取り出す。

それは骨だった。古びた小さな骨の欠片《かけら》だった。カラスは迷うことなく、それを石舞台に置いた。

「この人ともう一度、話がしたい！」

すると舞台を支えている大きな石と石の間から、黒い腕がにゅうっと伸びてきた。それは長い爪の先で骨を摘《つま》んだかと思うと、今度はしゅるりと岩間に消えた。石の隙間、目をこらしても何も見えない暗闇から、ポリポリと骨を齧る音が聞こえてくる。

その様子を、カラスは息を呑んで見守っていた。

ややあってから、低い嗄《しわが》れた声が聞こえてきた。

「ひどいね。私の大切な仮面、真っ黒に塗っちまうなんてさ」

それはまさしく、骨の主の声だった。

「魔女――？」

「十一年の間、待てるか？」

声音が変わった。低い男の声だ。

「その間、お前がこの者のことを忘れなければ、この者はお前に会いに行くだろう」

「そんなに待てない」

臆することなく、カラスは言い返した。

「もうすぐ戦争が始まる。その前に、オレはもっともっと魔物のことを知らなきゃならないんだ」

カラスは石の隙間に顔を近づけた。

「お前、魔物だろう？」

「正体を知って、怯《おび》えないとはなかなかの度胸――」と言いかけ、魔物はふむと唸《うな》った。「なるほど、臆さぬはずだ。お前、魔物に育てられたな？」

「どうしてそれを？」

カラスは目を真ん丸にして驚いた。が、すぐに納得したというように大きく頷く。

「そうか、魔物は喰った人間の記憶を受け継ぐんだな。十一年後に死んだ人が帰ってくるわけじゃない。死んだ者の記憶を受け継いだお前が、彼らに会いに行っていたんだ」

「賢いな、七番目の子」

魔物は暗がりで笑った。

「この私も魔物を喰ったのは初めてだ。面白い骨を喰わせて貰った礼に、一つだけ質問に答えてやろう。さぁ、何が聞きたい？」

カラスは考え込んだ。聞きたいことは山ほどある。が、聞けるのは一つだけ。となれば、一番知りたいことを聞くしかない。

「魔物はなぜ生まれてくるんだ？」

カラスの問いに、魔物は答えた。

「思いを伝えるためにだ」

「思い？　なんの？」

「質問は一つだけと言ったはずだ」

「答えが理解出来なきゃ、答えてくれたことにはならないだろ？」

カラスは口を尖らせた。魔物は低い声で笑った。小さな語り部との問答を、楽しんでいるかのようだった。

「お前は賢い。きっとわかる時が来る。だが、どうしてもわからなければ、十一年後にここに来い。その時には答えを聞かせてやろう」

「そいつは、たぶん無理だ」

カラスは少し寂しそうに笑った。

「言ったろ、もうじき戦争になるって。十一年後なんて、オレはどこにいるか、生き延びているかもわからない」

「嵐の到来を予期しているのならば、その間は身を隠し、嵐が過ぎ去るのを待てばよいではないか」

「そうもいかない。王子の正体がオレの予想通りなら、放っておくわけにはいかない」

「なぜだ？　限りある人の身で、何故《なにゆえ》そんなに生き急ぐ？」

「限りある人の身だからさ。魔物と違って人には寿命がある。オレは姫に、必ず助けると約束をした。それを果たすためには、このオレの命、一秒だって無駄には使えないんだよ」

魔物は沈黙した。カラスの言葉の意味を考えているようだった。次に口を開いた時、魔物の声には悲しみが滲《にじ》んでいた。

「ならばこそ、約束だ」

「だから——」

「なぜ魔女はお前を喰わなかったのか、知りたいだろう？」

カラスはうっ……と言葉を詰まらせた。

「どうだ、知りたいだろう？」

魔物はさらにたたみかけた。カラスは散々迷ったあげく、小さな声で嘯《うそぶ》いた。

「知りたくなんか、ない」

そう言ってから、ようやく子供らしく頷く。「ホントに教えてくれるのか？」

「無論だ」

「じゃあ、戻ってくる」

勝ち気な笑い。

「たとえ魂だけになっても、必ず答えを聞きに戻ってくる」

「うむ、約束したぞ」

「じゃ、十一年後にまた会おう」

カラスは丘を去り、その後、ナンシャー島からも姿を消した。

——それから九年後。ジン王が崩御し、カラスが言ったとおり、大きな戦《いくさ》が始まった。その戦が終わった今でも、村人達は時折カラスのことを思い出し、その身を案じているという。けれど先の戦の後、カラスの仮面をつけた語り部を見た者は……残念ながらどこにもいない」

トーテンコフの話を聞き終え、ガトはふむと唸った。

「カラスはどうしたのだろうな。戦に巻き込まれ、死んでしまったのだろうか？」

「気になりますか？」

「賢い子だったからな。そう簡単に死ぬとは思えん」

トーテンコフはくすっと笑った。

「でも詮索はいけません。語り部は漂泊の者。どこから来てどこへ行くのか、尋ねてはいけない決まりです」

「おお、そうであった！」

ガトはしまったと言うように、狭い額を前足で叩いた。トーテンコフは穏やかに微笑むと、暗い夜空を見上げた。

「夏至の夜は短い。出来ればそろそろ最後の話をお聞きしたい」

「よかろう」ガトは重々しく頷いた。「昔々、大昔の話。七代前の王のそのまた七代前の御代よりも、もっともっと昔の話だ——


目覚めて一番最初に見たのは一人の女だった。まっすぐに伸びた白い髪。透き通るような青い目。

「私は語り部。翡翠《かわせみ》と呼んでくれ」

女は美しい翡翠の仮面で顔を隠していた。

「おいで、黒猫。世界を見せてあげるよ」

その言葉通り、彼女は黒猫を外へと連れだした。彼らは蒸気船に乗り、幾つもの島を巡った。世界は広く、見るもの聞くもの、すべてが新鮮だった。

「この世界は十九の島から出来ているんだ」

ある夜、翡翠は木の枝で地面に輪を描きながら、黒猫に説明してくれた。

「真ん中に王島イズー。その外側の第一輪界には二つの島が回っている。さらにその外側の第二輪界には八つの島が回る。そして一番外側、第三輪界にも八つの島がある」

そこで翡翠は悪戯《いたずら》な微笑みを浮かべる。

「中心核とその周囲を回る十八個の電子。こうして絵にすると、まるでアルゴンみたいだな」

――あるごん？

「ああ、ごめん」

翡翠は少し寂しそうに肩をすくめた。

「いいんだ、お前にはわからなくても」

彼らは旅を続けた。世界中を旅しながら、いろんな土地で話を集め、それを別の土地に持って行った。にぎわう市場で、飲み屋の片隅で、翡翠は様々な話を披露した。人々は物語に耳を傾《かたむ》け、見知らぬ土地での出来事に目を輝かせた。

黒猫はその傍らに座り、彼女のことを見守っていた。彼女との旅は楽しかった。彼女に拾われて、黒猫はとても幸せだった。

そんな黒猫にも、ひとつ気がかりなことがあった。それは決まって満月の夜。翡翠は一晩中、何かに魅入られたように、白く輝く月を見つめ続けるのだった。その頬に流れる涙を見て、黒猫はついに問いかけた。

――何故《なにゆえ》、泣く？

「あそこにはジェイドがいるんだ」

懐かしそうな、悲しそうな顔で彼女は月を見上げた。

「別れ際、『きっとまた会える』とジェイドは言った。『いつ会えるんだ？』と私は尋ねた。ジェイドは答えた。『僕の計算が正しければ、多分三千年後に』と」

翡翠は静かに涙を流し、小さな声で呟いた。

「もう一度、彼に会いたい」

黒猫は悲しくなった。彼女には自分がいる。こんなに傍にいるのに、彼女はどうして泣くのだろう。ジェイドとは一体誰なのだろう。彼女にとってどういう存在なのだろう。それを黒猫が尋ねても、翡翠は寂しそうに笑うばかりで、答えてはくれなかった。

二人の旅は続いた。旅の空の下、ゆっくりと——だが確実に年月は流れていった。黒猫は驚くほど大きくなり、翡翠は年を取った。もとから細かった体は年老いて、枯れ枝《えだ》のようになった。そしてついに病を得て、彼女は寝込んでしまった。

「私が死んだら、私をお食べ」

黒猫の頭を撫でながら翡翠は言った。

「そうしたら、いつまでも一緒にいられる。寂しくはないよ」

翡翠は死んだ。黒猫は彼女の骨を食べた。

黒猫は彼女が胸に秘めていた思いを知った。それを伝えなければならないと思った。けれどジェイドは人の身だ。人の身であるジェイドは、三千年もの間、彼女を待っていられるのだろうか。

そこで黒猫は人を試すことにした。

墓にやってくる人々の声。愛する者の死を嘆く声。黒猫はその骨を喰い、嘆き悲しむ人に言った。

「十一年間、待てるか?」

三千年ではない。たった十一年だ。

なのにほとんどの人間は、愛する者のことを忘れてしまった。かつて愛した者の声に「化け物！」と叫び、石を投げてくる者すらいた。

黒猫は失望した。人の心は移ろいやすい。ジェイドもきっと彼女のことなど忘れてしまっているだろう。受け取る者がいないのであれば、彼女の記憶を覚えていることに意味はない。自分が存在している意味はない。

そんな彼の考えを、改めさせる出来事が起きた。ミルカという名の一人の女に出会い、カラスという名の語り部に出会い、黒猫は気付いた。

永遠の命を持つ魔物とは異なり、人の命は有限だ。だからこそ人は思い出を懐かしみつつも、それを忘れる。そして、今この時を懸命に生きる。まるで夜空を横切る流星の如く、命を刹那に輝かせる。

その一瞬の輝きを思い出として留めること。それが永遠を生きる者として生まれた、自分の運命《さだめ》なのではないだろうか――


お前も闇に住まいし者ならわかるであろう？　人の刹那の生き様が、無限の闇に住む者の目に、いかに美しく煌めいて見えるか」

ガトの問いに、トーテンコフは頷いた。

「ええ――わかります」

何度も頷き、声を詰まらせながら、彼は言った。

「私も人に教えられました。なぜ私のような者が存在しているのか。これから私は何をすべきなのか。何のために生きていくのか。すべては人が教えてくれました」

「うむ」ガトは満足そうに頷いた。「我らは人のようには生きられぬ。我らにとって時は無限だ。永遠に続く暗闇だ。だが約束はそれを区切る。無限を有限にしてくれる。だからこそ私は人と十一年の約束をする。約束は絶望しかけた人に希望を与え、永遠の闇を生きていく私に一瞬の光を投げかけてくれる」

ガトは夜空を見上げた。トーテンコフも空を見上げた。皓々《こうこう》と輝く月が、二人の語り部を静かに見守っている。

「カラスは貴方との約束を、忘れてはいませんでしたよ」

静かな声でトーテンコフは言った。

「あの人は私に言いました。『もし黒猫が待ちくたびれて、すべてを終わりにしたいと願っているのなら、彼を食べてやってくれないか？』と。私はそのために、ここにやって来たのです」

ガトはゴロゴロと喉を鳴らした。

どうやら笑ったらしい。

「実にあの子らしい気遣いだが――」

「杞憂《きゆう》だったようですね？」

「そのようだ」

ガトは再び愉快そうに喉を鳴らした。

「私はこの容姿だ。もう世界を回ることは出来ぬ。ゆえに私はここで待つ。三千年後、翡翠が再会を約束した者と出会うために。彼に翡翠の思いを伝えるために。私はここで約束の時を待つ」

「では私は、この話を各地に伝え歩きましょう」

二人の語り部はどちらともなく立ち上がった。トーテンコフは焚き火に砂をかけ、火を消した。あたりを照らすのは月明かりだけになったが、彼らには闇を見通す眼があった。

「この先、お前が七番目の子に会うことがあったら伝えてくれ」

別れ際、黒猫は言った。

「なぜ魔女がお前を食べなかったか。それはお前が似ていたからだ。お前の痩せっぽちの手足と枯れ草色の髪は、彼女の身上に同情し、その身と命を与えてくれた唯《ただ》一人の人間にそっくりだったからなのだ」

トーテンコフは頷いた。彼にはわかっていた。だからこそ彼女はシェン家の紋章である白鳥《スワン》の仮面を被らなかった。奇妙だ、面妖だと嘲笑されながらも、彼の遺品である仮面を被り続けたのだ。

あの――『ニセカワセミ』の仮面を。

「気が向いたら、また立ち寄ってくれ」と黒猫は言った。

「では十一年後に」とトーテンコフは答えた。「またトロンポウの咲く頃に参ります」

再会の約束をして二人の語り部は別れた。

今でもベーベルの丘には石舞台がある。そこに愛《いと》しい人の骨を持ってくる者は跡を絶たないという。十一年後、彼らは聞くだろう。忙しさに追われ、忘れかけていた者の懐かしい声を。『今でもお前を愛しているよ』と囁《ささや》く、愛しい者の声を。そして彼らは悟るのだ。時は流れ、人は変わっても、愛しい思い出だけは決して色褪せないということを――」

語り部は話を終え、静かに頭を下げた。

女主人は詰めていた息を吐き出した。杯に残った酒を一気に喉に流し込み、空《から》になった器で語り部を指す。

「で、その頭蓋骨《トーテンコフ》って語り部は、あんたのことなのかい？」

「さぁ、どうでしょうか？」

語り部は、その形のよい唇に不可思議な笑みを浮かべた。彼の顔を隠しているのは、目の位置に黒石英《くろせきえい》をはめ込んだ白い仮面――古びた頭蓋骨の仮面であった。

「仮面は受け継がれていくものです。同じ仮面を被っていても、同じ者とは限りません」

「じゃ、お前にその仮面を譲った奴は死んだのかい？」

語り部は黙したまま答えない。

女主人は自分の失態に気付いた。

「いや、いいんだ。今のは忘れとくれ。語り部の正体を詮索するなんて、野暮天のすることさ」

女は塞《ふさ》いだように黙りこんだ。しばらくの間、彼女は空の酒杯を弄《もてあそ》んでいた。が、ついに耐えかねて、その口を開く。

「あんたと同じ仮面を被っていた語り部を知ってるんだよ」

彼が初めて話を披露した時のことを覚えている。つたない語りながらも、とにかく一生懸命だった。彼が何者なのか。彼女も客達も薄々感づいていたが、誰も何も言わなかった。

「あのころは楽しかった」

けれど先の大戦で王都は燃え、多くの常連客が命を落とした。店の天井には、その時の火事で出来た焼け焦げがまだ残っている。

「素直で可愛い子だった。たとえ本当に魔物だったとしてもかまわなかった。あんなことになるなんて——本当に不憫《ふびん》でならないよ」

女主人は空の器を置き、その横に置いてある手つかずの酒杯を指で弾《はじ》いた。

「この酒はね、あたしが生涯に唯一人、本気で惚《ほ》れた奴のものなんだ。おかげで今の今まで、独り身で通しちまった。まったく馬鹿な話さ」

彼女はその杯を掲《かか》げ、ぐっと一息に飲み干した。どん！　と音を立てて酒杯を置き、誰へともなく呟く。

「なのに何も言わずに出て行きやがってさ。出会ったことを悔やみはしないが、一言ぐらい文句を言わせろってんだ」

「貴方がそこまで惚れ込むなんて、きっと素晴らしい語り部だったのでしょうね」

「う……」

女主人は喉の奥で唸った。その顔が赤いのは、酒のせいばかりではないだろう。余計なことを話してしまったと言わんばかりに、彼女は乱暴に右手を振った。

「あたしはもう寝るよ。あんたは適当に床で寝な。夕方の六時には店を開けるから、それまでには出てってておくれ」

返事も待たず、彼女は奥の小部屋に向かった。立て付けの悪い戸を開き、部屋に入ろうとした、その時——

「シャリナ、あんたは本当にいい女だ」

背後から懐かしい声が聞こえた。

女主人は驚いて振り返った。狭い店の中をいくら眺めても、声の主は見あたらない。気の弱そうな語り部が一人、椅子に腰掛けているばかりだ。

「あんた……今、なんか言ったかい？」

彼女の問いに、語り部はかすかに微笑んだ。

「いいえ、何も」

柄にもなく昔話なんかしたせいだと、彼女は思った。でなければ、酔いが回ったに違いない。

女主人は狭い寝室に引っ込むと、夜着に着替え、小さなベッドに潜り込んだ。

もうすぐ夜が明ける。明るくなる前に寝てしまうに限る。そう思いはしても、なかなか眠りは訪れてくれなかった。冷たいベッドの中、目を閉じて身を縮めていると、瞼《まぶた》の裏に懐かしい面々が蘇《よみがえ》ってくる。その面影に、彼女は心の中で呼びかけた。

みんな、どこへいっちまったんだい？　あたしを置いてきぼりにして、みんな、どこへ消えちまったんだい？　ずるいよね。思い出の中のあんた達はちっとも年を取らないのに、あたしだけ、こんな婆さんになっちまった。ああ本当に……どうして思い出ってやつは、いつまで経っても色褪せないのかねぇ。

物音がして、彼女は目を覚ました。知らない間に眠っていたらしい。窓から差し込む光は赤みを帯びている。もう日が暮れる時間だ。

早く起きて昨日の後片付けをしなきゃ。開店の準備もしなきゃ。そうは思っても、なかなか起き上がることが出来ない。薄い毛布を頭から被ったまま、彼女は店から聞こえてくる物音を聞いていた。

やがて扉が開く音がした。人が出て行く気配を感じ、彼女は慌ててベッドから這い出した。夜着のまま、店に繋《つな》がる戸を開く。

店内はがらんとして、人影はすでになかった。昨日の洗い物はすっかり片付き、乱れたテーブルも整っている。あの語り部の仕業だろう。

「なんだい、宿代のつもりかね」

呟いて、ふとテーブルの上に目をやる。

そこには一枚の黒い羽根が置いてあった。

大きな鴉《からす》の羽根だった。

女主人はそれを引っ摑《つか》むと、店の外へと飛び出した。

表通りは帰路につく人々と、城に向かう語り部でごった返していた。戦で焼け落ちた王城が再建されたのは、今から二十年あまり前。そこには現在十八諸島を治めるイエシン・クラン・イズーが住んでいる。前王ゼルを倒したこの王は、王家イズーの血を八分の一だけ引いているという。イエシン王は話し好きで、煌夜祭にやってくる語り部に多くの褒賞を与える。そのため冬至に王都エルラドを訪れる語り部の数は、年を追うごとに増えていた。

「トーテンコフ！」

女主人の大声に、道行く人々が何事かと彼女を見る。そんな中、夕闇に紛れそうになっていた一人の青年が振り返った。黒い長い髪を首の後ろで一つに束ね、古びた白い仮面を被った気弱な語り部。彼に向かい、女主人は叫んだ。

「来年も泊まる場所がなかったら、一晩だけ床を貸してやるよ！」

白い仮面の語り部は頷いた。

彼女は皺《しわ》だらけの顔を泣き笑いで歪《ゆが》め、大きく手を振った。

「約束だよ！」

約束——それは暗闇に光を灯《とも》すもの。

語り部は再び頷いた。次の瞬間、その姿は雑踏に紛れ、見えなくなってしまった。

「さぁて——」

彼女は長年守り続けた店の看板を見上げた。そこには眠たそうに欠伸《あくび》をする黒い猫の姿が描かれている。

「急いで支度しなくちゃね」

王都エルラドにある老舗《しにせ》の酒場『あくびをする猫亭』。その女主人は足取り軽く、店の中へと戻っていった。

遍歴 <ruby>ピルグリム</ruby>

出立《しゅったつ》の準備を終えて外を見ると、日はすでに西に傾《かたむ》きかけていた。

冬の日は短い。特に今日は一年でもっとも昼が短くなる日だ。急がなければ遅れてしまう。オレは仮面で顔を隠し、自室を出た。足音が響かないよう、抜き足差し足で廊下を歩く。台所にある裏口から、こっそり屋敷を抜け出そうとする。

「どこへ行くのです?」

背後から険《けわ》しい声が響いた。

びくりとして振り返ると、そこにはアイダが立っていた。腰に両手を当てている。彼女は躾《しつけ》に厳しい。子供が夜に外出することを好まない。それに今日は冬至だ。おそらく彼女は、オレが屋敷を抜け出すであろうことを予見していたんだろう。

「頼む、見逃してくれ」

アイダに向かい、オレは両手を合わせる。

「煌夜祭《こうやさい》に行きたいんだよ」

煌夜祭は年に一度、冬至の夜に開かれる語り部の祭だ。

それに参加することが、オレの長年の夢だった。

「な、いいだろ？」

オレは小首を傾《かし》げ、愛想よく微笑《ほほえ》んでみせる。

が、アイダはそんなことでは誤魔化《ごまか》されない。

「冬至の夜には魔物が出ます」

魔物――それは人を食べるという恐ろしい化け物だ。

だが魔物の話題を口にする時、アイダの声には恐怖とは別の感情がこもる。それは不条理に対する憤怒《ふんぬ》。愛する弟に対する憐憫《れんびん》。自分だけが幸福に暮らしていることに対する後ろめたさでもあった。

「魔物はオレのことなんか相手にしないよ」

そんな彼女の苦悩を払拭《ふっしょく》したくて、オレはわざと戯《おど》けた声を出す。

「オレみたいな痩せっぽちのチビ、喰ったって腹の足しにならないって言ってたし」

それでもアイダは笑わなかった。笑うどころか眉《まゆ》を寄せ、口角を下げ、困ったように顔をしかめる。

「どうしても行くつもりですか？」

力強く、オレは頷《うなず》く。

するとアイダは深いため息をついた。

「ならば夕食を食べてから行きなさい」

「でも、ぐずぐずしてたら日が暮れちまうよ」

「語り部が話をしている時、腹の虫が鳴いたらどうします？　恥ずかしいでしょう？」

それもそうだ。

オレは了解のしるしにマントを脱ぎ、仮面を取った。それらをテーブルの上に置き、木の椅子に腰掛ける。

よろしいというように、アイダは頷いた。彼女は竈《かまど》に火を熾《おこ》し、夕食のスープを温めはじめる。ターレン島島主の娘という身分にもかかわらず、アイダは自ら台所に立つことを好んだ。だからこのトウラン家の屋敷には使用人が二人しかいない。その二人も今日は姿が見えない。冬至の夜の常として、彼らも陽のあるうちに仕事を終えたのだろう。

やがて、ディディ豆が煮《に》えるいい匂いが漂ってきた。

アイダはスープを器によそい、木の匙《さじ》を添えて差し出した。

「今夜は冷えますからね。お腹いっぱい食べなさい」

「はい」

素直に答え、オレは器を受け取る。

「いただきます」

それはアイダの得意料理、鶏肉と青菜とディディ豆を煮込んだスープだった。ほろほろと口の中で蕩《とろ》けていく甘い鶏肉を味わいつつ、オレは横目で彼女の様子を盗み見た。

アイダは優しく微笑みながら、オレのことを見つめている。今朝よりも機嫌がいい。どうやらエナドとは仲直りしたようだ。

アイダの夫、エナド・ウム・トウランは情に厚くて勇敢な好人物だ。優《すぐ》れた剣の使い手である彼は、部下達からも敬愛され、ターレン島島主の信頼も厚い。

が、そんなエナドにも弱点がある。

彼は根菜が大の苦手なのだ。

その理由というのが、また笑える。

エナドには三人の姉がいる。三人の姉は妙齢になると「痩身《そうしん》秘術だ」と言って、毎朝毎晩、根菜のスープを食べ続けた。「肉が食いたい」という弟の意見は、ものの見事に無視された。つまりエナドは独立して実家を出るまで、連日連夜、根菜スープにつき合わされ続けたのだ。

今でも根菜スープが食卓に並ぶたび、エナドは眉間《みけん》に縦皺《たてじわ》を寄せる。「根菜なんて見るのも嫌だ」と我《わ》が儘《まま》を言う。いい歳をして、まるで子供だ。この島には日々の暮らしにも困っている者達がいるのだ。好き嫌いを言うなんて贅沢《ぜいたく》な話だ。

そう思いはしても、実際に根菜のスープを三日間食べ続けると、いい加減うんざりしてくる。エナドの気持ちもわからなくはないなと思ってしまう。もちろんアイダもそれは承知している。だからこそ彼女はエナドと喧嘩《けんか》するたび、夫が音《ね》を上げるまで、根菜スープを作り続けるのだ。

しかし今夜のスープに根菜は入っていない。それはつまり、この三日間に亘《わた》る夫婦喧嘩に決着がついたということだ。とはいえ、元々この夫婦は周囲の者達が呆《あき》れるくらいに仲がいい。たまに言い争うことはあっても、諍《いさか》いは数日と続かない。

心配はしていなかったけれど、それでも仲直りしてくれて良かった。

二人にはいつまでも仲良く過ごして欲しい。心からそう願う。

ディディ豆のスープを腹に収めた後、オレは手早く器と匙を洗った。そして再びマントを羽織り、黒い仮面を手に取った。

「じゃ、行ってくる」

裏口の戸を開き、外に出ようとする。

「お待ちなさい」

アイダはオレの前に膝をつくと、オレのマントの襟《えり》を立て、結び紐《ひも》をきちんと締め直した。

「貴方《あなた》はとても賢い子です。けれど、まだ子供なのですからね。知らない人についていったりしてはいけません。危ない場所にも近寄ってはいけません。わかりましたか?」

「ああ、わかってる」

そう答えながら、オレは落ち着かない気分になった。まるで心を見透《みす》かされたような居心地の悪さを感じた。煌夜祭に行くというのは嘘《うそ》じゃない。けれど煌夜祭に参加した後、多くの語り部達とともに、オレはこの島を出るつもりだった。トウラン家での暮らしが嫌になったわけじゃない。トウラン夫妻は孤児であるオレを実の子のように愛してくれた。言葉に出して言ったことはないけれど、オレはエナドのことも、アイダのことも大好きだ。

でも、彼らの優しさに甘え続けるわけにはいかなかった。あの日、魔物の姫と交わした約束。それを果たすためには、ここに留まるわけにはいかない。魔物を救うためには、多くの知識を得る必要がある。世界中を廻《まわ》って見聞を広める必要がある。それに、はたしてオレは語り部としてやっていけるのか。自分の力を試してみたかった。

だが心配そうなアイダの顔を目《ま》の当たりにすると、決意がぐらぐらと揺《ゆ》らいでしまう。もし自分が戻らなかったら、彼女はどう思うだろう。怒るだろうか。泣くだろうか。悲しむであろうアイダのことを思うと、胸の奥がちくちくと痛む。

「どうしたの？」

黙って彼女の顔を見つめすぎたらしい。アイダは怪訝《けげん》そうに首を傾げた。

「何か忘れ物でもしたの、クォルン？」

「……クォルンじゃない」

オレは仮面で顔を隠した。それはターレンの魔女が残した仮面。緑色と黄色に塗られていた不格好な鳥の仮面を、黒一色に塗り直した大鴉《レイヴン》の仮面だった。

「今夜のオレはレイヴンだ」

「ああ、そうだったわね」

アイダはオレを抱きしめ、オレの頬《ほお》にキスをする。

「行ってらっしゃい。私の可愛いちびカラスさん」

優しく温かな抱擁《ほうよう》。それを解いてオレは歩き出す。

数歩行ったところで振り返り、道化師のようなお辞儀をする。

「それでは母上、行って参ります」

アイダは笑顔で手を振って、「道中には気をつけるのですよ」と応えた。

彼女の頭上、二階の窓に明かりが灯《とも》っている。あの部屋はエナドの書斎だ。

不意に、懐かしさが胸に溢《あふ》れた。

父上にも挨拶《あいさつ》がしたい。もう一度、彼の顔を見ておきたい。

けれどエナドは勘がいい。しかも頑固《がんこ》で頭が固い。下手に挨拶などしようものなら、彼はすべてを悟るだろう。そうなれば反対するに決まっている。

二階の窓に向かい、オレは心の中で「ありがとう」と呟《つぶや》いた。

屋敷に背を向け、歩き出す。

「後悔はしない。決して後悔はしない」

そう胸の中で繰り返しながら。

「なぜ魔物が生まれてくるのか。なぜ魔物は死なず、なぜ人を喰うのか。その謎をオレは必ず解き明かす。オレは姫との約束を果たしてみせる」

堅い決意を胸に抱き、オレは一人、歩き続ける。


「あの、その『姫』というの、そろそろ止《や》めて貰《もら》えませんか？」

「どうして？」

「私はターレン島島主の息子です」

「知っている。だがお前は俺が知るどんな令嬢より美しかった。だから『姫』でいいんだよ」

「でも、私は男ですよ？」

「そんなに嫌か？　なら、今度からは『叔父上《おじうえ》』と呼ぼう」

「うわ、それ、もっと嫌ですね」

十八諸島の島主屋敷は、どれも人里から離れた場所に建てられている。

それは魔物が島主の血筋に生まれるからだ。魔物を島民達から少しでも引き離すためだ。

無論ターレン島もその例外ではない。ディテルの町を出て、島主屋敷に向かうには、深い森をぐるりと迂回《うかい》し、さらに小麦畑を越えていかなければならない。

冬至の昼は短い。太陽はさらに西へと傾いている。

このままでは煌夜祭の開始には間に合わない。

そこで貴方は森を横切ることにする。

ターレンの森には魔女が棲《す》むという。島人達でさえ魔女を恐れてこの森には近づかない。

だが貴方は臆《おく》することなく、深い森の中へと分け入っていく。

貴方は魔女を恐れない。なぜなら貴方は、その魔女とともに暮らしていたから。この深い森の奥で、貴方は年老いた魔物と生活していたから。

だから貴方は目印の無い森の中でも、迷わず歩く方法を心得ている。北に向かって尾根をひとつ越えれば、すぐに小麦畑が見えてくる。大丈夫、簡単に抜けられる。

そう思っていたのだが、歩けば歩くほど、森は暗さを増していく。貴方は少し不安になる。足を止め、森の木立を観察する。枝振りの良いほうが南側。その逆が北だ。間違いない。確かに北に向かっている。なのに森は途切れる様子さえ見せない。

貴方は少し焦り始める。下手なことを考えず、素直に森を迂回すれば良かった。このままでは日が暮れる。冬至の夜には魔物が出る。アイダには強がって見せたけれど、こんな人里離れた森の中で魔物に出くわしたら、きっと無事ではすまされない。

逸《はや》る気持ちを抑え、貴方は灌木《かんぼく》の茂みを掻《か》き分ける。

すると、前方に明かりが見えた。ゆらゆらと揺れる炎。焚《た》き火《び》だ。

それに向かい、貴方は足を早めた。

小さな焚き火の傍《そば》には一組の男女が座っていた。男は翡翠色《ひすいいろ》の仮面で顔を隠した語り部だった。それに寄り添うのは黒髪の女。秋空のように青く澄んだ瞳と、血の気のない白い肌。彫像《ちょうぞう》のように美しいその顔を見て、これはまずいと貴方は直感する。

「おやおや、新たな語り部の登場だ」

そう言いながら、語り部が立ちあがった。彼は貴方を歓迎するように両手を広げる。

「煌夜祭にようこそ!」

「いや、オレは……その、道に迷っただけで――」

歯切れ悪く答え、貴方は男の袖を引っ張った。そのまま木陰に男を連れて行き、彼の耳に小声で囁《ささや》く。

「おい、あの女は魔物だぞ？　いまのうちに逃げないと、お前、喰われちまうぞ？」

「ああ、わかってるよ」

何がおかしいのか、男はくすくすと笑った。

「大丈夫、大丈夫。もう同じ失敗はしないよ」

「それは――」どういう意味だと、貴方が尋ねかけた時だった。

「二人で何を話しているの？」

夜風を思わせる美しい声が響いた。それは人の心を蕩かす魔物の声だった。

「どんな話でもいいからさ。私にも聞かせてよ」

背筋がぞっとした。なのに懐かしかった。この声、どこかで聞いた覚えがある。恐ろしいのに愛《いと》おしい。すごく身近で、とても遠い。

貴方は女の魔物を見つめる。黒い髪。青い瞳。魔物が総じて併せ持つ儚《はかな》い美しさ。一度見たら忘れられない美貌《びぼう》。なのに思い出せない。思い出せそうで思い出せない。

「この子、道に迷ったんだってさ」

語り部は馴《な》れ馴《な》れしく貴方の肩に手を回し、貴方の顔の横に自分の顔を並べる。

「なあ、オレ達って、なんとなく似てないか？」

「ああ、似ているねぇ」

魔物の女は愉快そうに笑った。

「髪の色も目の色も同じだし、ひょろりとした体つきも仮面の形もそっくりだ。そうして並んで立っていると、まるで兄弟か親子のようだよ」

「やめてくれ」

貴方は飛び退《の》き、二人から距離を取る。こんな奴《やつ》らにつき合っている場合じゃない。急がなければ、煌夜祭が始まってしまう。

「島主屋敷に行きたいんだ。どっちに向かったらいいのか教えてくれないか？」

「それなら、あっちだ」

不細工な仮面を被《かぶ》った語り部は、森の一角を指さした。

「あっちにまっすぐ行けばいい」

「ありがとう。助かった」

貴方は礼を言い、それから声を潜《ひそ》めて語り部に尋ねた。

「本当に逃げなくていいのか？」

「ああ。あれからオレも沢山の話を覚えた。もうネタが尽きる心配はない」

男は意味ありげに、にやりと笑う。

「さあ、行け。早くしないと夜が明ける」

夜が明ける？

まだ日も暮れていないのに？

貴方は奇妙に思うが、言い返すのはやめておく。こんな所で口論している暇はない。

「じゃあな。頑張《がんば》れよ」

貴方は男の肩を軽く叩《たた》く。

「お前もな、兄弟！」

男は貴方の背を叩き返し、焚き火の傍へと戻っていった。

再び焚き火の傍らに腰を下ろす語り部に、魔物の女が親しげに寄り添う。二人は互いの手を握り、恥ずかしそうに微笑みあう。まるで恋人同士のようだ。

いつまでも見つめているのは野暮な気がして、貴方は二人に背を向ける。

教えられた方角に向かって再び歩き出す。


「あれが『ニセカワセミ』か」

「そうです」

「では、もしかしてあの魔物の女は――」

「ターレンの魔女です」

「ああ、そうだった。彼女もお前が喰ったんだったな」


暗い森が途切れた。

目の前にはなだらかな丘が広がっている。うねうねと続く丘陵《きゅうりょう》。そこに並んでいるのは墓石だ。幾百幾千もの墓標の列が丘を越え、はるか彼方《かなた》の地平線まで続いている。

その丘の上に一人の老婆と一人の青年が立っている。二人は大きな墓標の前に立ち、祈るように頭《こうべ》を垂《た》れている。

彼らの後ろ姿に深い悲しみを感じ取り、私は二人に引き寄せられる。

足音を聞きつけたのだろう。老婆が振り返った。

すっかり白くなった長い髪。美しい青い瞳。その口元には幾重にも深い皺が刻《きざ》まれている。だが見えたのはそれだけだ。彼女は梟《ふくろう》の仮面で目元を隠していた。

私は彼女を知っていた。その仮面のことも伝え聞いていた。

「——リィナ？」

そう呼びかけると、彼女は微笑んで人差し指を唇に当てた。

「今夜は梟《グラウクス》と呼んで下さい」

それから自分の隣に立っている青年を見上げる。

「彼は火鳥《ポイニクス》、語り部です」

ポイニクスと呼ばれた青年は、その名の通り、炎のように真っ赤な鳥の仮面をつけていた。火鳥はエンジャ島の紋章だ。とすると、この若き語り部はエンジャ島島主の血を引く者なのだろう。そうだ、確かパージという名前だった。だが火鳥の仮面から覗く眼光は鋭い。「何か話をしてよ」と物語をねだったという、幼い子供の面影はない。

私は困惑し、梟の語り部に問いかける。

「貴方達は、どうしてここに？」

「エンジャ島の島主屋敷は焼け落ちてしまいましたからね。冬至の夜はここに集まるのです。この墓の前に火を焚いて、夜通し話をするのです」

「二人きりで？」

物語に飢《う》えた魔物は恐ろしい化け物に姿を変える。リィナは優れた語り部だ。彼女が夜通し語り続ければ、パージが飢えることはないだろう。が、リィナも魔物だ。新しい物語を喰わなければ、彼女自身が魔物と化す。

「じき島の人達も集まってくる」

青年の語り部が答えた。押し殺したような低い声だった。彼は唇を引き結び、険しい眼差《まなざ》しで私を睨《にら》む。

「トーテンコフ、僕はお前がしたことを許さない。この怒りを決して忘れない。二度とあんなことが繰り返されることのないよう、僕はこの怒りを語り継ぐ。僕は歴史の伝承者になる」

そう言うや、ぷいと後ろを向いてしまう。

その肩が震《ふる》えている。涙を堪《こら》えているのだろう。

私は何も言えなかった。ただ黙って青年の背を見つめるしかなかった。

そんな私に向かい、老いた語り部は優しく呼びかけた。

「もうすぐ日が暮れます。貴方はここにいるべきではありません。トーテンコフ、貴方には、貴方の話を必要としている人がいるはずです」

その声に押され、私はその場から走り出した。

「この風景、俺は知らない」

「でしょうね。これは十数年前のエンジャ島ですから」

「じゃあ、これは夢か？　俺は夢を見ているのか？」

「これは過去であり、記憶であり、誰かが思い描いた夢なのです。貴方の言葉を借りるなら、これは償《つぐな》いであり、人が生き残ろうとする意志であり、歴史そのものなのです」


王都エルラドの大通りは、大勢の人々で溢れていた。

「ちょっと、あんた。レイヴンじゃないか！」

そんな声とともに、一人の女が貴方の胸に飛び込んでくる。

「し、シャリナ？」

それは『あくびをする猫亭』の女主人だった。

連日のように王宮を抜け出し、彼女の店に通った。夜明けまで歌って踊って、飲み明かした。

そんな懐かしい光景が、貴方の脳裏にまざまざと蘇る。

「まったく冷たい男だね！」

シャリナは貴方を見上げ、拗《す》ねたように唇を尖《とが》らせる。

「黙って姿を消したかと思ったら、それきり二度と現れもしないでさ。あんた、今の今まで、いったいどこをほっつき歩いてたんだい！」

「それは……その、いろいろとあったんだよ」

「ふぅん」

シャリナは目を細めた。彼女は大鴉《おおがらす》の仮面に手を添え、ほんの少しだけ上にずらした。かと思うと、いきなり熱烈なキスをする。

息が出来ない。頭がクラクラする。頼む、もう許してくれ。貴方がそう思った瞬間、シャリナが離れた。唇の両端《りょうはし》を吊《つ》り上げ、にっこりと微笑む。

「これで勘弁してあげる」

彼女は命の恩人だ。動くことさえ出来なかった貴方の傷の手当てをし、食事を与えてくれたのが、このシャリナだった。

彼女にはわかっているはずだった。

それでも貴方は言わずにいられない。

「オレはさ、こんな格好してるけど、実はおん――」

「あああああ、そういうことは言いっこなし!」

シャリナは貴方の口を塞《ふさ》いだ。今度は唇ではなく、その右手で。

「あんたにとって彼が『魔物の姫』であったように、あんたは私の『いい男』なの!」

それとこれとはちょっと違わないか?

そう思った時だった。

夕焼け空に爆音が轟《とどろ》いた。土煙を巻き上げて何かが道を走ってくる。暴れ馬か、はたまた暴走馬車か。入り乱れる人々の悲鳴と怒号。それに混じって、一番蒸気のような甲高い音が鳴り響いた。地響きを立てて四輪の荷車が走ってくる。なのに馬の姿はどこにも見えない。荷台の中央には巨大な寸胴鍋。そこから突き出した煙突は蒸気塔のように白煙を吐き出している。その周囲に所狭しと並べられた怪しげな機械からは、シュコーッ、シュコーッと不気味な唸《うな》り声《ごえ》が聞こえてくる。

そんな奇っ怪な荷車の御者台には一人の男が腰掛けている。面頬つきの鉄の兜《かぶと》を被り、操行舵《そうこうだ》

と思《おぼ》しき鉄の棒を両手で握り締めている。

「おお、クォルン。久しぶりだな！」

男が兜の面頬を撥《は》ね上げた。癖《くせ》のある声。見覚えのある目元。

それは錬金術師《れんきんじゅつし》のランスだった。

「お前――」

言いかけて、貴方は絶句する。

ランスには言いたいことが山ほどあった。感謝の言葉。詫《わ》びの言葉。いくら言葉を尽くしても

言い足りない。なのに貴方の口を突いて出たのは、まったく別の一言だった。

「なんだそりゃ？」

「へへへ、格好いいだろ。蒸気の力でシャフトを動かして、それで車輪を廻すんだ。『蒸気車』

と命名した」

ピ――ッという甲高い音。

「ただ、まだちょいと調整中でさ。蒸気圧が高まりすぎると、制御が利かなくなって勝手に暴走

し――」

シュポ――ッ！

煙突から勢いよく蒸気が噴き出す。同時に四つの鉄輪が軋《きし》みをあげ、ガクンガクンと動き出す。

ランスは慌てて面頬を下げ、操行舵にしがみつく。

「みんな、どいてくれ！　こうなるとこいつ、止まんねぇんだよ！」

ランスの叫びとともに、蒸気車は猛烈な勢いで走り出す。

甲高い蒸気の笛を響かせながら、みるみるうちに遠ざかる。

それを見て、シャリナは腹を抱えてげらげらと笑った。

「なんだい、あれは！　とんだ暴れ馬じゃないか！」

「まったくだ」

貴方は苦笑する。

そして俺は思い出す。

別れ際、ランスは言った。

『今度会ったらさ、もっと楽しいモノを作ろうぜ？　人殺しの兵器なんかじゃなくて、もっとうんと楽しくて、人をびっくりさせるようなモンをよ』

もしあの戦争がなかったら、彼はきっと驚くべき発明品を次々と創り出していただろう。こんな風に大勢の人々を大笑いさせたに違いない。

でも、彼は戻らなかった。

油樽《あぶらだる》を積んだ飛行船でケイジョウ島を飛び立ち、二度と戻ることはなかった。

「シャリナ」

俺は彼女の手を握り、その頬に親愛のキスをした。

「あんたは本当にいい女だ。けど俺、そろそろ行かなきゃ」

「ああ、そうだね。でも帰りにはまた店に寄っとくれ」

シャリナは涙の滲《にじ》んだ目元を拭《ぬぐ》った。

冷やかすように、俺の背中をドンと叩いた。

「トーテンコフも忘れずに連れてくるんだよ！」


「お前、俺の願いを叶《かな》えてくれたんだな」

「……」

「辛《つら》い思いをさせて悪かった」

「謝らないで下さい」

「しかし――」

「愛する者をより深く知りたいと願う。それは人も魔物も同じです。魔物は食べた者の心を知り、その記憶を受け継ぐ。だからこそ魔物は、愛する者のことを食べたいと願ってしまうのです。私は貴方に憧れていました。貴方を愛していました。貴方のように強くなりたいと心から願ってきました。だからこれは、私の夢でもあるのです」

「ああ、俺にもようやくわかったよ。記憶を受け継ぐということは、いったいどういうことなのか。魔物達はそれをどのように感じ、受け止めているのか」

「じき貴方も記憶に溶けていく。貴方もこの歴史の一部になるのです」

「それでいい。お前が覚えていてくれたなら、それでいいんだ」

「でも、今ならまだ間に合います」

「え……？」

「私は彼を食べました。私の中には彼がいます。この歴史に溶けてしまうその前に、ムジカ、行って下さい。貴方が愛した魔物の元へ」


王宮は荒れ果てていた。崩れた城壁。焦げた壁。折れた剣。突き刺さった矢。俺を運んだ飛行船の残骸まで、あの時のままだった。

人気《ひとけ》のない廊下を俺は走った。外は夜。廊下には篝火《かがりび》も蠟燭《ろうそく》もない。なのにとても明るい。石壁の隙間から、罅割《ひびわ》れた天井から、白い光が漏《も》れてくる。

夜明けが近い。終わりが近づいてきている。やがては俺の意識も記憶となり、歴史の一部となるだろう。

そうなる前に、彼に会いたかった。彼はすでに知っているだろう。それでも言いたかった。たった一言、一言だけでいい。「愛している」と伝えたかった。

眩《まぶ》しい光に急《せ》き立てられるように、俺は殿下の居室の扉を開く。

そこにはエンがいた。記憶と寸分違《たが》わぬ姿で窓辺に立っていた。

「クォルン！」

俺の名を呼び、彼は笑った。

その顔を一目見た途端、もはや言葉など不要であることがわかった。

彼の想いと俺の思いは同じであることがわかった。

彼は俺に手を伸ばした。俺は彼に駆け寄った。温かな抱擁に身を任せる。懐かしい温《ぬく》もりに包まれる。周囲が光っている。世界中が光り輝いている。悲しみも苦しみも、胸を引き裂《さ》くような慟哭《どうこく》も、すべてが目映《まばゆ》い光の中に溶けていく。

ついに俺は理解する。

これが受け継がれるということ。語り継がれるということ。

喜びも悲しみも心に秘めた愛も、ムジカの記憶も、クォルンの贖罪《しょくざい》も、魔物の王子と火焔《かえん》の魔術師が思い描いた夢も、すべては受け継がれる。

頭蓋骨《トーテンコフ》の仮面に。それを受け継いだ語り部に。

物語はいつまでも語り継がれる。


魔物の姫。

どんな令嬢よりも美しいガヤン・ハス・ターレン。

ありがとう。
優しい夢を——ありがとう。

これは終わることのない物語。
冬至の夜に蘇る、今は亡き英雄達の物語。
ならば我ら語り部は、今宵《こよい》も火壇《かだん》に炎を灯し……
さあ、煌夜祭を始めよう。

あとがき

『煌夜祭』は私のデビュー作です。二〇〇六年、本作でC★NOVELS大賞を受賞し、ノベルズ版にて刊行されました。その後、二〇一三年には文庫化され、ありがたいことに版を重ね、現在は第六刷に至っております。

十七年も前の作品が今も書店の本棚に並び、いまだ読まれ続けている。それだけでも充分嬉しいことなのに、なんと今度は単行本化。しかも六七質《むなしち》さんの素晴らしい表紙絵で出し直していただけるとは、夢にも思っていませんでした。

このような僥倖《ぎょうこう》に恵まれましたのは、厳冬の時代を支えて下さった読者の皆さまや、『冬至には煌夜祭を読もう』と盛り上げて下さった書店員さまのおかげです。心から御礼申し上げます。それとデビュー当時から私を担当して下さっている中央公論新社の番長さま。私が作家人生最大の危機に立たされた時に「多崎さんの一番の武器は人の心に訴える物語が書けるところです。長く暗い物語は駄目だと思わず、これからも書き続けて下さい」と言って下さったこと、決して忘れません。あの言葉がなかったら、今の私はなかったと思います。

決して大団円とは呼べない、かなわなかった夢の物語。それは今も私を魅了してやみません。願いかなわず、道半ばで倒れたとしても、絶望だけでは終わらない。その夢は希望となって後世の人々に受け継がれ、長い長い年月を経て実を結ぶ。無駄なことなど何もない。すべてのことには意味がある。そんな物語を、これからも書き続けていく所存です。

この『煌夜祭』、文庫化の際にはほとんど手直ししなかったのですが、今回は「せっかくの単行本なのだから、内容もそれに見合ったものにしたい」という欲が出て、かなり手を加えさせていただきました。加筆修正した本編と二篇の短篇――『C★N25』所収の「夜半を過ぎて　煌夜祭前夜」と、文庫化のために書きおろした「遍歴《ピルグリム》」を一冊にまとめたこの本は、まさに『煌夜祭』の集大成。特装版、完全版と呼ぶにふさわしい本になったと自負しております。

投稿生活十七年の終点にして、作家生活十七年の始点となる物語。

お楽しみいただけましたら幸いです。

二〇二三年　九月

多崎　礼

煌夜祭　C★NOVELS　二〇〇六年七月
　　　　中公文庫　二〇一三年五月

本書は文庫版に左記を加えたものです。
夜半を過ぎて　煌夜祭前夜
　　C★NOVELS『C★N25』　二〇〇七年一一月

単行本『煌夜祭』刊行記念特設サイト
書き下ろし短篇「ぼんくらな島主」をこちらでお読みいただけます。

多崎 礼

二月二〇日生まれ。二〇〇六年、『煌夜祭』で第二回C★NOVELS大賞を受賞しデビュー。そのほかの著書に『〈本の姫〉は謳う』（全四巻）、『夢の上』（全三巻）、『夢の上 サウガ城の六騎将』、『八百万の神に問う』（全四巻）、『叡智の図書館と十の謎』、『神殺しの救世主』、『血と霧』（刊行中）、『レーエンデ国物語』（刊行中）がある。

公式ブログ・霧笛と灯台
http://raytasaki.blog.fc2.com/

煌夜祭《こうやさい》

二〇二三年一一月一〇日 初版発行
二〇二四年一〇月二五日 四版発行

著 者 多崎《たさき》 礼《れい》
発行者 安部順一
発行所 中央公論新社
〒一〇〇-八一五二
東京都千代田区大手町一-七-一
電話 販売〇三-五二九九-一七三〇
　　 編集〇三-五二九九-一七四〇
URL https://www.chuko.co.jp/
DTP ハンズ・ミケ
印 刷 大日本印刷
製 本 小泉製本

Printed in Japan ISBN978-4-12-005709-0 C0093